21세기에 만난 한국 노년소설 연구

■■□ **저자소개 최명숙**(崔明淑)

　가천대학교 대학원 국어국문학과를 졸업하고, 석사 및 문학박사 학위를 받았다. 현재 가천대학교, 인덕대학교, 한국폴리텍대학에서 강의하고 있다.

　저서로 『문학과 글』, 공저로는 『다매체 문화와 사이버 소설』, 『시적 감동의 자기 체험화』, 『문화사회와 언어의 욕망』, 『경원의 미소』 등이 있다. 논문으로는 「한국 현대 노년소설 연구」, 「강신재 전후 단편소설 연구」, 「최일남 소설에 나타난 죽음의식 연구」, 「박완서 노년소설 연구」, 「양원식 소설에 나타난 노년의식 연구」, 「박완서 소설에 나타난 노년의식 연구」, 「박태원의 모더니즘 소설 연구」, 「대중극에 스며든 작가의식과 여성의식 엿보기」, 「강신재 소설에 나타난 여성의식 연구」, 「신채호의 소설 '꿈하늘' 연구」 외 다수가 있다.

21세기에 만난 한국 노년소설 연구

인쇄 · 2014년 9월 7일 | 발행 · 2014년 9월 15일

지은이 · 최명숙
펴낸이 · 한봉숙
펴낸곳 · 푸른사상
주간 · 맹문재 | 편집 · 지순이 | 교정 · 김소영

등록 · 1999년 7월 8일 제2-2876호
주소 · 서울시 중구 충무로 29(초동) 아시아미디어타워 502호
대표전화 · 02) 2268-8706(7) | 팩시밀리 · 02) 2268-8708
이메일 · prun21c@hanmail.net / prunsasang@naver.com
홈페이지 · http://www.prun21c.com

ⓒ 최명숙, 2014

ISBN 979-11-308-0257-2　93810
값 23,000원

현대문학
연구총서

34

21세기에 만난
한국 노년소설 연구

최명숙

푸른사상
PRUNSASANG

The Korea old age novel reseach that met in the 21st century

　내가 처음 노년소설 연구에 관심을 갖게 된 때는, 우리 사회가 고령화 사회로 가는 길목에 있을 즈음이었다. 몇몇 연구자들에 의해 노년소설에 대한 논의가 시작되었고 소논문으로 발표되고 있었다. 지금 우리 사회는 이미 고령화 사회를 넘어 곧 고령사회가 될 것으로 예견되고 있다. 이제 노년소설에 대한 활발한 연구가 이루어지고, 사회에서도 노년의 삶과 문제에 관심이 커지고 있다. 나이로만 본다면 아직 노년기가 멀다고 느낄 마흔 중반에 노년의 삶과 문제에 관심을 갖고 노년소설 연구를 시작하였는데, 나도 벌써 노년기 바로 앞에 다가와 있다. 손자녀를 둔 주위 사람들의 일상을 엿보면, 노년의 문제들이 약간의 변화는 있으나 연구한 것과 크게 다르지 않아 미소가 지어지곤 한다. 중년의 때에 노년을 산 것 같아서.

　노년소설을 읽고 연구하면서 많이 울었다. 냉철한 이성이 필요한 연구자이기 전에, 한 시대를 살아갈 사회구성원이기 때문에, 다가올 노년기가 두렵기도 했다. 그것은 노년소설 속에 그려지고 있는 노년의 삶이 대부분 부정적이기 때문이었다. 생의 주기에서 삶의 마지막인 죽음과 가장 가까이 닿아 있는 때가 노년기이기도 하지만, 대부분의 노년소설 속에 사회, 문화, 경제적으로 다른 계층에 비해 소외되고 열악하게 그려지고 있었다. 삶의 모든 과정 가운데 가장 나약하고 취약한 부분까지 적나라하게 드러나고 있는 것이다. 그러한 부분이, 소설이 사회의 암면이나 상처를 드러내 그것을 치유하는 데에 목적이 있다 하더라도, 감성이 풍부한 나를 울게 했던 것이다. 그러나 그로부터 수년이 지나고 노년기를 바로 앞에 둔 지금, 노년소설 연구를 시작할 때와 달리, 이제 노년의 삶이 두렵지 않다. 간접적으로나마 그 시기를 살아보았기 때문인지도 모른다.

본서는 노인의 문제에 사회적인 관심이 대두되는 1970년부터 2004년까지 발표된, 노인을 주인공으로 하거나, 노인의 삶을 반영하며 노인의 문제를 드러내고 있는 소설에 관한 연구이다. 현대사회의 구조적 특성은 개인의 능력을 중요시하는 성취와 업적 위주의 사회로 노인의 지위 또한 능력에 따라 결정되기 마련이다. 과거의 경험이 더 이상 쓸모없는 것으로 전락하게 되면서 노인의 위치가 약화되었고, 사회적 부적응 상태에서 사회와 가족들에게 소외되면서 노인은 심리적 불안감과 박탈감을 갖게 된다. 문학에 반영되는 사회상이나 당대를 살아가고 있는 사람들의 삶을 조망해보는 것은, 당대가 담고 있는 사회적인 문제에 깊이 천착해 볼 수 있는 근거가 된다. 이에 본서는 노인을 주인공으로 한 노년의 삶과 문제를 다룬 노년소설의 개념을 정리하고, 노년의 삶을 탐색하는 방법을 통해 노년소설의 서사적 특징, 갈등구조 그리고 사회에의 적응 양상 등을 연구하였다.

현재는 노인 복지가 향상되었고 노인에 대한 이해 또한 비례하여 깊고 넓어졌다. 전국 곳곳에 노인 복지관이 세워져 다양한 교육 취미 프로그램이 운영되고 있다. 노인문제를 다각도에서 심층적으로 바라보는 시각과 논의도 활발해졌다. 인생 여정에서 대부분 거치게 되는 노년의 삶에 이만큼 관심이 높아진 것은 바람직한 현상이다. 그러나 표면적으로 보이는 것과 달리 다양한 삶의 이면적 측면에서의 깊이 있는 연구는 미흡한 것 같다. 특히 노인의 문제나 속성, 노인에 대한 이해를 바탕으로 그들의 삶을 심층적으로 들여다볼 수 있는 노년문학 연구에 있어서는 더욱 그러하다. 문학 연구로서의 노년소설 연구는 노인의 삶에 대한 다양한 측면의 한 부분일 것이다. 앞으로도 노년소설 연구가 더 활발하고 깊어지기를 기대하며, 그 부분에 나도 연구자로서뿐만 아니라 작품 생산자로서 힘을 보태리라 다짐해본다.

불혹의 나이에 다시 또 학문에 뜻을 두고 공부를 시작한 지 십 년째 되는 해에 학위를 받았다. 학문의 길에 발을 들여놓은 그때, 나의 목표는 어릴 적부터의 꿈인 작가가 되는 것이었으나, 차츰 더한 의욕이 생겨 이뤄낸 결과이다. 학문을 하는 데에 의욕을 갖고 나아갈 수 있도록 길을 열어주고 독려해주신 선생님이 많다. 이 지면을 통해 고마운 마음을 전해드리고 싶다. 먼저, 노년소설에 관심을 갖도록 이끌어주신 변정화 선생님, 학문이 깊어질 수 있도록 지도해주신 전혜자 선생님, 문학에 뜻을 둔 처음부터 지금까지 큰 나무로 지켜주고 그늘을 만들어주시는 장현숙 선생님, 문학적 감성을 키워주신 김삼주 선생님, 그리고 노년소설 연구가 책으로 나올 수 있도록 가르쳐주신 여러 선생님께 감사드린다. 또 힘과 사랑의 마음을 실어주는 단원연구실의 식구들, 푸른사상사 한봉숙 사장님과 여러분께도 고맙다는 인사를 전한다.

마지막으로 이 책이, 큰딸에 대한 염려가 많으신 어머니와 사랑하는 가족에게 그동안의 미안함과 고마움을 함께 담은 작은 선물이 되기를 바란다.

2014년 8월
최 명 숙

제1장

노년의 삶이 변화된 지점

제1장
노년의 삶이 변화된 지점

1. 문제 제기 및 연구 목적

노인 인구는 전 세계적으로 1950년 이래 꾸준히 증가하여 왔으며, 우리나라도 예외가 아니다. 노인 인구가 증가하게 된 것은 경제 성장에 따른 국민소득의 향상과 생활수준의 개선뿐 아니라, 의학의 발달과 개선으로 인간의 수명이 연장된 것에 기인한다. 인간 수명의 연장은 인구의 고령화 현상을 초래하였고,[1] 그것이 산업화 · 도시화로 이어지는 사

---

1 우리나라 통계청이 10월 1일 발표한 '2004년 고령자 통계'에 따르면 전국 247개 시 · 군 · 구 중 30곳이 지난해 기준으로 65세 이상 고령 인구 비율이 20%를 넘었다. 올해 (2004년 7월 1일 기준) 전체 인구 중 65세 이상 노령 인구 비중은 8.7%로 전년보다 0.3% 포인트 올랐다. 일반적으로 노인 인구가 전체 인구에서 차지하는 비율이 7%를 넘으면 고령화 사회(aging society), 14%를 넘으면 고령사회(aged society), 20%를 넘으면 초고령 사회로 분류된다. 이런 추세대로라면 2002년 '고령화 사회'에 접어든 우리나라는 2019 년에 '고령사회'로 진입할 것으로 전망된다. 더욱이 젊은 층의 탈농 현상으로 농촌에

회변동 상황과 맞물리면서, 나이로 인해 비생산적이 된 노인을 짐[2]으로 여기게 되는 의식이 팽배해졌다.

산업화에 부응하지 못하는 노인 노동력이 필요 없게 되자, 노인은 사회적 역할과 경제력을 상실하였으며, '늙음'보다 '젊음'을 선호하는 현대사회의 추세는 노인을 사회로부터 소외시키는 결과를 낳았다. 그리고 산업화에 따른 핵가족화와 생활환경의 변화는 전통적 가치관을 해체하기에 이르렀고, 서구적 생활방식과 유교적 생활규범의 약화 현상을 불러왔던 것이다. 이로써 세대 간의 갈등이 야기되고, 시시각각으로 변화하는 사회와 새로운 문화에 쉽게 적응하지 못하는 노인들의 갈등이 심화될 수밖에 없게 되었다.

과거 농경사회의 노인들은 농사 경험에서 비롯된 지혜의 전달자 역할을 충분히 감당했을 뿐 아니라, 노동력 제공자로서 사회적 위치와 역할을 수행하기에 부족함이 없었다. 그러나 오늘날에는 사회가 급속도로 변화하고 있기 때문에, 노인들의 경험이 젊은 세대를 지도하기에 적합하다고 생각하는[3] 의식이 감소 추세를 보이고 있다. 1960년대 중반 이후부터 현대화·산업화·도시화라는, 개발과 발전을 위한 성장 위주의 정책을 폄으로써, 1970년대부터는 급격한 산업화와 도시화의 과정을 통해 농촌의 젊은 층 인구가 도시로 집중화되었다. 이와 더불어 농촌에는 노인들만 남게 되는 젊은이 공동화(空洞化) 현상이 두드러졌다. 이것은 자녀를 따라 도시로 이주한 노인에게뿐 아니라 농촌에 잔류한 노인

서의 초고령 현상이 심화되고 있다. 『국민일보』 제4849호(2004년 10월 2일자)

2   시몬느 드 보부아르, 홍상희·박혜영 역, 『노년』, 책세상, 2002, 65쪽.

3   정옥분, 『발달심리학』, 학지사, 2004, 671쪽.

에게도 여러 가지 노인문제를 야기시키기에 이른다. 즉 농촌사회에서 형성되었던 자녀와 부모의 우호적 관계가 며느리의 새로운 삶의 방법에 의해 붕괴되었던 것이다. 농촌에서 도시로 이주한 여성은 도시에서의 삶을 유지하기 위해 경제활동을 하기 시작했다. 산업화된 사회가 생산직에서뿐 아니라 다양한 직종에서 여성 인력을 필요로 하게 되면서, 농경사회에서 유지되던 가족관계는 서서히 변화를 초래하게 되었던 것이다. 이러한 변화는 농촌에서 도시로 이주한 가정은 물론 현대를 살아가는 대부분의 가정에 찾아온 변화라고 할 수 있다. 그것은 여성의 사회 진출이 확대되고 직업 또한 다양해짐으로써 가정에서 집안 살림을 하던 여성들이 종전과 다른 삶의 방식을 선호하게 되었기 때문이다.

여기에는 여러 가지 요인이 있겠으나 무엇보다 여성이 가정에서 살림만 하는 것을 당연하게 여겼던 성 역할에 대한 인식의 변화에 기인한다고 할 수 있다. 즉, 여성도 남성과 동일하게 교육의 기회를 갖게 되었고, 전문직을 가진 직장인으로의 사회 진출이 용이하게 된 것이다. 더구나 경제활동에서 얻게 되는 소득에 대한 경제적 가치를 가정을 돌보는 일의 가치보다 우위에 두는 인식이 확산됨과 함께, 서구의 핵가족화 현상이 두드러지면서, 여성들은 종래의 생활방식에서 탈피하여 새로운 삶의 방식인 사회로의 진출을 선호하게 되었던 것이다.

이로써 현대 한국의 도시사회에 노인들의 무력화, 가출과 병, 자살 및 노인 추방과 유기의 현상도 적지 않게 나타나게 되었다.[4] 농촌에 남아 있는 노인들도 도시의 노인들의 상황과 크게 다르지 않다. 젊은 층이

---

4 이재선, 『현대한국소설사』, 민음사, 1991, 289쪽.

공동화(空洞化)된 농촌에서 노동력을 담당하던 농촌의 노인들은 자연적으로 발생되는 신체적인 쇠약과 질병 그리고 도시사회에 적응하기 시작한 자녀들과의 관계가 소원하게 됨으로, 소외와 고독이 심화되었던 것이다.

이처럼 1960년대 이후 산업화가 촉진되면서 젊은이들이 농촌을 떠나 도시로 이주하기 시작하자 자녀를 따라 도시로 이주한 노인들은 사회의 중심에서 물러나게 되었고, 농경사회에서 누렸던 노인으로서의 권위가 무너지면서 사회와 가족으로부터 소외와 단절을 겪게 되었던 것이다. 더구나 이러한 심리적인 요소들은 노화된 신체적인 요소들과 함께, 노인의 소외의식과 외로움을 더욱 가중시켰다. 그리고 다양한 노인 문제를 야기시켰는데, 이는 농경사회가 산업사회로 전환되면서 생겨난 일종의 사회적 병리 현상의 하나라고 볼 수 있다.

현대사회는 성취와 업적을 위주로 개인의 능력을 중요시하는 구조적 특성을 가지고 있다. 노인의 지위 또한 능력에 따라 결정되기 마련으로, 경험이 더 이상 무효한 것으로 간주되면서 노인의 위치가 약화되었다. 즉, 권위와 존경의 대상이던 노인은 그 의미를 상실하고 반면에 비생산활동자 · 부양 부담자 · 보호 대상자로 인식되기에 이르고,[5] 사회 부적응 상태에서 사회와 가족으로부터 소외되었고, 심리적 불안감과 박탈감에 시달리게 되었다.

이에 1970년대 초부터 노인의 문제에 사회적인 관심이 대두되면서, 노인을 주인공으로 하거나 노인의 삶을 반영하며, 노인의 문제를 드러

---

5 건강 · 생활과학연구소 편, 『현대 노년학』, 숙명여자대학교 출판부, 1999, 12쪽.

내는 소설이 발표되기 시작하였다. 직업을 가졌던 노인들이 정년퇴임하여 직업 일선에서 물러나 앉았고, 때마침 불어온 서구의 핵가족제도와 개인주의적인 의식이 맞물린 1980년대와 고령화 사회가 되는 1990년대에는 노인의 문제가 두드러지게 되었다. 이로써 이 시기에는 많은 작가들에 의해 노년소설이 대량으로 발표되기에 이르렀다. 그리고 노년기에 이른 작가들이 대거 노년소설 창작에 참여하게 됨으로써 더욱 작품은 풍성해졌다.

1970년대 이전의 소설에서도 노인이 주인공으로 나오는 작품이 많다. 그 가운데 노인이 갖고 있는 심리적인 국면이나 의식이 드러나 있기도 하다. 그러나 70년대 이후의 노년소설에서 보이고 있는, 대타적인 관계에서의 부정적인 모습은 드러나지 않는다. 그러므로 현대적 의미에서의 노인문제나 노년의 삶에 대한 부정적인 모습은 70년대 이후의 작품에 반영되어 있다고 볼 수 있다.

문학에 반영되는 사회상이나 당대를 살아가고 있는 사람들의 삶을 조망해보는 것은, 당대가 담고 있는 사회적인 문제에 깊이 천착해 볼 수 있는 계기가 된다. 본서에서는 위에서 이야기한 노인을 주인공으로 한, 노년의 삶과 문제를 다룬 노년소설의 개념을 정리하고, 노년소설 속에 드러나고 있는 서사적 특성과 갈등구조 그리고 노년의 현실 적응 양상 등을 연구해보기로 한다. 이 연구를 통해 노년의 삶을 이해하고 고령사회로 진입한 이 시점에서, 노년을 성숙하게 보낼 수 있는 준비를 할 뿐 아니라, 21세기가 안고 있는 노인문제를 심도 있게 살펴보고 그것에 대한 대안을 생각해보는 계기가 되고자 한다.

본서의 연구 대상은 1970년대부터 2004년 10월 현재에 이르는 기간에 발표된 노년소설[6] 가운데 노년소설의 성격이 잘 드러나 있는 작품 120편을 선별,[7] 논의를 하기로 한다. 이렇게 1970년대부터 발표된 노년소설을 연구범위로 정하는 것은, 노인문제가 가시화된 것이 1960년대부터이지만 노년의 삶을 형상화하고 노인문제가 반영된 소설은 70년대에 이르러 본격적으로 두드러지게 나타났기 때문이다. 이와 같이 1970년대에 노인문제가 표면화되기 시작하여, 1980년대와 1990년대를 거쳐 오늘날에 이르기까지 노년의 삶과 노인문제에 깊은 관심을 갖고, 그 심각성을 경고하거나 또는 해결방안을 모색 혹은 전망하고 있는 작품들이 꾸준히 창작되고 있다.

문학작품은 그것을 낳은 환경·문화와 분리할 수 없다.[8] 문학은 객관적 현실을 반영하는 여러 의식 가운데 하나이기 때문이다. 물론 문학은 그것을 반영하는 대상과 사진적으로 일치하는 일대일의 대응관계를 갖는 것은 아니다. 그러나 본질적인 차원에서 본다면 역시 문학은 현실의 거울임이 분명하다. 왜냐하면 문학은 우리의 일상적인 의식을 통해서

---

6 『현대문학』, 『문학사상』, 『창작과 비평』, 『한국문학』, 『동서문학』 등의 문학지에서 1970년부터 2004년 10월까지 35년간의 작품을 중점적으로 발췌했고, 단행본으로 출판된 단편작품집이나 중·장편 가운데 노년소설을 찾아 목록을 정리해본 결과 300편에 이른다. 이렇게 한 이유는 노년소설에 나타난 노인문제의 추이를 산업화 과정이나 사회의 변동에 따라 살펴보고자 하였기 때문이다.

7 1970년부터 2004년 10월까지 발표된 노년소설 가운데서, 노인의 삶과 노인문제의 소설적 형상화가 잘 되었다고 판단한 작품을 찾아 선별해본 결과, 70년대 38편, 80년대 27편, 90년대 39편, 2000년대 16편을 선정하였다. 연구 대상 노년소설 목록은 기본 자료로 참고문헌 서두에 붙이기로 한다.

8 S·N·그렙스타인, 「사회학적 방법」, 박철희·김시태, 『문학의 이론과 방법』, 이우출판사, 1984, 116쪽.

는 단지 피상적으로밖에 파악할 수 없는 객관 현실의 본질적인 측면을 좀 더 깊이, 그리고 포괄적으로 반영하기 때문이다.[9] 문학 현상이 복잡하고 다양해도 그것은 근본적으로 인간의 삶 속에서 형성된 인간적 산물이며, 사회 현실을 반영함으로써 다시금 그 현실에 반작용하는 사회적 의식의 일종이라고 할 수 있다. 문학은 사회와 개인의 특수한 사정에 따라 그 형태와 방법이 다르게 나타나기는 하지만, 그럼에도 불구하고 일정하게 사람의 사회적 삶을 반영하는 사회의식의 한 형태라고 할 수 있다.[10]

그러므로 객관적 현실을 반영하는 문학의 사회적 성질에 대한 이해를 토대로 하여, 노년소설에 나타나고 있는 노년의 특성과 노인문제를, 현대사회와 노년의 사회학적 관계를 염두에 두고, 작품에 투영된 노인의식을 고찰하며 분석하기로 한다. 그럼으로써 노년의 삶을 구체적으로 이해할 수 있을 것이며, 날로 심화되고 있는 노인문제의 극복에 한 걸음 다가갈 수 있을 것이다. 이로써 산업화 · 국제화 · 정보화 시대로 일컬어지는 현대에서, '늙음'과 '젊음'이 조화를 이루어 더불어 사는 건강한 사회와 당당하며 성숙한 정체성을 가진 노년의 삶을 기대하게 될 것이다.

본서의 목적은 고령화 사회가 된 현재의 시점에서 현대 노년소설 속에 나타난 사회적 병리 현상의 하나인 노인문제를 규명하고, 노년소설을 면밀히 읽고 분석함으로써 노년소설에 대한 본격적인 논의의 전개

---

9 최유찬 · 오성호, 『문학과 사회』, 실천문학사, 1994. 20~21쪽.

10 위의 책, 24쪽.

는 물론 노년의 삶에 대한 관심을 촉구하는 데 있다. 본 연구를 기점으로 현대소설 속에서 노년소설의 위상과 의의가 가늠되기를 기대하며, 노년소설에 대한 연구가 활발해지기를 기대한다.

2. 연구사 검토

한국 현대소설 가운데 노년소설[11]에 대한 연구는 극히 최근에 시작되었다. 노인문제에 대하여는 산업화·도시화 등과 더불어 인구의 노령화 현상이 두드러지면서 현대사회에서 필연적으로 제기된 문제로, 사회학이나 가족학 또는 심리학 분야에서 활발한 논의가 되고 있다. 그러나 노인문제나 노인의 삶을 주제나 소재로 한 소설에 대하여는 많은 관심이 환기되지 않았으나 더러 관심을 보이는 논자들이 생겨나게 되었다.

최초의 논의는 이어령[12]이 불란서의 작가 보리스 바이앙의 우시장(牛市場)에서 소처럼 팔려 가는 노인의 모습을 우화적으로 그린 노년소설 「노인 시장」을 예로 들며, 현대문명이 몰고 온 노인들의 몰락한 삶에 대하여 이야기하고 있는 것으로부터 시작되었다. 노인들은 현대의 종교인 생산성을 잃었기 때문에 멸시를 당하는 것이라며, 이러한 현상은 날이 갈수록 더욱 심화될 것이라고 예고한다. 또한 인간의 문화를 '동물적인 문화'와 '식물적인 문화'로 보고, 과거의 서양인들은 동물처럼 추악하게 늙어가고 동양인들은 식물처럼 생의 자세를 완성시키면서 늙어갔

---

11 노년소설에 대한 개념정리와 특징은 '제2장 노년소설이란 무엇인가'에서 자세히 논하기로 한다.

12 이어령, 「현대 문명과 노인」, 『신상』, 1970년 가을호.

는데, 현대 노인들의 몰락한 삶을 동서양을 막론하고 '식물적인 삶에서 동물적인 삶'으로의 변화로 표현하고 있다. 이 경우 우리나라의 노년소설에 대한 언급은 아니지만 노년의 생애와 노인의 사회적 지위가 하락하게 된 원인에 대하여 관심을 가졌다는 것에 의의가 있다.

김병익[13]과 천이두[14]는 각각 작가가 노년에 접어들어 내놓은 노년기의 소설에 대해 관심을 보였다. 특히 천이두는 최정희의 「찬란한 대낮」과 황순원의 「탈」, 서기원의 「여자의 다리」를 논의하면서 작가의 연령이 장년 또는 노년기에 이르러 패기 있고 원숙한 경지를 보여주고 있다고 말한다. 최정희나 황순원에게서는 '나이'를 느끼게 되는데 그것은 노쇠현상과는 다른 '원숙'한 것이며, 서기원의 작품에서는 사회적 정치적 현실에 대한 관심이 짙은 비중으로 나타나는데, 그것은 '패기와 의욕'이라고 말하고 있다. 춘원이나 육당 이래 한국 문학은 소년의 문학이거나 장년의 문학이지 노년의 문학은 아니었다며, 노년의 작가인 이들에게서 '노년의 문학' 혹은 '노대가의 문학'의 대두를 기대하고 있다. 이러한 작가들에게서만 느낄 수 있는 특수한 분위기를 '노년의 문학'이라고 규정하는데, 노년소설에 대한 개념을 따로 규정하고 있지는 않다. 단지 김병익은 '노년소설', 천이두는 '노년의 문학'이라는 용어를 사용하고 있음이 주목된다.

김승옥[15]은 김용운의 「孫영감의 어느날」과 김원우의 「망가진 胴體」, 박완서의 「아저씨의 勳章」을 논의하면서, 노인문제에 대한 관심과 함께

---

13 김병익, 「노년소설 · 침묵 끝의 소설」, 『한국문학』, 1974년 4월호.

14 천이두, 「원숙과 패기」, 『문학과 지성』, 1976년 6월호.

15 김승옥, 「빛 바랜 삶들」, 『문학사상』, 1983년 6월호.

노인의 죽음을 소재로 한 소설에 대하여 언급하고 있다. 김용운의 「孫영감의 어느날」에서 보여주는 노부부의 이야기는 손영감 개인의 이야기가 아니라 대문만 나서면 만날 수 있는 노인들의 이야기며, 김원우의 「망가진 동체」와 박완서의 「아저씨의 훈장」은 죽음을 앞둔 노인들이 주인공으로 등장하고 있다며, 우리 사회에 나타나고 있는 노인문제가 심각함을 논의의 중점으로 하고 있다.

이 논의에서 김승옥은 노후문제나 죽음, 양로원 등을 소재로 한 소설의 주인공인 노인들의 삶을 조명하고, 우리 사회에서 심각한 모습으로 나타나고 있는 노인문제를 효도로만 해결할 수 없는 것이라고 한다. 그리고 노년의 삶과 죽음을 넘어 노후문제와 사회보장제도의 필요성을 서구의 노인들의 삶과 비교하여 노인문제가 우리의 큰 당면과제임을 제시하고 있다. 노인의 위상이 격하되고 덜 존경받게 된 것은 젊은이에게 있어 노인이 쓸모없는 사람으로 인식하게 된 데 연유한다며, 그렇게 된 것은 과학이 노인의 경험을 앞서고 있어 노인이 갖고 있는 경험이나 지식은 한낱 낡은 옛 지식에 불과하고, 노인이 경제권과 사회적 지위를 상실했기 때문이라고 한다. 이러한 김승옥의 논의는 기존의 논의에서 한 걸음 나아가 소설 속에 나타난 노년의 삶과 죽음의 문제를 구체적으로 제시하며, 노인문제와 그 해결방법에 대한 전망을 조심스럽게 하고 있는 데에 의의가 있다.

노년소설에 대한 본격적인 논의는 '문학을 생각하는 모임'의 연구자들로부터 시작되었다고 볼 수 있다.[16] 이 논문집에서 이재선과 김윤식이

---

16 문학을 생각하는 모임, 『한국문학에 나타난 노인의식』, 백남문화사, 1996.

노년소설에 대해 언급한 것을 바탕으로 하여, 변정화는 노년소설의 개념을 서사공간이나 생산주체에 국한되지 않는 광범위하고 포괄적인 자리에 두어, 이를 우리 사회가 안고 있는 노인문제의 자연스러운 반영으로 보고 있다. 따라서 노년소설의 세부요건으로는 노년의 인물이 주요 인물로 나타나야 할 것, 노인이 당면하고 있는 제반 문제와 갈등이 서사골격을 이루고 있을 것, 노인만이 가질 수 있는 심리와 의식의 고유한 국면에 대한 천착이 있어야 할 것 등을 들고 있다.[17]

변정화의 논의는 이선의 「이사」와 「씨뿌리기」를 대상으로 주인공 노인들의 삶과 정신구조를 노인들이 겪어야 했던 역사체험의 맥락 안에서 재구성하여 그 의미를 분석하고 있다. 이 논문은 노년의 삶을 이해하고 노인문제에 올바르게 접근하며 노년소설의 개념 정리와 더불어 노년의 삶과 노인문제에 깊은 관심을 갖게 하는 의미 있는 연구라고 볼 수 있다.

변정화의 또 다른 논문[18]에서는 노인의 문제를 위기의 가족과 위기의 노년에서 찾으며 가족의 위기, 가족 개념의 황폐화에 대하여 심도 있게 천착하고 있다. 이 논문에서는 현대적 의미에서의 노인문제를 애정과 유대감 없이 해체되어 가는 황폐된 가족제도에서 찾고자 하는 논의가 돋보인다.

---

17 변정화, 「시간, 체험 그리고 노년의 삶」, 문학을 생각하는 모임 엮음, 『한국문학에 나타난 노인의식』, 백남문화사, 1996.

18 변정화, 「죽은 노인의 사회, 그 징후들」, 문학을 생각하는 모임 엮음, 『한국노년문학 Ⅱ』, 국학자료원, 1998.

서정자[19]는 최근 10년간(1985년부터 1994년까지) 『현대문학』과 『문학사상』지에 발표된 약 1200편의 단편소설을 대상으로 노년소설의 발표 현황을 조사하여 노년소설에 나타난 노인의식과 서사구조를 분석하면서 노년소설의 창작이 극히 부진하다고 말한다. 서정자는 그 이유를 노인이 주인공인 소설은 독자들이 외면하므로 작가들이 기피하는 경향이 있고, 노년소설에 대한 개념과 방향이 정립되지 않은 때문으로 보고 있다. 최근 10년간의 노년소설을 대상으로 하여 노인의식과 서사구조를 정리한 이 논의는 노년소설의 개념과 창작방법에서 좀 더 나아간 것에 의의가 있다.

　서정자의 다른 논문[20]에서는 노년기에 쓴 성장소설인 김의정의 소설을 중심으로 논의하고 있으며, 또 다른 한 편의 글[21]에서 노년인물을 주인공으로 한 소설이 노년의 남녀를 어떻게 그리고 있는지 살펴보고 있다. 여기에서는 노인에 대한 의식의 변화와 노년남녀의 대비적 고찰을 하고 있다. 이 논의에서 노인문제를 가족에게만 맡겨둘 것이 아니라 사회문제로 공론화하기를 제시하고 있다.

　김윤식은 2000년대에 발표된 노년소설 8편을 대상으로 엮은 소설집 『소설, 노년을 말하다』의 말미에 붙인 평론[22]에서 노년소설에 대한 명칭

19　서정자, 「하강과 상승 그 복합성의 시학」, 문학을 생각하는 모임 엮음, 『한국문학에 나타난 노인의식』, 백남문화사, 1996.

20　서정자, 「존재탐구의 글쓰기」, 문학을 생각하는 모임 엮음, 『한국노년문학연구Ⅱ』, 국학자료원, 1998.

21　서정자, 「소설에 나타난 노년남녀의 대비적 연대기」, 문학을 생각하는 모임 엮음, 『한국노년문학연구Ⅲ』, 푸른사상사, 2002.

22　김윤식, 「한국문학 속의 노인성 문학」, 김윤식·김미현 엮음, 『소설, 노년을 말하다』,

을 '노인성 문학'이라고 하면서, 노인성 문학에 대한 개념을 정리하고 있다. 여기서 65세 이상의 작가가 쓰는 작품을 노인성 문학 A형으로, 65세 이하의 작가들이 노인성을 소재나 주제로 다루는 경우를 노인성 문학 B형이라 규정한다. 노인성 문학 A형에는 노인문제도 청년문제도 다루어질 수 있는데, 그것은 원리적으로 작가의 의식이 노인성의 사정거리 안에서 진행되기 때문이라고 한다. 이 연구에서는 노년소설의 개념에 대하여 폭넓은 논의를 하고 있다는 점에서 주목되나, 65세의 연령에 이른 작가가 쓴 모든 작품이 노년소설이라고 규정하는 것에는 무리가 따르는 것으로 보인다.

김미현[23] 또한 '노인성 문학'이란 문학을 위해 노인성을 문제 삼는 것이지 노인성을 위해 문학을 끌어들이는 것은 아니라며, 작가층의 연령을 65세 이상으로 한정할 필요는 없다고 한다. 노인이 아닌 사람들이 노인에 대하여 할 말이 더 많음을 환기시키며, '노인성 문학'이라는 용어를 사용하는 것은 생물학적인 나이를 기준으로 노인들이 지닌 문제 자체에 주목하는 것이 아니라 존재론적인 양상으로서의 노인성을 문학의 본질로 하기 때문이라고 말한다.

이처럼 노년소설에 대한 연구는 이어령의 논의를 시작으로, 이재선과 김윤식의 노년소설에 대한 논급을 바탕으로 하여, 본격적인 논의는 '문학을 생각하는 모임'의 연구자들이 내놓은 논문집 『한국문학에 나타난 노인의식』으로부터 시작되었다고 볼 수 있다. 그러나 아직은 노년소설

황금가지, 2004.

23　김미현, 「웬 아임 올드」, 김윤식 · 김미현 엮음, 『소설, 노년을 말하다』, 황금가지, 2004.

에 대한 폭넓은 연구가 미비하고, 몇몇 논자들에 의해 소수의 작품만이 연구되고 있는 실정이다.

그러므로 본서에서는 노년소설에 대한 개념 정리를 시작으로 노년소설의 서사적 특성, 갈등 양상, 현실 적응 양상 등을 다룰 것이다. 서사적 특징은 노년의 삶을 탐색하고 방법을 통해, 갈등 양상과 현실 적응 양상은 현실과의 부딪침 그리고 사회에의 적응 양상을 통해 구체적으로 살펴볼 것이다. 본서를 통해 노년소설에 대한 관심과 더불어 노년의 인식과 전망에 대한 의식을 촉구하며, 노년기의 삶을 투영한 노년소설의 활발한 창작과 논의를 기대한다.

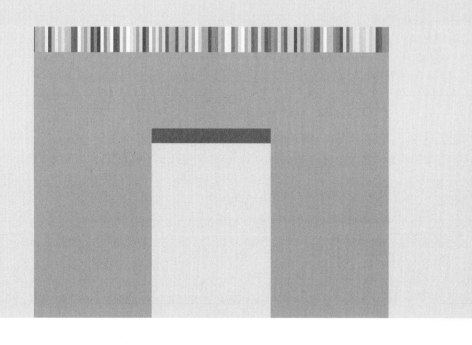

제2장

노년소설의 개념

제2장
노년소설의 개념

　노년소설을 논하기에 앞서 우선 노인의 개념과 연령선의 규정이 필요
하다. 국제노년학회(1951)에서는 노인을 인간의 노화과정에서 나타나
는 생리적, 심리적, 환경적 행동의 변화가 상호 작용하는 복합 형태의
과정 중에 있는 사람이라고 하였다. 그것을 세분화하여 설명하면 환경
의 변화에 적절히 적응할 수 있는 자체 조직에서 결핍을 가진 사람, 생
활 자체가 자신을 통합하려는 능력이 감퇴되어 가는 시기에 있는 사람,
인체의 기관과 조직기능 등에 있어서 감퇴 현상이 일어나는 시기에 있
는 사람, 생 자체의 적응이 정신적으로 결손되어 가고 있는 사람, 인체
의 조직 및 기능 저장의 소모로 적응 감퇴 상태에 있는 사람을 말한다.
노인을 규정하는 확실한 기준이 없기 때문에 학자의 견해에 따라 사
회 · 문화적 배경 그리고 나라에 따라 많은 차이가 있다는 것을 시사하
고 있는 한편, 노인에 대한 정의는 복합적인 측면이 고려되어야 한다는

것을 의미한다.[1]

노인을 규정하는 연령은 사회에 따라 일정하지 않으며, 결국 노인이란 인생의 마지막 단계에서 신체적, 정신적 기능이 쇠퇴하고 사회적 역할이 감소되어 이에 따라 특수한 성격을 갖는 사람으로, 사회의 인구와 경제 및 사회·문화적 요인의 복합적인 작용에 의해서 생활기능을 정상적으로 발휘할 수 없는 사람이라고 정의되고 있다.[2]

다음으로 연령 설정의 문제이다. 연령은 절대연령, 육체연령, 심리적 연령, 사회적 연령, 그리고 문화적 연령 등 다섯 유형의 연령을 포괄한 개념이다. 그렇기 때문에 노령선을 설정하는 것은 인위적일 수도 있으나, 사회측정 기준의 필요에 의해 역연령(曆年齡)으로 60세 이상, 65세 이하를 최저 노령선으로 규정하는 것이 일반적이다. 이때는 정년과 환갑을 맞는 시기, 노인 상징 중의 하나인 조부모가 되는 시기이며, 대한노인회 가입이 60세부터 가능한 점과 노인복지법(1981)상의 노인규정이 65세 이상으로 되어 있는 점 등을 고려한 것이다.[3]

이재선은 노년소설을 '노년학적(gerontic) 소설'이라고 명명하며 노년소설은 노년의 삶, 즉 삶의 적극적인 활동으로부터 은퇴하거나 물러나 있는 노인들의 세계를 다룬 소설이라고 할 수 있겠으나, 협의적으로 도시소설의 한 종속 장르로 규정할 경우 사회변동기에 있어서 노년의 도시생활 및 도시화와 연계된 삶을 묘사하는 소설이라고 그 개념을 규정하고 있다. 그리고 그 특징으로는 촌락형의 삶을 살아온 노인들이 이질

---

1 임춘식, 『현대사회와 노인문제』, 유풍출판사, 1991, 42~43쪽 참조.
2 서병숙, 『노인연구』, 교문사, 1993, 3쪽.
3 위의 책, 3~6쪽.

적인 도시형 삶의 양식에 대해 느끼는 위화감, 그들이 겪어야 하는 추방과 무력화, 고독감, 집 지키기로서의 위계적인 전락, 공간의 소외와 단절 등을 들 수 있다고 한다.[4]

김윤식은 박완서의 「오동의 숨은 소리여」를 분석하는 과정에서 '노인성 문학'이라는 용어를 쓰고 있으며 이 노인성 문학의 분류기준이 되어야 할 노인의 연령선과 노인성의 정체성에 대해서도 관심을 나타내고 있다. 특히 주목되는 것은 최근에 두드러지는 '노인성 문학'의 등장을 한글세대인 4·19세대 작가들의 노년화 현상의 반영, 나아가 우리 문학의 참다운 연륜과 정통성 축적의 반영으로 보고 있는 점이다. 바로 그들에게서부터 우리 문학의 참다운 물줄기가 트였기 때문[5]이라는 것이다.

여기서 김윤식이 말하는 '노인성'이라고 하는 것은 노인만이 가지고 있는 심리와 의식의 고유한 것이라고 볼 수 있다. 즉 우울증, 수동성, 경직성, 의존성, 조심성의 증가, 내향성, 성 역할 지각의 변화, 친근한 사물에 대한 애착심, 유산을 남기려는 경향 등 노인의 성격 특징[6] 등이다. 이에 덧붙여 자기중심성, 보수성, 시기심과 질투, 적응력의 저하, 불평 과다, 과욕구의 증대 등이[7] 지적되기도 한다.

이렇게 볼 때 김윤식이 말하는 노년소설의 의미와 그 영역은 극히 제한적이다. 위의 진술만 따른다면 노년소설의 생산주체는 위와 같은 문

---

4 이재선, 『한국현대소설사』, 민음사, 1991, 276쪽.

5 김윤식, 『90년대 한국소설의 표정』, 서울대학교 출판부, 1994, 353~356쪽 참조.

6 서병숙, 『노인연구』, 교문사, 1993, 12~15쪽.

7 임춘식, 앞의 책, 47쪽.

학사적 의미를 띠고 있는 이들 특정 작가들에 국한되어, 노경에 접어든 그들의 자아가 노년소설의 모방주체이자 객체가 되며, 그 서사세계 역시 노년화된 그들의 자아와 삶의 자연스러운 반영이 될 것이기 때문이다.[8]

변정화[9]는 노년소설의 개념을 세 가지 유형으로 정리하고 있다. 이 논문에 따르면 제1유형은 우리 시대 노인들이 현대사의 전개과정에서 겪은 체험이 오늘의 그들을 억압하고 있거나 그들의 삶을 유린하는 양상을 그린 작품들이다. 즉 과거와 현재의 충돌, 그리고 현재를 억압하는 과거의 역사체험이 서사를 진행시키고 있는 특징을 지닌다. 제2유형은 본격적인 노인문제를 형상화하고 있는 우울한 작품들이다. 소외나 병고, 고립 등의 문제적 상황이 서사 진행의 슬픈 원동력이 된다. 제3유형은 노인들의 지혜롭고 아름다운 삶의 방법들을 그린, 기분 좋은 작품들로 나눈다. 여기서 연륜이 곧 삶의 지혜가 되는 세계를 목격하게 되며 자아의 정체성을 확인할 수 있는 근원을 가진 노인이 등장하고 있다.

본서에서는 위에 거론한 노인의 개념과 노년소설에 대한 기존 논의를 바탕으로 하여, 노년소설의 개념을 정리해보고자 한다. 먼저 노년의 연령은 위에 거론한 노령선을 염두에 두고, 역연령(曆年齡)인 60세 이상으로 정하며, 60세에 채 이르지 못했더라도 조부모가 된 경우에는 예외로 논의의 대상에 포함시키기로 한다. 이렇게 하는 것은 노인의 나이를 연령으로만 정하는 것에 무리가 있다고 보았기 때문이다.

---

8 변정화, 「시간, 체험, 그리고 노년의 삶」, 문학을 생각하는 모임 엮음, 『한국문학에 나타난 노인의식』, 백남문화사, 1996, 173쪽.

9 위의 책, 176~177쪽.

이와 같은 노인의 개념을 바탕으로 하여 노년소설의 개념을 정리해 볼 수 있다. 우선 노년의 인물이 주요 인물로 나타나야 할 것이다. 즉 노년기에 있는 인물이 주인공으로 등장하여 그 인물의 삶이나 의식, 행동을 통해 노년의 삶에 대하여 이야기해야 한다. 노인 인물이 아닌 다른 인물이 노년의 삶이나 심리적인 변화에 대하여 노인 인물만큼 사실적으로 그려내기는 어렵기 때문이다.

다음 요건은 노년의 삶이나 노인이 당면하고 있는 제반 문제와 갈등이 서사의 골격을 이루고 있어야 한다. 여기서 제반 문제라고 하는 것은 노인의 심리적·물리적 소외와 병고로 인한 고통, 그리고 '늙음'과 '젊음'의 대비에서 오는 여러 가지 갈등을 포함한다.

또한 노인만이 가질 수 있는 심리와 의식의 고유한 국면에 대한 천착이 있어야 할 것이다.[10] 노년기의 일반적인 특성으로는 내향성(interiority) 및 수동성(passivity)이 증가하고, 조심성 및 경직성이 증가하며, 우울증 경향이 나타난다. 그리고 과거에 대한 회상의 증가와 친숙한 사물에 대한 애착심이 나타나며 성 역할 지각의 변화가 일어나고 의존성이 증가한다.[11] 이러한 노년기의 특성이 소설 속에서 노인 인물을 통해 나타나야 한다.

마지막으로 노인문제를 서사의 주제나 소재로 선택하되 해결방안이나 대안을 제시할 수 있어야 한다. 노인이 안고 있는 문제는 다양한 삶의 모습만큼이나 많다고 볼 수 있다. 그렇기 때문에 그것에 대한 명확

---

10 변정화, 앞의 책, 174~175쪽.

11 김태현, 『노년학』, 교문사, 1998, 63~67쪽 참조.

한 해결방안을 제시하는 것에는 어려움이 있겠으나, 노인문제에 대한 근본적이고 다양한 각도에서의 해결방안을 모색하거나 대안을 전망해 보며, 심층적인 이해와 분석을 할 수 있어야 할 것이다.

이러한 세부요건 가운데 한 가지만이라도 충족될 수 있는 소설이라면 노년소설의 범주 안에 둘 수 있다고 본다. 한마디로 노년소설은 포괄적으로 노년의 삶, 즉 삶의 적극적인 활동으로부터 은퇴하거나 물러나 있는 노인들의 세계를 다룬 소설[12]이라고 할 수 있다.

---

12 이재선, 『현대한국소설사』, 교문사, 1991, 288쪽.

제3장

노년의 삶을 탐색하는 방법

제3장

노년의 삶을 탐색하는 방법

1. 노년소설의 주요 모티프

본서에서는 노년소설에 공통적으로 빈번하게 나타나며, 노년의 삶을 잘 반영하고 있는 모티프를 찾아, 그 상징의 의미를 살펴보기로 한다.

모티프	내포적 의미	작품
유기	죽음, 짐, 부 양 의 무 전가, 불효, 가출	송하춘 「청량리역」, 김영진 「朴老人의 죽음」 이청해 「웬 아임 식스티포」, 우선덕 「비법」 안장환 「밤으로의 긴 여행」, 전상국 「고려장」 김현숙 「삼베 팬티」, 박완서 「이별의 김포공항」 이규희 「황홀한 여름의 소멸」, 박순녀 「끝내기」 이순원 「거미의집」, 김별아 「끝나지 않은 노래」 차현숙 「메시지를 남겨주세요…」, 장한길 「불효자」

제3장 노년의 삶을 탐색하는 방법

죽음	현실순응, 소망 가족 배려	박완서 「꽃잎 속의 가시」, 최상규 「푸른 미소」 홍상화 「동백꽃」, 손소희 「갈가마귀 그 소리」 이청준 「눈길」, 이봉순 「당나귀 등짐」 은미희 「갈대는 갈 데가 없다」 박경수 「대마실 老人의 따뜻한 날」
재혼	노년의 사랑, 이기심, 새출발	박완서 「마른 꽃」, 「지 알고 내 알고 하늘이 알건만」 박명희 「아주 작은 소원 하나」, 이동하 「짧은 황혼」 조용만 「아버지의 재혼」, 홍상화 「동백꽃」
자존심	신체적 쇠약, 늙음	박완서 「길고 재미없는 영화가 끝나갈 때」, 「엄마의 말뚝·3」, 김수남 「望八」
흉터	흔적, 인생의 경험	박완서 「공놀이 하는 여자」, 「家」 이청준 「흉터」, 이동하 「문 앞에서」
대물림	존재성 인식, 종족 보존	이동하 「문 앞에서」, 최일남 「흐르는 북」 이명랑 「어머니의 무릎」
꿈	간절한 소망, 욕망	이선 「동상이몽」, 「흉몽과 길몽」

위의 표에서 볼 수 있듯이, 노인의 비참한 삶을 내포하고 있는 유기, 노인의 삶과 의식을 내포하고 있는 죽음, 노인의 재혼문제를 진단해보는 재혼, 쇠약한 노년의 생리적 작용에 대응해보는 자존심, 삶의 흔적을 말해주는 흉터, 대물림, 욕망의 표출인 꿈 등의 모티프를 살펴보며 노년의 삶을 탐색해보기로 한다.

1) 유기

한동안 '신종 효도관광'이라는 냉소적인 표현의 용어가 생겨났을 정도로 노인이 유기되는 문제가 심각하게 나타났었다. 현재도 표면적으로 드러나지 않을 뿐 여전히 노인들은 버려지고 있음을 짐작할 수 있다. 음성 '꽃동네'나 기도원 혹은 환자 수용시설 같은 곳에 일정한 수의 노인이 있는 것을 보면 알 수 있으며, 농촌에 있는 아파트 주민들의 많은 수가 농사를 짓지 않으면서 홀로 사는 노인이라는 이야기가 심심찮게 들리는 것을 보면 짐작할 수 있다.

노년소설에는 '유기' 모티프가 가장 많이 나타나는 것을 발견할 수 있다. 이 '유기' 모티프는 실제로 노인을 역이나 병원 근처에 버리는 경우가 있고, 학대와 소외를 견디다 못한 노인이 가출하는 경우가 있으며, 노인이 어떠한 행동도 취하지 못한 채 냉대를 견디며 살아가는 경우도 있다. '유기' 모티프가 나타나는 작품으로는 전상국 「고려장」, 송하춘 「청량리역」, 박완서 「이별의 김포공항」, 박순녀 「끝내기」, 장한길 「불효자」, 김별아 「끝나지 않은 노래」, 이순원 「거미의 집」, 김영진 「朴老人의 죽음」, 이규희 「황홀한 여름의 소멸」, 안장환 「밤으로의 긴 여행」, 우선덕 「비법」, 차현숙 「메시지를 남겨주세요…」 등이 있다. 이 중에서 몇 작품을 선별하여 중점적으로 논의해보고자 한다.

전상국의 「고려장」은 산업화 도시화의 물결이 일기 시작하던 1970년대의 작품이다. 이 작품에 나오는 현세의 어머니가 실성한다. 어머니는 남편과 큰아들을 잃고도 큰며느리와 함께 잘 살고 있었는데, 큰며느리가 재가를 한 이후로 실성해버리고 만 것이다. 어머니 정신병의 원인은 시대적 수난과 관련돼 있다고 볼 수 있다. 현세의 부친은 친일파였다는 이유로 죽임을 당했고, 현세의 형은 빨갱이에게 죽임을 당했던 것이다. 어머니에게 그 두 사람은 '생존의 의미였으며 삶 그 자체'였을 것이다. 아버지와 형의 죽음이 늘 어머니에게 갈등이나 마음의 불안감을 주었을 테지만, 정신병자가 된 결정적 동기는 형수의 재가 때문이다.

　현세는 불교, 기독교, 미신 등 모든 것에 매달려보고 병원에도 가봤지만 소용이 없다. 할 수 없이 정신병원에 수용시키는데, 아이들은 할머니 데려오는 것을 반대한다. 이루 말할 수 없는 이상한 행동과 욕설로 이루어진 망령기와 비슷한 미친 짓을 가족들은 견뎌낼 수가 없는 것이다. 현세는 할 수 없이 나중에 모셔오기로 아내와 상의하고 어머니를 종합병원에 버리기로 결심한다.

> 　"그럼 그런 무의탁 환자의 입원비는 누가 물어요?"
> 　그날 그 산동네를 내려오면서 아이들 엄마가 물었다. 그네는 아직 현세의 공범자가 되지 못했던 것이다.
> 　"그 병원에서 나라에다 신청을 하겠지!"
> 　"나라에서 왜 그런 돈을 물어줘유?"
> 　순간 현세의 머릿속에, 「어머니의 입원비를 물어야 할 사람은 국가」라는 생각이 번쩍 잡혔다. 그 생각과 거의 동시에 소달구지에 얹혀가던 부친의 주검이 떠올랐다. 어쩌면 그것은 그 여름날 총을 빗맞은 채 모친 앞으로 엉금엉금 기어오다가 쓰러진 형의 주검이었는지도 모른다. 한 아이가 그 주검들을 바라보고 있었다. 그러나 지금에 와서 그것은 한 아이 개인의 체험이 아니었다. 수천 수만의 아이들이 같은 모습을 하고 그 주검들을 바라보고 있었다.[1]

1　전상국, 「고려장」, 금성출판사 편, 『한국대표문학 18』, 금성출판사, 1996, 96쪽.

이렇듯 가난한 현실과 노모 부양의 의무를 다 감당할 수 없는 서민의 모습을 통해, 그 원인이 전쟁 때문이고 전쟁은 나라가 책임져야 할 문제라는 의식을 드러내고 있다.

현세의 이러한 의식은 '보호자가 없는 노파, 버려진 미친 노파'가 있다고 공중전화로 신고를 하고 난생 처음 기도를 하는 것에서 드러난다. 그때 통행금지 호루라기 소리가 난다. 현세에게는 어쩔 수 없이 또 한 번의 결단을 내려야 하는 시간으로 인식된다. 그래서 어머니의 미친 짓을 더 이상 볼 수 없는 현세와 가족들은 끝내 어머니를 종합병원 앞에 버리고 만다. 인간의 인내와 효에 대한 진솔한 성찰과 함께, 갈수록 늘어가는 노인문제를 국가적 차원에서 해결하는 방안을 모색하는 작품이라고 할 수 있다.

송하춘의 「청량리역」은 청량리역에 노인들이 하나둘 버려지기 시작한 1990년대 초를 배경으로 하고 있는 소설이다. 태준의 할머니가 버림받는 표면상의 이유는 마땅히 거처할 방이 없다는 것이다. 내면적인 이유는 대가족제도가 무너지고 개인주의가 팽배해지면서, 가족 간의 애정이 고갈된 것으로 볼 수 있다. 가족들이 불편해 할 때마다 할머니는 마석에 있는 요양원에서 몇 달씩 지내다 오곤 하는데, 이번에도 손녀딸의 귀가로 거처할 방이 없어지자 아들과 며느리에 의해 청량리역에 버려진다는 이야기이다.

어머니를 버리는 것에 애처로워하던 아들은 태백으로 떠나는 기차에 몸을 싣고, 며느리는 휴가 나온 아들을 보러 집으로 향한다. 아들과 며느리는 어머니를 버리는 일에 대한 일말의 양심을 갖고 있지만 현실의 상황은 냉혹하기만 하다. 결국 아들마저도 유기되는 어머니를 외면하고 마는 것으로 그려지는데, 이것을 통해 비극적인 현실과 노인에 대한 가족의 냉혹한 모습을 보여주고 있다. 이러한 노인의 모습은 '짐'으로, '보따리'로 상징되어 나타난다. 즉, 청량리역에 짐처럼, 보따리처럼 놓여진 어머니는 이 사람 저 사람의 발에 채이는 것으로 상징화되고 있는 것이다.

어머니는 경찰에 의해 발견되지만 이미 며느리를 찾을 수 없었고, 경찰들이 며느리를 찾는다고 우왕좌왕 난리를 치는 바람에 시간이 흐른다. 그때 며느리를 목격한 아가씨 하나가 며느리를 가리키며 노인을 버린 사람이 틀림없다고 한다. 그러나 경관이 어머니에게 맞대질 시켜본다고 말하고 며느리를 찾으러 뛰어가는 사이에 어머니는 앉은 채로 죽어간다. 어머니가 토해놓은 토사물에는 우유와 알약이 섞여 있다. 그것을 본 사람들은 우유가 상했다고도 하고, 알약이 극약일 거라고 말한다. 웅성거리는 사람들 속에서 세상에 대한 원망도 무엇도 없이 죽어간 어머니를 경찰병원이나 시립병원으로 데려가는 것만이 경찰이 할 노릇이다.

여기서 주목할 것은 할머니의 죽음을 바라보는 사람들의 반응이다. 대부분의 사람들은 그다지 대수롭지 않게 여긴다. 그것은 자주 있는 일이었고 버려지는 일 또한 비일비재했기 때문인 것이다. 누구도 관심을 기울여주지 않는 노인, 그 노인의 죽음에 더 무관심한 사람들의 모습에서 현대사회의 냉혹한 단면을 발견할 수 있으며, 삶의 종말을 비참하게 보내는 노인의 모습을 통해 노년의 비극성을 인식하게 하는 것이다.

가족들마저도 노인을 버리는 현상은 배금주의와 개인주의의 산물이라고 볼 수 있다. 이 작품에서 노인은 처음에 예시되는 대로 보따리처림, 짐처럼 느껴지는, 소멸하거나 버려야 하는 존재로밖에 나오지 않는데, 이것 또한 비생산적인 노인에 대한 상징적인 모습인 것이다. 사람의 존재조차도 물질적 가치로만 환산되는 의식 속에서 '늙음'은 거추장스러운 것이며 '짐'으로밖에 인식되지 않는 것이다.

이처럼 「청량리역」은 늙음에 대하여 깊은 회의를 느끼게 하는 작품인데, 여기서 관심을 두어야 할 것은 어머니의 반응이다. 어머니는 아들과 며느리에게 어떤 언질도 받지 않은 상태로 버려졌다는 것을 알면서도 별다른 행동을 보이지 않는 것으로 그려진다. 어머니는 죽은 사람처럼 움직임이 없다. 그런데도 자식들과 맞대질을 하겠다고 하니까 약을 먹고 죽는다. 여기에서 극명하게 드러나는 것은 어머니와 자식의 의식 차이로 보인다. 어떤 상황에서도 어머니의 자식 사랑은 여전하지만 자식은 상황에 따라 어머니를 버리는 파렴치한 모습으로 나타나는 것이다. '보따리'처럼 발에 채이는 존재, 사람들이 숱하게 오고 가는 청량리역인데도 버려진 노인에 대한 관심은 너무도 무심한 현실, 그것은 개인주의적이고 단절된 현대인의 의식을 적나라하게 드러낸다고 볼 수 있다.

이렇게 실제로 버림받는 노인을 그려낸 경우와 달리, 박완서의 「이별의 김포공항」은 쓸쓸하기만 한 노년에 이국땅으로 떠나 살 수밖에 없는 노파의 삶을 그리고 있다. 노년의 삶을 지금까지 살아온 모국이나 고향에서 보내고 싶은 것이 노인의 바람이다. 그러나 이 작품에 나오는 노파는 추방이나 유배 혹은 정신적인 유기나 다름없는 상황에 처하고 만다. 가족에게 '짐짝' 같은 존재로 전락해버린 노파는 정신적으로 고립되고 버려지는 것으로 나타난다.

전쟁 때 남편을 잃고 4형제와 딸 하나를 키운 노파는 맏아들 내외와 갈등을 겪게 되어 더 이상 고국에서 살지 못한다. 떠나기 전까지는 서울과 미국을 비교하며 서울에 있는 것들이 촌스럽고 별 것 아니라고 생각하는데, 이는 노파의 스스로의 위안으로밖에 보이지 않는다. 노파는 미국으로 떠나던 날 김포공항에서 샌프란시스코로 같이 갈 젊은이를 만나게 되자, 그 사실을 알려주기 위해 가족들이 있는 곳으로 간다. 그러나 가족들은 이미 모두 그 자리를 떠나고 없다. 버려야 할 '짐'처럼 그렇게 버려졌다는 것을 인식한 노파는 울음을 터뜨린다. 동행하는 젊은이가 아무리 놀리며 달래도 노파는 울음을 그치지 않는 것이다.

> "할머니 울잖아? 애기같이, 우리도 안 우는데. 울지 마. 우린 같은 처지야."
> 아까의 젊은이가 광대 같은 표정으로 어리광을 떨며 노파를 웃기려든다.
> 하긴 저들도 뿌리 뽑혔달 수도 있겠지. 그러나 저들은 묘목이다. 어디에고 다시 뿌리를 내릴 수 있는 묘목이다. 그러나 난 틀렸어. 난 죽은 목숨이야.
> 노파는 노파의 아들들이 이를 갈며 싫어했고 진저리를 치며 놓여나기를 갈망했던 이 땅의 모든 구질구질한 것까지 자기가 얼마나 사랑했던가를 안다. 노파는 마치 자기 시신(屍身)을 보듯이 숨막히는 공포로 뽑혀 나동그라진 거대한 나무와 지상으로 노출된 수만 가닥의 수근(樹根)이 말라비틀어지는 참담한 모습을 환상하며 심장을 쥐어짜듯이 서럽게 운다.[2]

이 소설에 등장하는 노파는 '식구들의 지청구에만 익숙해' 있는 인물

---

2 박완서, 「이별의 김포공항」, 『부끄러움을 가르칩니다』, 한양출판, 1994, 178쪽.

이다. 전쟁을 겪었고 그 전쟁에서 남편을 잃은 처지로, 아들 4형제와 딸 하나를 키웠다. 딸이 간호보조원으로 있는 미국으로 가게 된 노파의 속마음은 고국에 있고 싶은 것이다. 그래서 미국으로 떠나는 노파는 자신의 모습을, '공포로 뽑혀 나동그라진 거대한 나무'와 '지상으로 노출된 수만 가닥의 수근이 말라비틀어지는 참담한 모습'으로 인식한다. 이 땅의 모든 것을 사랑했으며, 손자들과 함께 살고 싶은 고국을, 속마음과 상관없이 떠나야만 하는 현실이 노파에게는 서럽기만 한 것으로 그려진다. 그러한 마음을 숨기면서 모두 놓고 떠나야 하는 노파는 그치지 않는 울음을 울 수밖에 없는 것이다. 노파는 그 참담한 기분을 '산 채로 자기의 시신을' 보는 것처럼 불행하다고 느낀다.

공항에서 만난 젊은이들을 보며 노파는 자신을 뿌리뽑힌 '고목'으로 인식하고, 젊은이들을 '묘목'에 비유한다. 이 땅을 떠난다는 것으로만 본다면 둘 다 뿌리 뽑힌 것이지만 노파는 '뿌리를 내릴 수 없는 고목'이고, 젊은이는 '어디에고 다시 뿌리를 내릴 수 있는 묘목'으로 인식되는 것이다. 이렇듯 냉혹한 현실과 자신의 처한 상황을 인식한 노파는 자신을 죽은 목숨이라고 생각하며, 이국으로 떠날 수밖에 없는 현실에 울음을 터뜨리고 마는 것이다. 여기서 노파가 할 수 있는 것은 '울음'뿐이다. 말이나 어떤 행동으로도 내면의 생각을 드러낼 수 없는 노파의 그 울음은 노년의 비참한 모습을 상징적으로 드러내는 것으로 볼 수 있다. 그러나 이 '울음'이 내포한 의미를 인식하지 못하는 젊은이들은, 위의 인용문에 나타나듯 우는 노파의 행동에 '애기 같이' 왜 우느냐며 노파를 웃기려고 한다. 이러한 젊은이들의 모습 역시 노인을 바로 이해하지 못하는 것으로 볼 수 있다.

박순녀의 「끝내기」에서는 고혈압을 앓는 아버지를 마음으로부터 '유기'하고 끝내는 죽게 하는 이야기를 그리고 있다. 차씨네의 친정아버지가 세 번째 쓰러져 거동을 할 수 없게 되자, 모시고 있던 차씨네 동생은 아버지를 버리자고 한다. 겨울이니까 버리면 얼어 죽을 것이고, 죽으면 장례를 치르면 된다는 것이다. 경제적으로나 상황적으로 모실 수 없는 처지인 차씨네는 쓰러진 아버지를 몇 년째 모시고 있던 동생을 나무랄 수 없다. 거동조차 하지 못하는 아버지를 동생에게 계속 맡으라고 하는 것도 어려운 노릇이고, 본인이 모실 수도 없는 차씨네는 결국 아버지의 곡기를 끊고 굶겨 죽이기로 모의한다. 아버지에게 관장을 시키고 곡기를 끊어버린 지 14일이 될 때, 차씨네는 이제 '끝났다'는 동생의 전화를 받는다.

아버지를 죽이기까지에는 여러 가지 상황들이 부정적으로 작용한다. 아버지를 모시고 있는 동안 동생네는 큰 고통을 겪는다. 방에서 고약하게 나는 냄새와 노인이 있는 집에는 파출부가 오지 않겠다고 했으며, 대변까지 흘리는 아버지를 동생은 더 이상 모실 수 없다고 한다. 아버지가 차씨네 집에 한 달간 머무는 동안에 차씨네의 남편은 외도를 하고, 교통사고를 내는 바람에, 살고 있던 집에서도 쫓겨나야 할 형편이다. 그래서 차씨네는 파출부 일을 계속할 수밖에 없었다. 양로원에 보내려고 했지만 자식이 있다는 이유로 그것도 받아들여지지 않는다. 결국 노인을 버리자는 동생의 의견에 동조하는 차씨네는 곡기를 끊는 방법을 선택하는 것이다.

이 작품은 '유기' 모티프를 '노인 죽이기'라는 극단적인 곳까지 몰고감으로써 질병을 앓고 있는 노인문제뿐 아니라, 가족이라는 본질적인 문제에까지 접근해 나갔다고 볼 수 있다. 서사적으로 볼 때 두 딸 모두 노인을 모실 수 없는 상황으로 묘사되어, 그 사실이 개연성을 획득하고 있는 것으로 나타난다. 하지만 근본적으로 노인에 대한 애정이나 노년 의 삶에 대한 이해를 갖지 않은 두 딸의 모습을 통해, 현대인의 냉혹한 의식을 드러내고 있는 것이다.

여기서도 노인이 버려야 하는 '짐'으로 상징화되는 것을 발견할 수 있 다. 버리는 것은 쓸모없기 때문임을 의미하는데, 아버지가 '짐'으로 인 식되고, 더구나 곡기를 끊어서 노인을 죽이기까지 하는 행동에서 비인 간적인 모습을 극명하게 드러내준다고 볼 수 있다. 노인을 죽음으로까 지 몰고 가는 '유기' 모티프는 장한길의 「불효자」에도 나타난다.

「불효자」에서 '나'는 93세 된 어머니가 큰 병원에 가서 치료받기를 원 하지만 그 소원을 들어드리지 않는다. '나'는 용변처리도 못하는 어머 니가 더 이상 살아 있는 것은 의미가 없다고 생각하기 때문이다. '나'와 어머니의 삶에 대한 인식은 이렇듯 상충되어 나타난다. 용변처리조차 할 수 없는 어머니는 살아 있을 가치가 없다는 '나'의 생각은 지극히 현 실적으로 보인다. 결국 어머니의 바람은 이루어지지 않고 얼마 후 돌아 가시고, '나'는 염을 하기 위해 어머니의 시체에 손을 댄다. 그러자 손 에 시육이 들러붙어 놀라 뛰쳐나오고 만다. 당숙에게 호된 꾸지람을 들 었지만 도저히 그 일을 할 수 없던 '나'는 어머니의 장례식에서 눈물조 차 나오지 않아 곤혹스럽다. 장례를 치르고 올라오는 기차 안에서 '나' 는 하염없이 눈물을 흘린다. 옆자리에서 '나'를 지켜본 아주머니는 '나' 의 상황을 알지 못하므로 효자라면서 상을 줘야 한다며 주소와 이름을 묻는다. 그 아주머니는 93세 된 어머니의 죽음을 슬퍼하며 눈물을 흘리는 모습에 신선한 충격을 받은 것으로 볼 수 있다. 그것은 '나'의 드러나지 않은 모습을 알지 못하고 외면적인 모습만으로 판단한 것으로, 그때서야 '나'는 스스로 불효자라고 생각하며 자기반성을 한다.

이 소설에서도 화자인 '나'는 큰 병원에 가서 치료받기를 원하는 어머니의 바람과 달리 어머니를 돌아가시게 하는 방법을 선택한다. 이것은 다른 장소에 노인을 유기한 것은 아니지만 궁극적으로는 버린 것이나 마찬가지며, 죽음에 이르게까지 한 것으로 그려진다. 여기서도 어머니를 마음으로부터 버린 것은, 어머니를 모실 수 없는 '나'의 가정적인 상황이 외면적인 이유로 작용하지만 궁극적으로는 '유기'한 것에 지나지 않음을 나타내고 있다.

김별아의 「끝나지 않은 노래」에 나오는 석이네는 홀몸으로 정성을 다해 아들 석이를 키우고 가르친다. 석이네에게 아들은 인생의 전부로 그려진다. 그러나 아들이 결혼하고 나자 석이네가 과거에 양공주였다는 것을 안 며느리는 석이네를 구박한다. 더럽다며 손자에게는 손도 대지 못하게 하는 며느리에게 아들은 적극적인 자세로 석이네를 보호하지 못한다. 결국은 며느리와 아들에 의해 유기된 석이네는 경찰에게 발견되어서도 사는 곳과 아들 이름을 대지 않는다. 지문 조회를 통해 순경에 의해 다시 집으로 들어오게 된 석이네는 아들은 자기를 버리지 않을 것이라고 믿는다. 그러나 아들과 며느리의 주고받는 이야기를 들으며 아들까지도 자신을 버린 것을 알고 집을 나선다.

이 작품에서 석이네가 아들과 며느리에게 버림받게 되는 외면적인 이유는 '히빠리' 생활을 했던 과거의 삶 때문으로 나타나지만 실제의 이유는 가정의 위계질서에 대한 혼란 때문이다. 즉, 시어머니인 노인의 권위가 하락하였기 때문으로 보인다. 과거의 석이네 삶은 고난의 역사 속에서 홀몸으로 아들을 부양해야 하는 절박한 상황이 빚어낸 산물이지만 아들과 며느리는 그것을 이해하지 못하는 것으로 드러난다. 평생을 아들 하나 위해 살아온 석이네는 그 아들에게마저 버림당하자 집을 나오는 극단적인 방법을 선택할 수밖에 없는 것이다. 위계질서가 무너지고 노인에 대한 공경심이 사라진 현대 가정의 단적인 면모가 이 작품에 드러나고 있다.

가족들에게 버림받은 사실을 인식한 노인들이 취하는 후속적인 행동이 가출로 이어지는 경우가 노년소설에 많이 나타남을 알 수 있다. 이순원의 「거미의 집」에서도 가족에게 버림당한 노인이 가출을 하는 것으로 나타난다. 이 작품의 초점화자 '그'는 노인의 아들이다. 여기서 '그'의 행동은 지극히 우유부단하고 관조적이다. 그래서 어머니를 모시려고 하지 않는 아내에게 소극적으로 대응한다. 즉 어머니가 어느 집에 계셔도 편하게 지내면 된다며, 맏이인 '그'가 꼭 모셔야 할 이유가 없다고 생각한다. 그래서 어머니를 아들과 딸이 돌아가면서 모시자는 아내의 의견에 아무런 대응을 하지 않는다. 결혼한 딸의 경우에는 시부모를 모시고 있어서 객관적으로 불가능한 상황임에도 며느리인 '그'의 아내는 그런 정황을 전혀 고려하지 않는다. 그러한 아내의 태도에 어머니를 모시지 않으려는 의도를 확연히 드러내고 있다고 볼 수 있다.

이 작품에서 '그'의 아내는 지극히 이기적이며 합리적인 사고를 가장한 현대인의 몰염치한 모습을 드러내는 인물이다. 그리고 노년의 비참한 모습은 예전에 어머니로부터 들었던 이야기가 에피소드로 삽입되면서 확연하게 드러난다. 자식들에게 노인은 가치 없는 인간으로 취급될 뿐이다. 노인을 서로 모시지 않으려고 하는 자식들의 이야기를 엿들은 어머니가 더 이상 지탱할 수 있는 힘을 잃고 가출하는 모습에서, 비참한 노년의 삶을 적나라하게 드러내고 있다고 볼 수 있다.

지금까지 살펴보았듯이, 자녀들에게 돌봄을 받아야 할 노인이 유기되고 방치되는 것은 노인이 고려장화되고 있는 현실을 나타낸 것으로 볼 수 있다. 이러한 '유기' 모티프는 대타적인 관계에서 생겨난 부정적인 모티프라는 것이 이외의 모티프들과 다른 점이다. 노인이 버림당한다는 의미에서 현대사회가 양산해놓은 부정적인 요소임에 틀림없다. 그것은 노인이 쓸모없는 존재로 인식되기 때문이다. 농경사회에서는 노인의 경험이나 경륜이 소중한 자산이었지만 도시화되고 산업화된 현대사회에서는 소용없는 것이 되고 말았음을 의미한다고 볼 수 있다. 이렇듯 '유기'는 변화된 사회와 맞물린 경로효친사상의 붕괴가 초래한 현대사회의 비극적인 한 단면임을 알 수 있다.

2) 죽음

인간에게 있어서 죽음의 현실을 관대하거나 순응적으로 받아들이기는 쉽지 않을 것이다. 그런데 일반적으로 노인들은 중년들보다 죽음을 덜 걱정하고 살아가면서 친구들과 친지를 잃으면서 노인들은 점차 자신의 죽을 운명을 받아들일 수 있도록 생각과 느낌을 재조정하기[3] 때문인지 노년소설에 나타나는 노인의 죽음에 대한 인식은 대부분 순응적

---

3 정옥분, 『발달심리학』, 학지사, 2004, 681쪽.

이고 긍정적으로 나타난다.

노인이 젊은이에 비해 죽음을 덜 두려워하고 순응적인 태도로 받아들이는 것에는 여러 가지 요인이 있다. 노인들은 자기의 생명에 큰 가치를 두지 않으며 미래가 제한되어 있다는 것을 인정하기 때문이다. 또한 오랜 세월을 살아온 노인들은 자신이 충분히 살았다고 인식하며, 세월의 흐름에 따라 타인의 죽음과 연관을 가지면서 자기의 죽음을 기정사실로 맞아들일 자세를 갖추고 있기 때문이다.[4]

노년소설에 나타나는 '죽음' 모티프는 인생을 관조하며 현실에 순응하는 성숙한 노인의 의식을 보여주고 있다고 볼 수 있다. 더 이상의 미래가 부여되지 않은 현실, 그것이 고독하고 두려워도 노인은 그것에 순응하는 방식을 택하는 것으로 나타난다. '죽음' 모티프가 나타나는 작품으로는 손소희 「갈가마귀 그 소리」, 박경수 「대마실 老人의 따뜻한 날」, 이청준 「눈길」, 박완서 「꽃잎 속의 가시」, 최상규 「푸른 미소」, 홍상화 「동백꽃」, 이봉순 「당나귀 등짐」, 은미희 「갈대는 갈 데가 없다」 등이 있다.

손소희의 「갈가마귀 그 소리」에는 송영감과 50년을 같이 산 고을댁의 죽음에 대한 의식이 잘 드러나고 있다. 고을댁이 송영감과 살게 된 것은 정혼한 남편이 14세에 홍역을 앓다가 죽었기 때문이다. 3년상을 치른 후 시부모님은 청상과부인 고을댁을 송영감에게 시집보낸다. 아들을 하나 두고 있는 송영감과 평생 동안 자녀를 낳지 못하고 산 고을댁에게 어느날 아들이라며 천수가 찾아온다. 천수는 죽은 전남편의 양자

---

4 김태현, 『노년학』, 교문사, 1998, 285쪽 참조.

이다. 고을댁이 부자가 되었다는 소문을 듣고 찾아온 양아들 천수는 고을댁에게 집으로 돌아갈 것을 건의하고 고을댁은 그의 집에 들어가서 죽은 남편을 이장하고 본인도 죽은 후에 곁에 묻힐 것을 믿는다. 천수가 고을댁을 찾아와서 모시겠다고 하는 것은 오로지 고을댁이 갖고 있는 돈 때문으로 드러난다.

고향집으로 돌아간 고을댁은 가지고 간 돈을 다 뜯기고 양아들 천수 내외에게 구박을 받는다. 그런데도 고을댁은 송영감과 헤어져 고향으로 돌아온 것을 후회하지 않는다. 그것은 송영감은 죽은 아내 곁에 묻히게 될 것을 믿기 때문이며 송영감 곁에 묻히지 못할 바에는 본남편 곁에 묻히는 편이 옳다고 생각했던 것이다. 고향을 찾아간다는 갈가마귀의 소리가 들리고 밤마다 송영감이 고을댁을 이끌어대는 꿈을 꾸지만, 고을댁은 끝까지 송영감에게 돌아가지 않는다.

고을댁이 가지고 있는 죽음에 대한 인식은 사후의 일에 집착하는 것으로 드러난다. 즉, 본남편 곁에 묻히는 것이 옳다는 것에 비중을 둔 의식이다. 이 작품은 재혼한 노인의 사후에 대하여 생각하게 하며, 죽음을 준비하고 받아들이는 고을댁의 순종적인 모습을 보여주는 소설이라고 할 수 있다. 삼종지도의 사고체계에서 벗어나지 못하는 노인은 노년의 삶을 아들과 살다가 남편 곁에 묻힌다는 것에만 목적과 의미를 두고 있음을 알 수 있다.

노년의 인물이 죽음에 순응하는 것은 지금까지의 삶을 마무리하고 새로운 세계에 대한 동경에 기인하는 것은 아니다. 순응할 수밖에 없는 현실 때문인 경우가 대부분이다. 삶에 대한 강렬한 욕구는 인간 누구에게나 있기 마련이다. 그러나 신체적 요인에 의해 병들고 쇠약해진 경우에는 어쩔 수 없이 죽음에 순응하게 됨을 알 수 있다.

박경수의 「대마실 노인의 따뜻한 날」의 주인공 대마실 노인은 중풍에 걸린 인물로, 음식을 제대로 섭취하지 못해 허기진 나날을 보낸다. 대마실 노인은 부잣집이지만 기본적인 식사마저 배불리 먹지 못하고 마누라의 구박 또한 심하다.

> 밥이라고 고양이밥보다 더 많다 할 것이 없었다. 거기에 찬이라는 것은 포기는 저희들이 먹느라 눈 씻고 볼래야 그 가드락 하나 없이 주둥이와 시퍼런 끝잎만을 골라 썰어 놓은 배추 짠지 한가지였다. 대마실 노인이 나이들고 중풍까지 들어서 손발로 일을 못하게 되자부터 마누라가 그에 주는 끼니라는 것이 그런 모양새였다.[5]

이렇듯 아들 며느리뿐 아니라 한평생을 같이 살아온 아내까지도 중풍으로 몸을 제대로 쓰지 못하는 노인을 구박하는 실정이다. 아내는 쥐약이라도 먹고 죽으라고 한다. 그래서 대마실 노인은 죽을 곳으로 차라리 양로원을 선택하지만 그것마저 쉽지 않다. 노인의 소외감과 외로움은 아내로 인해 극에 달하는 것으로 드러난다. 여기서 현재의 노쇠하고 병든 대마실 노인의 모습이, 젊은 시절의 패기 있고 건강하며 열심히 일하던 모습과 대조적으로 그려짐으로써 노년의 삶에 대한 비극성을 극명하게 드러내고 있다.

아내를 비롯한 가족들의 냉대와 구박 속에서 양로원에도 가지 못하게 된 대마실 노인에게 소망이 있다면, 그것은 따뜻한 날 죽는 것이다. 노

---

5 박경수, 「대마실 老人의 따뜻한 날」, 『문학사상』, 1973년 1월호.

인이 따뜻한 날 죽기를 바라는 이유는 군대서 팔 한 짝을 잃고 불구가 된 아들 종원이가 상주 노릇을 쉽게 하기 위해서이다. 죽음을 기다리던 노인은 소망대로 따뜻한 날 죽는다.

이렇듯 열심히 살아왔고 돈이 많은 노인이지만 중풍이 들어 제대로 활동할 수 없게 되었다는 이유로 무가치하게 취급받는 것을 볼 수 있다. 친지들이나 이웃사람들은 그러한 노인의 속사정을 알지 못하고 노인이 궁상을 떠는 것으로 생각한다. 결국 가족들의 냉대와 구박 속에서 노인은 임종을 지켜보는 사람 하나 없이 쓸쓸히 죽음을 맞게 되는데, 그 노인의 죽음을 통해 노년의 고독함과 노곤함을 드러내고 있다.

노년에 이른 사람이 죽음을 준비하는 것은 어떤 것보다도 우선한다는 것을 알 수 있다. 이청준의 「눈길」에 보면 이가 삭아 없어지고 치질기마저 있어 음식 섭생이 불편해도 치료를 거부했던 어머니는 지붕과 집을 고치고 싶어 한다. 그것은 죽음을 대비하는 노인의 모습이다.

> "이 나이에 내가 살면 얼마나 더 좋은 세상을 살겠다고 속없이 새 방 들이고 기와지붕을 덮자겠냐…… 집 욕심 때문이 아니라 나 간 뒷일이 안 놓여 그런다……."
> 뒤꼍에서 안뜰로 발길을 돌아 나서려다 보니, 장지문을 반쯤 열어젖힌 안방에서 노인의 말소리가 도란도란 흘러나오고 있었다.
> "날씨가 선선한 봄가을철이나, 하다 못해 마당에 채일(차일)이라도 치고들 지내는 여름철만 되더라도 걱정이 덜하겠다마는, 한겨울 추위 속에서나 운 사납게 숨이 딸깍 끊어져 봐라. 단칸방 아랫목에다 내 시신 하나 가득 들여놓으면 그 일을 어찌할 것이냐."
> 이번에도 또 그 집에 관한 이야기였다 노인을 어떻게 위로한다는 것일까. 아니면 아내는 그 노인의 소망을 더 이상 어떻게 외면할 수

가 없도록 노골화시켜 버리고 싶었던 것일까.[6]

이렇듯 어머니의 집에 대한 욕망은 죽은 후에 치를 장례 때문으로 드러난다. 어머니는 죽음에 대한 준비를 철저히 한다. 이미 마을 뒷산 양지바른 곳에 묏자리를 준비해놓았고, 장례 치를 일 때문에 새 집을 짓고 싶어 하는 것이다. 화자인 '나'는 그런 어머니의 심중을 이해하지 못하고 지금까지 어머니에게 할 만큼 다 했다고 생각한다. 그것은 홀로된 형수와 조카 셋, 그리고 어머니까지 보살피는 장남의 역할을 했기 때문이다. 그래서 지붕 개량과 함께 한 칸만 집을 더 내달아 짓고 싶어 하는 어머니 의견에 선뜻 동조하지 못한다.

아내가 방 한쪽을 차지하고 있는 옷궤에 시선을 돌리며 그것을 내놓으면 좁은 방이 좀 넓어질 것이라고 한다. 어머니에게 빚이 없다고 생각하던 '나'는 옷궤를 보며 지난날을 떠올린다. 여기서 '옷궤'는 어머니에게 빚이 없다고 생각하는 '나'의 의식이 변화하는 계기가 된다. 그것은 빚 때문에 집이 남의 손에 넘어갔는데도 '나'에게 그런 내색을 하지 않으려고 집을 산 주인에게 부탁하여 '옷궤' 하나와 이불 한 채를 남겨놓았던 일과 다음날 새벽 눈이 하얗게 쌓인 눈길을 걸어 새벽에 차부로 오던 일에 대한 회상을 하게 한다. 그날 일을 떠올리며 이야기하는 어머니의 말에 아내가 귀를 기울이고 '나'는 잠든 척 기척을 내지 못한다. 그러나 지금까지 어머니와 '나' 사이에 있던 갈등이 해소되는 것을 느낀다.

---

6 이청준, 「눈길」, 『매잡이』, 민음사, 1996, 297쪽.

이 소설에서는 어머니의 '죽음'을 준비하는 모티프가 작품 전체에 핵심적으로 작용하며, 그것은 자연스럽게 지난날의 기억이 서려 있는 '옷궤'라는 자유 모티프로 넘어가는 것을 알 수 있다. 이에 어머니와 '나' 사이에 있는 갈등이 자연스럽게 해소되는 것으로 나타난다.

3) 재혼

노인의 '재혼'은 배우자가 먼저 세상을 떠난 후 외롭고 쓸쓸한 노년의 삶을 활기차게 보낼 수 있는 방법의 하나로 볼 수 있다. 그러나 노인의 재혼에 대한 열망은 자녀들에게 배척당하는 것이 대부분이다. 노년소설에는 대부분 재혼에 성공을 했다 하더라도 상대 배우자가 죽으면 남겨진 한쪽은 철저하게 버림당하는 것으로 나타난다. 이 '재혼' 모티프는 노년의 활기찬 새 출발과 사랑을 의미하지만 자식들의 이기심을 상징적으로 드러낸다고 볼 수 있다. 자식들의 이기심은 남겨진 노인을 부양해야 하는 것에 따른 부담감과 재산분할에 대한 불만으로 나타난다.

박완서의 「마른 꽃」의 '나'는 남편이 먼저 세상을 뜨고 혼자 살아가는 인물로, 친정 조카의 결혼식에 갔다가 어른 대우를 받지 못하고 홀대 당한 채 돌아오게 된다. 여기서 화자인 '나'가 '어른 대우'를 받지 못함을 인식하는 것은 세 가지 정도로 나타난다. 조카의 결혼식에서 예상했던 폐백을 받지 못하게 된 것, 조카의 집에서 하루쯤 지낼 예정이었지만 아무도 머무르기를 청하지 않았다는 것, '나'의 재혼 상대인 '그'를 좋아하게 되었을 때 '나'의 자녀들은 체면을 구기는 일이라며 달가워하지 않는 것 등이다. 이처럼 노인의 재혼문제에 있어서는 노인과 젊은이들의 사고체계 자체가 괴리감을 갖고 있음을 보여주고 있다.

이 작품에서 조카의 결혼식에 가서 '어른 대우' 받기를 기대했던 '나'의 예상이 허망하게 빗나가자, '나'가 기대했던 '어른 대우'는 '주책스럽다 못해 을씨년스러워 보일' 정도로 거추장스러운 '한복'으로 상징화되어 나타난다. 어른으로 당연히 폐백을 받게 될 것이라 생각하여 한복을 차려입고 갔던 '나'는 폐백 절차를 생략해버리는 바람에, 옷차림에 신경이 쓰인다. 옷차림에 대한 자조적인 소외감은 '중요한 손님도 아니면서 남들이 한 번 볼 거 두 번 볼 요란한 옷'을 입은 '나'로 표현된다. 그래서 '벌을 서듯' 사람들의 시각을 의식하느라 음식도 제대로 먹지 못한다. 여기서 젊은이들과 단절되고 소외된 '나'의 모습은 어울리지 않는 옷차림으로 상징되어 드러난다고 볼 수 있다. 더구나 조카의 집에 하루쯤 머물 예정이었던 '나'의 생각과 달리, 조카들에게는 당연히 돌아가야 할 사람으로 취급되는 것에서, '나'와 젊은이들과 의식 자체가 본질적으로 다르다는 것을 드러내고 있다.

"참, 고모님은 몇 시 표로 끊으셨어요?"
내 옆에서 나는 무시한 채 제 자식 걷어먹이기만 바쁘던 둘째조카며느리가 초롱초롱한 눈으로 나를 빤히 바라보며 물었다. 그러나 나는 그녀가 나에게 보인 최초의 관심을 이해하지 못했다.
"표? 무슨 표?"
"올라가실 표 말예요. 어머, 예매도 안하고 내려오셨나봐. 오늘 토요일인데."
나는 대답 대신 아직도 손님 사이를 누비며 인사치레하기에 바쁜 장조카며느리를 눈으로 찾았다. 그러나 나보다 훨씬 잽싸게 큰동서를 찾아낸 둘째는 큰일날 것처럼 호들갑을 떨며, 올라갈 걱정도 안하

고 바보처럼 느릿느릿 답답한 동작으로 비프스테이크를 썰고 있는
내 걱정을 했다.

"아직도 늦지 않았을 거야. 지금부터라도 서두르면……."

장조카며느리가 시계를 보며 말했다. 그제서야 그날로 돌아가야
한다는 것을 인정했다. 대접성으로라도 자고 가랄 줄 알았던 기대가
무너진 게 그렇게 서운할 수가 없었다. 하마터면 눈물이 다 핑 돌 것
같아 대강 썰어놓은 고기조각을 꾸역꾸역 처넣었다.[7]

이렇듯 '고기조각을 꾸역꾸역' 입에 넣는 '나'의 모습은 어른으로 받
아야 마땅할 아무런 대우나 배려를 받지 못한 철저하게 소외된 모습으
로 그려진다. 결혼한 여자에게 친정이란 아무 때나 찾아가도 머물 수
있는 편안한 공간이다. 그러나 이미 친정부모와 오빠마저 없는 노인에
게 친정은 그런 공간이 아니라는 것을 알 수 있다. 여기서 남편이 먼저
저세상으로 가버린 주인공 '나'는 가중되는 소외와 단절로 더욱 고독감
을 맛보게 되는, 노년의 모습을 전형적으로 보여주는 인물이다.

소외되고 아무렇게나 취급되는 노인의 모습은 아내와 사별했다는
'그'와 '나'의 만남과 헤어짐에서 섬세하게 드러나고 있다. '나'는 조카
네 결혼식을 마치고 소외감과 외로움을 안은 채 서울로 올라오는 과정
에서 '아콰마린' 반지를 낀 '그'를 만난다. 여기서 아콰마린 반지는 '나'
의 추억을 음미하고 환기시키는 기제로 작용한다. 반지를 통해 환기되
는 것은, 보석상을 하는 친구였고 또 친구와 함께 갔던 '카사노바'라는
호텔의 바였다. 친구와 함께 갔던 그 바에서 보았던 연인인지 부부인지

---

7 박완서, 「마른 꽃」, 『너무도 쓸쓸한 당신』, 창작과비평사, 1998, 16쪽.

알 수 없지만 멋있게 기억되는 두 노인의 모습을 떠올리던 '나'는, '그'와 그런 바에서 위스키를 마시고 싶다는 상상을 한다. 이야기가 진행되면서 그 상상은 실제로 이루어진다.

결국 '나'는 그 반지에 대한 과거의 체험 때문에 '그'에게 친밀감을 느끼고 한 동네 사는 것을 기화로 자주 만나게 되면서, 소녀적인 감상과 연애감정에 휩싸인다. '나'의 그런 행동에 대한 자식들의 반응은 지극히 비관적이다. 자식들은 '나'와 '그'의 만남을 '체면 구기는 일'이라며 핀잔하는 것이다. 그러다 '그'의 신분이 전직 교수였다는 것을 알게 되면서 딸은 '나'에게 적극적으로 재혼을 권한다. '나'는 재혼할 마음까지는 없었다. 딸을 통해 들은 시아버지 수발하기 힘들어서 배고픈 할머니라도 모셔와서 재혼시켜야겠다는 '그'의 며느리 말에, '나'는 배고픈 게 자원봉사보다 낫다고 반박하며 '그'를 떠난다.

이 작품의 주인공 '나'는 노년에 느끼는 소외와 단절감뿐 아니라, 젊은 시절의 연애감정 환기로 재혼의 필요성을 느낀다. 그러나 자식들의 '재혼'에 대한 곡해된 시선에 환멸을 느껴, 재혼에 성공하지 못하는 노년 인물의 현재를 섬세하게 그려내고 있다. 그리고 교수 출신으로 '한국사 연구소'를 운영하고 있는 '그'는 사회적으로나 경제적으로나 그럴듯한 위치에 있지만 노인이라는 이유로 함부로 취급당하는 것으로 서술되고 있다. 그 모습에서 '나'는 늙음에 대한 비애를 느끼는 것으로 드러난다. 결국 거추장스러운 한복 치맛자락처럼 거추장스럽게 인식되는 노인의 모습, 그것은 '마른 꽃'처럼 메마르게 나타남을 알 수 있다.

여기서 재혼에 대한 인식이 '나'와 '그'의 가족 간에 괴리가 있음을 알 수 있다. 재혼으로 인해 새로운 인생을 살아보고자 하는 '나'의 생각과 달리 '그'의 가족은 부양하기 힘든 노인을 '나'에게 떠넘기기 위해 노인의 재혼을 원하는 것으로 드러나기 때문이다. '나'가 재혼에 성공하지 못하는 것은, '그'에 대한 '나'의 열정이 없었기 때문이지만, 여기서 노인의 삶을 바라보는 자식들의 시각에 문제가 있음을 알 수 있다. 즉, 자식들은 노인들이 서로 사랑하기 때문에 재혼할 수 있도록 배려하는 것이 아니라, 수발들기 싫어서 재혼을 강요하고 있는 것으로 나타난다. 이렇게 젊은이들의 자기중심적인 사고는, 어른 대우를 받지 못하고 주변인으로 밀려난 노인에게, 소외감과 단절감을 가중시켜 더욱 고독한 노년을 보내게 하는 요인임을 알 수 있다.

재혼을 해서 가정을 형성했더라도 상대방 배우자가 죽음으로써 가족으로서의 삶을 지속할 수 없어 그 집을 나와야 하는 경우도 있다. 이러한 실정을 그리고 있는 작품이 홍상화의 「동백꽃」이다. 이 소설은 재혼한 남편인 성만호가 죽자, 아내 이숙진은 그 집에서 살 수 없는 심한 모멸감을 자녀들에게서 느끼고 집을 나가는 이야기를 담고 있다. 재혼한 지 3년 만에 폐암으로 죽음을 목전에 두고 있는 남편 성만호는 자신의 죽음이 두렵지 않다. 걱정되는 것은 재혼해서 1년 동안 치매를 앓다 돌아가신 어머니 병수발을 들고, 또 1년은 자신의 병수발을 하고 있는 아내뿐이다. 성만호는 그러한 아내의 노고를 인정하고 자기 사후에 아내가 살아갈 방편을 마련해준다. 살고 있던 아파트를 팔아 작은 아파트로 옮기고 나머지 돈은 자식들에게 골고루 나누어주고, 작은 아파트는 아내 명의로 해준 것이다. 그리고 죽고 나서 재산상의 문제가 생길 것에 대비하여 유언장까지도 작성해놓았으며, 대학 교수로 정년퇴임하면서 받게 되는 연금의 수혜자를 아내로 해놓는다. 심지어 자신의 시신을 퇴임 때까지 재직했던 대학병원에 기증한 상태이다.

이렇게 인생의 마지막을 함께 보낸 재혼한 아내에게 살아갈 방편까지 마련해준 성만호는 편안한 마음으로 눈을 감는다. 그러나 노인의 재산을 새어머니인 이숙진에게 주지 않으려는 자식들은 성만호가 죽고 나자 재산다툼을 벌인다. 그리고 그런 모습에 환멸을 느낀 이숙진은 모든 재산을 놓고 호스피스 봉사로 여생을 마치기 위해 집을 나선다.

이 작품에서는 노인의 재혼이 재산분할의 문제로 인해 간단하지 않다는 것을 보여주고 있다. 저물어가는 인생의 여정을 함께한 새어머니의 남은 삶에 대하여 자녀들은 관심이 없다. 오직 관심을 갖는 것은 재산문제이다. 아버지가 살아 있을 때는 모시기를 꺼려했던 자녀들이 아버지 사후에는 재산을 새어머니에게 주지 않으려고 파렴치한 행동을 하는 것으로 나타난다.

노인의 재혼문제를 사실적으로 다룬 작품은 이동하의 「짧은 황혼」이다. 이 작품에서는 홀로 남은 노인들이 얼마나 재혼을 원하고 있는지, 재혼에 성공하기까지는 얼마나 많은 장애가 있는지 잘 드러나고 있다. 노인회에 나가는 강 여사는 황노인과 여주댁이 살림을 차리려고 하는 걸 엿듣다가 질겁한다. 65세인 황노인의 재혼에 대한 간절한 소망은 어린아이처럼 '떼쓰기'로 나타난다. 황노인은 여주댁에게 13평짜리 아파트라도 하나 사서 따로 살게 해달라고 아들에게 떼쓰는 중이라고 말한다. 62세의 여주댁이 황노인과 재혼하려는 것은 딸의 집에 얹혀사는 것에 대한 불편함 때문이다.

다양한 재혼 풍속도는 강여사가 나가는 노인회 안에 있는 '비공인, 공인 짝꿍들'로 그려진다. 70세가 넘는 한 커플은 자녀들에게 공인 받아서

사는 날까지 양쪽 집을 오가며 편히 살기로 했다고 한다. 김교장과 남여사 커플은 자녀들이 반대해서 공인으로 인정을 받지 못한다. 나이 많은 김교장과 재혼하는 조건으로 남여사가 제시한 것은 김교장이 언제 세상을 뜰지 모르니까, 자녀들에게 남여사 앞으로 적금을 부어 달라고 한 것이다. 그런데 그 동기가 순수하지 않다며 김교장의 자녀들이 반대한다. 이들은 비공인 커플로 지내고 있다. 강여사가 마음에 두고 있는 노인은 서노인이다. 그러나 서노인은 모른 체 한다. 서노인은 혼자 사는 것을 저무는 시간에 혼자 감당해야 할 외로움이라고 생각한다.

놀이를 나갔던 황노인은 집에 들어가 아들 내외에게 시위를 하기 위해 만취된 상태로 들어와 노인회관 방에 누워버린다. 이런 황노인을 서노인은 탐탁잖게 여긴다. 그때 황노인의 손자가 나타나 황노인을 덥석 업고 나가자 노인들은 모두 부러워한다. 노인들이 부러워하는 것은 황노인 손자의 행동이다.

이 작품에 나타나는 노인들의 재혼 유형은 황노인과 여주댁처럼 간절하게 재혼을 소망하며 준비하는 경우와 김교장과 남여사처럼 재산상의 이유로 자식들이 허락하지 않아 비공식 커플로 지내는 경우로 나누어 볼 수 있다. 그리고 결혼을 하지 않으나 자식들의 승락하에 자유롭게 오가며 사는 70세 넘은 커플의 경우와 강여사와 서노인처럼 마음은 있지만 늘어서 혼자 사는 것은 노년에 감당할 외로움으로 치부해버리는 상대방으로 인해 재혼에 성공하지 못하는 경우로 나누어진다.

노인들이 원하는 것은 부부의 연을 맺어 여생을 함께 하는 것이지만 그것은 현실적으로 이루어지기 쉽지 않음을 알 수 있다. 이렇게 노인의 재혼이 현실화되지 못하는 것의 원인은 재산상의 문제로 나타난다. 「동

「백꽃」의 경우처럼 새어머니에게 재산의 일부가 넘어갈 것을 염려하는 자식들이 대부분이기 때문이다. 그리하여 노인들은 차선책으로 '비공식 커플'로 지내거나 아예 재혼할 생각을 하지 못한 채 서노인처럼 살아가는 경우가 있음을 알 수 있다. 때로는 배우자가 먼저 세상을 떠나면 남은 배우자가 행동의 변화를 일으키는 경우도 나타난다. 이런 경우에는 자녀들이 적극적으로 아버지에게 재혼을 권하기도 한다. 그러나 부모의 재혼 후에는 대부분의 자녀들이 갈등을 일으킨다.

이러한 이야기를 담고 있는 작품은 조용만의 「아버지의 재혼」이다. 부부에게 있어서 배우자의 죽음처럼 충격적인 것은 없을 것이다. 「아버지의 재혼」에 나오는 화자 '나'의 아버지는 어머니가 돌아가시고 나자 행동에 변화가 생긴다. 그것은 '술 마시기'와 '어머니의 방으로 거처 옮기기' '검정 넥타이 매기' '어머니가 자던 머리맡에 꽃꽂이 하기'로 나타난다. 이러한 변화에 위기감을 느낀 아들인 '나'는 아버지의 '재혼'을 적극적으로 권한다. 고모들도 아버지의 재혼을 서두른다. 누나들만 아버지의 재혼을 반대한다. 그 이유는 재산을 계모에게 빼앗기고 고생할 것이라는 예측 때문이다.

결국 아버지는 어머니의 소상을 얼마 앞두고 재혼을 하게 되고 신혼여행도 간다. 아버지의 재혼 후 집 안은 여러 부분에서 달라진다. 마루에는 유리찬장 대신 긴 소파와 응접세트가 들어오고, 안방에는 어머니가 쓰던 화류삼층장과 이불장이 없어진다. 그리고 새로 산 삼층장과 이불장이 놓이고 경대에는 화장품이 놓인다. 어머니의 소지품이 없어진 것에 '나'는 서운함을 느낀다. 그것은 '어머니의 향기'가 사라졌기 때문이다.

계모는 능한 여자이어서 남보는 데는 번지르르하게 겉치레를 하지만 아버지를 은근히 학대하였을 것에 틀림없다. 언젠가 아내한테 남편구실을 못한다고 불평을 말하더란 때부터, 이것을 짐작할 수 있었고, 그 뒤로 아버지는 눈에 띄게 수척해갔고, 멍하니 얼이 빠진듯이 되어갔다. 오늘 저녁을 먹을 때에도 아버지에게 변을 자주 보는 것을 막기 위해서 죽이 좋다는 것이었다. 그러나 몇 번씩 찜질을 해서 몸이 휘지는데, 멀건 죽을 먹여서는 몸을 지탱할 수 없을 것이다. 대소변을 자주 하는 것이 무서워서 죽만 먹는다면, 점점 더 쇠약해져서 기운을 못 차리게 될 것이다.[8]

이렇듯 아버지의 언행에도 변화가 일어나는데, 그것은 말이 없어지고 오히려 힘이 빠진 듯 초췌해지는 것으로 나타난다. 계모는 남자 구실을 못한다며 아버지를 핀잔하며, 아버지 시중들기를 귀찮아한다. 계모에게 구박 당하는 아버지를 보며 '나'는 아버지의 재혼을 후회하고 있음을 알 수 있다. 남이 보는 데서는 아버지에게 잘하는 새어머니지만 실제로는 그렇지 않음을 통해 재혼 후에 파생되는 문제를 다루고 있음을 발견할 수 있다. 이렇듯 재산상의 문제뿐 아니라 여러 부분에서 재혼이 쉬운 문제만은 아니라는 것을 알 수 있다.

이 작품에서는 재혼으로 인해 파생되는 문제들로 인해 아들인 '나'와 당사자인 '아버지'도 결국은 재혼에 만족하지 못하는 것으로 나타난다. 이렇게 아들 화자를 등장시킴으로써 아버지의 재혼이 비관적인 시각에서 그려지고 있으나, 재혼으로 인해 파생되는 문제를 슬기롭게 해결할 수 있는 전망이 아쉽다.

---

8 조용만, 「아버지의 再婚」, 『현대문학』, 1977년 6월호.

21세기에 만난 한국 노년소설 연구

혼자 사는 노인보다 배우자와 함께 사는 노인이 장수하고 행복감을 느낀다고 한다. 위에서 살펴본 바와 같이 노인의 재혼에 대하여 대부분 부정적으로 자녀들에게 인식되고 있음을 알 수 있으며, 그것은 재산상의 문제와 체면 때문인 것으로 나타난다. 그리고 새어머니의 표리부동한 언행으로 인해, 실제로 자녀들이 아버지의 재혼을 탐탁하게 여기지 않고 있음을 알 수 있다. 이렇게 자녀들은 부모의 재혼문제를 부정적으로 받아들임을 발견할 수 있다. 그러나 당사자인 노인은 대부분 재혼에 대해 긍정적 인식을 갖고 있음을 알 수 있다. 노년소설에서 노인의 재혼문제를 다루고 있는 소설이 이 외에도 박명희의 「아주 작은 소원 하나」, 박완서의 「지 알고 내 알고 하늘이 알건만」이 있다.

4) 자존심

노화됨에 따라 일반적으로 소화기관의 문제가 증가되며, 관련 기능 장애 가운데 하나가 변실금증(Fecal incontinence)이다. 정상적인 변 운동 능력이 노인에게서는 감소되는데, 원인이 불확실하기는 하지만 기본적으로 노화와 관련된 변화로 볼 수 있다. 변실금증은 기타 건강문제의 중요한 원인은 아니지만 개인적으로 위생에 대한 주의가 요구된다. 변실금증은 노인을 당황하게 하고 스스로 압박감을 느껴 정신적인 고통을 받게 하는데, 변을 통제하지 못하는 것은 노년의 자존심을 상하게 하는 정신적인 문제와 관련되어 있기 때문이다. 암환자이거나 신경 조직에 문제가 있는 환자의 경우 또는 외과적인 치질수술 후의 후유증으로 항문괄약근이나 횡문근의 조절에 이상이 생겼을 때 일어나기도

한다.[9]

 박완서의 「엄마의 말뚝 · 3」에 등장하는 노년의 인물 어머니는 자존심이 세고 죽음을 담담하게 받아들인다. 죽음을 앞에 놓고 있는 노인의 자존심은 변소 출입의 가능으로 나타난다. 적당한 운동과 적절량의 식사를 하는 것도 변소 출입을 하기 위해서이다.

> 어머니는 세끼 식사도 최소한의 일정 분량밖에 들지 않았다. 나는 물어보지 않고도 그 최소한의 화장실을 출입할 만한 기력을 유지할 정도일 거라고 짐작하고 있었다. 어떤 영양가나 맛으로도 어머니로 하여금 그 최소한을 넘도록 유혹할 수 없었다. 운동은 누가 시키지 않아도 아침저녁 두 차례씩 하루도 거르지 않았다. 주로 걷기 운동이었다. 우리집에서는 베란다를 천천히 열 번 가량 왕복을 했다. 절룩거리는 것 외에는 지팡이 없이도 잘 걸으셨다. 도도한 성격대로 꼿꼿한 허리도 변함이 없었다.[10]

 이런 어머니는 노인정에 가보지 않겠냐는 '나'의 의견에 파르르 성질을 낸다. 하릴없이 화투나 치며 노는 노인들의 생활을 본인의 생활로 받아들일 수 없다는 것이다. 어머니는 누구에게도 부담을 주지 않으려고 한다. 그런 자존심이 세 가지의 양상으로 나타난다. '보약을 먹지 않음', '노인정에 가지 않음', '변소 출입하기'이다. 그중에서도 어머니는 '화장실 출입을 삶의 유일한 목표로 사는 이'였다. 어머니의 죽음이 임

9　김영곤, 『인간은 어떻게 늙어갈까』, 아카데미 서적, 2000, 197쪽.

10　박완서, 「엄마의 말뚝 · 3」, 『엄마의 말뚝』(박완서 소설전집 7권), 세계사, 2003, 115쪽.

박한 것을 알게 된 것은 어머니가 화장실 출입을 할 수 없게 되었음을 인지하면서부터였다.

> 어머니의 죽음은 어느 날 갑자기 화장실에 갈 수 없게 됨으로써 비롯됐다. 그후 한달 동안에 어머니는 서서히 죽어갔다. 어머니가 이상해졌다는 기별을 받은 건 마침 맏손자네 계실 때였다.
> "고모, 할머니가 이상해요. 뒤를 그냥 흘리시지 뭐예요."
> "뭐? 뒤를?"
> 나도 단박 일의 심각성을 알아차렸다. 그만큼 어머니는 그 문제에 무서우리만큼 깔끔했었다. 삶의 유일한 목적이었다고 해도 과언이 아니었다. 서둘러 달려가 뵌 어머니는 혼곤히 잠들어 있었다. 혹시나 해서 사 가지고 간 유아용 기저귀 중 제일 큰 치수가 꼭 맞았다. 나는 하기스를 채우면서 참 곱게도 말랐다고 생각했다.[11]

죽음 직전까지 변소 출입하는 것을 생의 목표로 삼았던 어머니는 '뒤'를 흘리게 되자 얼마 후 죽음에 이르게 된다. 이처럼 '뒤', 즉 대변은 사람에게 가장 늦게까지 남아 있는 자존심의 한 상징으로 보인다. 이 작품에서 이 모티프는 노인의 자존심과 관련하여 죽음 직전에 이르러서도 폐를 끼치지 않으려는 노인의 심리를 드러내고 있다.

김수남의 「望八」(1974) 역시 변실금증을 앓고 있는 홀로된 남자 노인의 애타는 심리가 잘 드러나 있다. 주인공인 71세의 '나'는 자꾸 속옷에 똥칠을 한다. 그래서 며느리 보기에 민망하기만 하다. '나'는 지금의 초라하고 기막힌 처지에 반하여 호기로웠던 옛날을 회상하며 그리워하는

---

11 박완서, 「엄마의 말뚝 · 3」, 앞의 책, 119쪽.

데, '나'에게 하루의 일과라는 것은 친구인 김영감에게 가서 장기를 두거나 술을 한잔하는 것이 유일한 취미이다. 그러나 며칠 후 김영감 마저 세상을 떠나자 '나'는 삶에 대한 의욕을 잃어버리고 마는 것으로 서술되고 있다. 노인에게 친구의 죽음은 큰 충격이다. 그래서 '나'는 성당에나 가봐야겠다고 집을 나서는데, 죽은 아내의 환영을 보게 된다.

이 작품에서의 갈등은 화자인 '나'와 '나 자신', 또 '나'와 '가족'이고 '늙은 현재'와 '젊은 지난날'이다. 예전에 '나'의 아버지는 며느리의 행동이 마음에 들지 않으면 며느리의 머리채를 잡고 놓지 않을 정도로 대단한 권위를 가지고 있었지만 지금의 '나'는 더럽힌 속옷을 며느리에게 쉽게 내놓지 못할 정도로 위축된 상태에 있다. 힘이 좋고 건장했던 지난날을 생각하면 현재의 모습이 초라하기만 한 '나'이다. 이러한 갈등은 가족에게 소외되고 단절된 심리적인 모습을 보여주는데, 그것은 속옷을 더럽힌 사정을 며느리에게 말하지 못하고 옷을 숨겨놓는 것과 아내와 며느리를 대조해보면서 아내를 떠올리는 것으로 나타난다.

> 가슴속에 남아 있던 떠름하던 한숨을 길게 내쉬니 그래도 후련했다. 똥질한 속옷 건을 우물우물 빼도리한 걸 생각한 탓이었다. 언제 다시 불시에 똥질을 하게 되는지는 알 수 없으나 오늘은 그럭저럭 넘어간 것이다.
> 며느리에게 똥빨래를 넘길 때마다 느끼는 내 육체에의 모멸감. 그러한 모멸감에 내 노령의 순화를 위해 단지 동전 두 닢의 구실이라도 한들 나는 얼마나 행복일 것이랴.[12]

---

12   김수남, 「望八」, 『현대문학』, 1974년 6월호.

이렇듯 주인공 화자 '나'에게 있어서 '똥질'은 모멸감으로 느껴진다. 그것으로 인해 '나'에게 남은 마지막 자존심마저 무너져버리자 자신은 며느리에게 받은 술값 '오백 원'의 구실도 못하는 것으로 인식되는 것으로 나타난다. 술값이나 달라던 '나'에게 며느리는 천 원을 주려고 했으나 똥질한 사건 때문에 민망한 '나'는 오백 원만 있어도 된다고 했던 것이다. '동전 두 닢'의 구실이라도 할 수 있다면 행복할 것이라고 생각하는 주인공을 통해 위축된 노년의 모습을 발견할 수 있다.

　이 작품에서 '나'의 젊은 날은 '깡똥'에 비유되고 늙은 현재는 '물똥'에 비유된다. 젊은 시절에는 '강골한(强骨漢)'다운 강팍한 성깔을 가지고 있어 온 마을을 휘젓고 다녔지만 현재는 '물똥'을 묻히고 며느리의 눈치를 살피는 신세로 전락해버린 것이다. 이런 생각을 하는 '나'는 '눈물'을 흘린다. 그리고 밥 먹을 때마다 알지도 못하는 사이에 흘러내리는 '콧물'과 손자들의 눈치 때문에 식사 때 따로 밥상을 받는 현재를 통해, 노인의 위상이 하락한 것을 보여주고 있다. 여기서 '눈물'과 약해진 괄약근으로 인해 흘리고 마는 '물똥', 그리고 시도 때도 없이 흐르는 '콧물'은 신체적으로 탄력을 잃은 것처럼 심리적으로도 위축된 노년의 비극적인 모습을 상징적으로 보여주고 있다.

　이와 같이 박완서의 「엄마의 말뚝·3」에서 '뒤'는 인간에게 마지막까지 남아 있는 '자존심'의 내포적 의미로 나타나며, 김수남의 「望八」에서 변실금 상태에 있는 주인공 '나'를 통해서는 신체적으로 쇠약해질 대로 쇠약해져 자존심마저 버려야 하는 팔순 노인의 심리적 애환을 나타내고 있다고 볼 수 있다. 결국 노인에게 있어서 변실금증은 마지막까지 남은 자존심이 추락하는 모습을 상징적으로 보여줌을 알 수 있다.

5) 흉터

　인간은 살아가면서 크고 작은 흉터를 몸에 남기게 된다. 연륜이 쌓일수록 늘어가는 것이 흉터라고 볼 수 있는데, 그렇기 때문에 노년소설에서 노인의 과거와 관련지어 빈번하게 나타나고 있는 모티프 중의 하나가 '흉터'이다. 흉터는 신체에 남아 있는 삶의 흔적이며 사건의 흔적이다. 흉터 하나하나에는 그 당시의 크고 작은 사건 즉, 이야기와 관련되어 있다. 그것을 추적해가며 노년의 인물이 살아온 삶의 흔적을 더듬어보는 것은 의미 있는 일이라고 볼 수 있다. 그것은 노인에게 과거 삶의 흔적이 현재 삶의 상태를 드러내주는 경우가 대부분이기 때문이다.

　흉터 찾기 게임을 하며 지난날을 회상하는 할아버지와 손자의 이야기가 서사 골격을 이루고 있는 작품이 이청준의 「흉터」이다. 여기서 '흉터'는 이 소설의 사건 전개에서 필수적인 중심요소라고 볼 수 있다. 지난날을 추억하며 사는 것은 노년의 일반적인 특성이기도 하다. 손자 승준은 할아버지의 몸에 난 상처 자국, 흉터를 보면서 그 이유를 캐묻는다. 이에 할아버지는 상처에 얽힌 이야기를 승준에게 해준다. 무수히 많은 흉터 속에는 그만큼의 무수한 이야기들이 스며들어 있고, 그것은 할아버지의 모든 삶의 모습을 내포하고 있음을 드러낸다. 할아버지는 할아버지의 몸에 있는 흉터가 날이 갈수록 희미해지는 것을 아쉬워하며 새로운 흉터 갖기를 소망한다. 그러나 그것은 좀처럼 이루어지지 않았고 할아버지가 돌아가심으로써 이루어진다. 할아버지가 산에 묻히면서 산자락에 온몸으로 흉터를 만들고 있었기 때문이다.

노인의 무덤은 생시에 그가 늘 자기 몸처럼 돌보고 함께 살아가는 생명체처럼 애정 어린 손길과 마음을 아끼지 않아 오던 뒷산 숲자락에 한 커다란 생채기를 만들고 있었다. 손등과 발목과 복부와 얼굴과 등허리와 엉덩이의 그 모든 흉터 자국들을 당신의 죽음 속에 하나로 모아 묶어 노인은 그 울창하고 활원한 숲자락에 자신의 육신과 생애 전체로 또 하나의 큰 상처 자국이 되어 누운 것이었다.[13]

이렇듯 돌아가신 할아버지의 무덤은 할아버지가 소망했던 '새 흉터'로 상징화되어 나타난다. 뒷산 숲자락에 새롭게 난 커다란 생채기, 그것은 할아버지의 온몸으로 만들어낸 '흉터'인 것이다. 할아버지의 모든 흉터 자국들을 죽음 속에 하나로 묶어 묻으며, 생애 전체로 다시금 만들어내고 있는 무덤을 통해 할아버지가 갖고 있는 삶의 흔적을, 큰 상처 자국인 '흉터'로 대치되어 나타내고 있다고 볼 수 있다.

이 작품은 흉터에 얽힌 이야기를 통해 할아버지의 삶을 진지하게 탐색해 들어가게 한다. 여기에서 흉터는 죽음이 비켜간 자리로 인식된다. 주인공인 할아버지는 역사적으로는 일제강점기와 한국전쟁 등을 체험하면서 숱한 아픔을 겪는다. 그렇지만 사라지는 것에 대한 아쉬움과 아픔을 사랑하고, 그것에서 보람과 의미를 발견하여 아름답게 소화해내며 지난날을 회상하는, 긍정적이고도 성숙한 노인의 모습을 보여준다.

할아버지의 발목에 난 흉터에 대하여 손자인 승준이 아무리 물어도 할아버지는 기피하고 이야기를 하지 않는다. 그것은 호기심을 자극하는 모티프로 작용하는데 나중에 전모를 드러내게 된다. 바로 할아버지

13　이청준, 「흉터」, 『1992년 이상문학상 수상작품집』, 문학사상사, 1992, 444쪽.

의 딸아이 시신을 묻을 때 생긴 상처 자국이었던 것이다. 왼쪽 겨드랑이에 있는 흉터는 6·25 때 죽창에 찔린 자국이었고, 실타래 같이 어지럽게 얽힌 상처 가운데 왼쪽 검지와 장지 위에 있는 흉터는 낫질할 때 생긴 자국으로 드러난다. 여기서 할아버지는 흉터 자국이 희미해져 가는 것에 오히려 아쉬움을 갖는 것으로 나타난다. 그것은 쓰라린 상처의 흔적들이 나름의 생에 삶의 값인 양 마음속으로 깊이 사랑해오고 있었기 때문으로 나타난다. 할아버지가 아끼고 사랑해온 상처들, 그것은 할아버지만의 살아온 길이고 남이 넘겨짚거나 일방적으로 이끌어 낼수 없는 일로 형상화된다. 이렇게 흉터 자국에 대한 추억 어린 집착과 희미해지는 것에 대한 아쉬움을 갖는 할아버지는 새로운 상처 갖기를 소망하는데, 위의 인용문에서 보듯이 할아버지는 죽음으로 그 간절한 소망을 이루게 되는 것이다. 평생 돌보고 가까이 했던 산자락에 육신과 생애 전체로 또 하나의 흉터를 만들어내고 있는 것이다.

이 작품에 나타나고 있는 '발목의 흉터' '겨드랑이의 흉터' '검지와 장지의 흉터' '산자락의 흉터' 등 할아버지의 흉터에는 크고 작은 사건들이 연루돼 있으며, 그것은 바로 할아버지의 삶을 말해주고 있다고 볼 수 있다. 이러한 '흉터' 모티프를 통해서 굴곡 많은 생애를 보낸 노년의 인물에 깊이 접근하여 그의 삶을 되짚어보며, 노인의 삶에 관심을 갖게 하는 요소로 작용하고 있음을 알 수 있다.

박완서의 「家」는 어머니의 손에 있는 지진 흔적인 흉터를 통해 '家'에 집착할 수밖에 없는 외할머니의 삶을 탐색해 나가게 하는 작품이다. 어머니에게 나 있는 '흉터'는 어렸을 적에 불놀이를 하다가 집을 태울 뻔했을 때, 할머니가 다시는 그런 불놀이를 하지 못하도록 손을 지져서 생긴 것이다. 여기서 '집'은 외할머니 삶의 전부로 표상된다고 볼 수 있는데, 어머니의 손에 난 '흉터'를 통해 외할머니의 '집'에 대한 집착과 삶, 그리고 가혹하다고 할 수 있는 외할머니의 행동을 이해하게 되는 요인으로 드러난다.

> 외할머니 교하댁의 집에 대한 소문난 집착을 가(家)를 잇고자 하는 맹목적 집념과 동일시하려는 그 나름의 시각 때문이었다. 그의 시각에 의하면 그건 또한 사라져가는 것의 잔영이기도 했다. 그래서 그의 처절함은 일시적인 애달픔 이상이 되지 못했다.[14]

이렇듯 서술주체인 성구의 외할머니는 유난히 집에 집착이 심한 것으로 나타나고 있다. '집'에 대한 집착은 외할아버지의 병환으로 집을 팔 수밖에 없는 상황일 때, 외할머니는 양색시 노릇까지 하면서 집을 지키게 한다. 이렇게 외할머니에게 있어서 집은 딸보다 그리고 자신의 삶보다 더 소중한 것으로 인식된다. 그것은 외할머니의 시집살이와 무관하지 않은 것으로 드러난다. 방 한 칸 없이 시작한 시집살이와 시어머니의 학대에서 벗어날 수 있었던 것은 집을 장만하고 나서였기 때문이다. 여기서 외할머니에게 집에 대한 애착만큼이나 강한 것은 아들에 대한 집착으로 나타난다. 즉 외할머니는 큰아들이 징용에 나가 죽자 늘그막에 기어이 아들을 낳는다. 그리고 그 아들의 혼사가 있을 때 그 집을 반이나 떼어서 양옥집을 짓는다. 외할머니의 의식은 집과 아들을 신앙처럼 여기는 것이며, 그것은 젊은 시절 집 한 칸 없이 살던 삶과 무관하

---

14 박완서, 「家」, 『가는비, 이슬비』, 문학동네, 2003, 191쪽.

지 않음을 볼 수 있다. 그렇기 때문에 어머니의 손등에 나 있는 '흉터'는 외할머니의 삶을 이해할 수 있는 요인일 뿐 아니라 '집'은 곧 대를 잇는 '아들'임을 알 수 있게 한다.

여기서 성구의 어머니이며 교하댁의 딸인 일순에게 생긴 '흉터'는 교하댁이 얼마나 집에 애착을 가지고 있는지 단적으로 보여주는 상처이며, 그 상처는 현대사의 전개 속에서 아픈 역사적 체험과 맞물린 삶을 살아온 할머니의 삶의 흔적을 보여주는 '흉터'이다. 일제강점기와 한국전쟁 그리고 미군정시대를 거치면서도 집을 유지하고자 하는 외할머니의 끈질긴 삶을 보여주고 있기 때문이다.

성구는 처음에는 외할머니의 삶이 이해되지 않으나 약간의 연민을 갖고, 어머니와 할머니의 삶을 관망하는 입장이다. 성구의 어머니 일순은 어머니인 교하댁의 삶을 누구보다도 잘 이해한다. 아들 성구의 혼사로 신경이 쓰이고 힘든 상황에서, 어머니가 와 계심으로 혼사에 차질을 빚지 않을까 걱정하면서도 쉽게 어머니를 내치지 못하는 것은 어머니를 이해하기 때문으로 드러난다.

이처럼 흉터는 아픈 상처의 자국일 뿐 아니라 추억과 모험담 그리고 흉터에 얽힌 이야기를 담고 있으며, 그 흉터는 세월이 흐르면서 희미해지고 아픈 상처가 미화되어 추억으로 느껴지게도 한다. 이청준의 「흉터」에서 할아버지의 몸에 난 흉터는 일제강점기와 한국전쟁, 가난한 삶의 흔적이며, 그리고 박완서의 「家」에 나오는 어머니의 손에 지진 자국의 흉터는 전쟁과 격동기를 질박하게 살아온 사람의 흔적으로 이해될 수 있다. 이렇듯 노년의 인물에게 흉터는 역사적인 사건이나 전쟁의 체험과 함께 개인적 삶의 흔적을 담고 있음을 '흉터' 모티프를 통해 발견할 수 있으며, 이러한 모티프가 서사의 구조를 이루는 요소로 작용함을 알 수 있다.

위에 논의한 작품 외에 이동하의 「문 앞에서」에 나오는 아버지에게서 발견한 흉터는 6·25, 한국전쟁이라는 역사체험을 담고 있는 흔적으로 드러나며, 박완서의 「공놀이하는 여자」에서는 남자에게 가혹행위를 당해 팔뚝에 담뱃불로 지진 흉터 자국을 찾을 수 있다.

6) 대물림

노년소설의 모티프 가운데 '대물림' 모티프는 그 양상이 다양하게 나타나는데, 성격이나 신체적인 부분뿐 아니라 재능이나 정신적인 부분, 관심 있는 부분 등에 대한 '대물림'으로도 나타난다. '대물림'은 바로 직계의 자녀에게 나타나는 경우가 있고, 대를 건너서 손자에게 나타나는 경우도 있다. 최일남의 「흐르는 북」은 할아버지의 '재능'과 '끼'가 손자인 성규에게 대물림되는 모티프를 중심으로 이야기가 전개되고 있다. 성규의 할아버지 민노인은 평생 북장이로 가정을 돌보지 않고 살다가 나중에 늙어서 아들 대찬의 집에 살게 된다. 아들과 며느리는 민노인이 북 치는 것을 싫어한다. 여기서 아들과 며느리에게 '북'은 부끄러움의 대상이며 경계의 대상으로 드러난다. 더구나 고급관리인 아들의 고향 친구들을 초청했을 때, 아들 친구의 권유로 민노인이 북을 잡게 된다. 그런데 손님들이 돌아가고 나자 아들은 자기의 체면을 상하게 했다며 '아버지를 마음 깊숙이 받아들일 수 없는 건 바로 저 북 때문'이라고 말한다. 북장이로 떠돌던 아버지에 대한 좋지 않은 기억이 아들에게 상처로 남아 있음을 드러내고 있다. 그렇기 때문에 민노인과 아들은 심리적으로 갈등하는 인물로 나타난다. 이 북을 경계의 대상으로 삼으려 하는 아들과 달리, 성규는 북 치는 할아버지의 재능과 인생을 인정한다. 민노인에게 '북'은 한이고 인생의 전부이며, 갈등의 모티프이면서 이해와 화합의 모티프로 작용한다. 즉 '북' 때문에 민노인은 아들과 갈등관계에 놓이나 손자인 성규는 '북'을 통해 할아버지의 삶을 이해하게 되고, 손녀인 수경도 북소리를 싫어하지 않게 됨으로써 할아버지의 재능을 인정하게 되는 것으로 드러나는 것이다.

> 그날 밤, 민노인은 근래에 흔치 않은 노곤함으로 깊은 잠을 잤다. 춤판이 끝나고 아이들과 어울려 조금 과음한 까닭도 있을 것이었다. 더 많이는 오랜만에 돌아온 자기 몫을 제대로 해냈다는 느긋함이 꿈도 없는 잠을 거쳐 상큼한 아침을 맞게 했을 것으로 믿었는데[15]

이렇게 민노인은 성규가 다니고 있는 대학의 서클활동에 초청을 받고, 거기서 북을 치게 된다. 그때 대학생들로부터 예술성을 인정받은 민노인은 그곳에서 북을 마음껏 치고 나서야 자기 몫을 제대로 한 것 같은 기분이 든다. 즉 자기의 정체성을 획득하는 것으로 나타난다.

예술인으로서 가지고 있는 정서를 펼칠 때, 비로소 민노인은 행복감과 보람을 느끼는 것으로 드러난다. 이런 할아버지의 '재능'과 '끼'가 손자에게 대물림된다. 성규가 대학 서클 탈춤반에서 활동하고 있는 것을 보면 알 수 있다. 아들과 며느리는 성규의 '끼'를 할아버지 닮아서 그렇

---

15 최일남, 「흐르는 북」, 『1986 이상문학상 작품집』, 문학사상사, 1986, 32쪽.

다며 마뜩찮게 여기는 것에서, 민노인이 평생 동안 해온 행위를 이해하지 못하는 아들의 심리적인 양상이 드러나고 있다. 그러나 성규는 할아버지의 삶과 예술성을 인정하게 됨으로써 조손간의 관계는 친밀하고 노소동락하는 모습을 보여주고 있다. 그 내면에는 할아버지로부터 성규에게 '대물림'된 재능과 끼가 있음으로써 할아버지의 성향을 잘 이해할 수 있게 하는 것으로 볼 수 있다.

이동하의 「문 앞에서」에 나오는 '대물림' 모티프는 신체적인 모습과 성격이다. 아버지와 화자인 '그', 그의 아들 석이의 뒷모습이나 걸음걸이, 곱슬머리의 형태가 서로 닮았으며, 겁이 많고 소극적인 성격 또한 대물림되었음을 알 수 있다.

> 굳이 꼭대기까지 올라갈 이유가 없었다. 그 자리에서 그대로 돌아서려다가 그는 문득 엉뚱한 환영을 보았다. 무척 낯익은 얼굴 하나가 머리 위 허공에서 불쑥 나타나더니 그를 빤히 내려다보았던 것이다. 아주 순간적으로 섬뜩한 느낌이 들었던 까닭은 무엇보다, 그것이 바로 자기 자신의 모습이란 자각 때문이었다. 동남향으로 앉은 건물이어서 저녁 무렵엔 계단실이 다소 어둡다고는 해도, 그러나 사람의 얼굴조차 못 알아볼 정도는 아니었다. 바로 코앞에서 맞바라고 있는 그 얼굴은 좀더 늙고 조금 더 초췌해 보이기는 해도 영락없는 자신의 몰골이던 것이다.[16]

예고도 없이 상경한 아버지를 아파트 복도에서 만난 '그'는 아버지의 모습에서 자기 자신의 모습을 보는 것에서 외형적인 부분이 아버지로부터 '대물림'되었음을 인지하는 것으로 그려진다. 비단, 모습이나 걸음걸

---

16 이동하, 「문 앞에서」, 『92 현대문학상 수상작품집』, 현대문학, 1992.

이 또는 곱슬머리 등과 같이 외형적인 부분만이 아니고, 소극적이고 겁 많은 내면의 성격 또한 '대물림'되었음을 드러내고 있는데, 그러한 것들은 나와 아버지의 서먹서먹한 간극을 좁힐 수 있는 요인임을 알 수 있다.

집을 비운 아내를 기다리던 그와 아버지는 시간을 때우기 위해 목욕탕으로 간다. 그는 발가벗은 아버지와 자신을 보면서 가슴이 뭉클해지는 것을 느끼며, 예전에 아내가 했던 말을 떠올린다.

> "두 분 뒷모습이 너무너무 같아요. 꺼부정하게 굽은 허리하며 힘없는 걸음걸이, 게다가 뒷머리 곱슬거리는 것까지요. 어떻게 웃지 않고 배길 수가 있나요?"
> 그리고는 한바탕 깔깔댄 다음 또 이렇게 덧붙이는 것이었다.
> "절대루 제 잘못이 아니라구요. 이웃 여자들도 다 그런다구요, 정말. 아버님이랑 당신이랑 석이랑 그렇게 삼대가 나란히 길을 나설 때면 동네사람들이 뭐래는지 아세요? 저건 작품이다 작품! 그런다구요 글쎄……."[17]

이와 같이 아내의 말을 떠올리던 '그'는 겁 많고 소극적인 인생 태도, 그것은 '결단코 아버지를 닮지 말아야겠다고 이를 악물어 온 것'임에도 불구하고 아버지와 닮아 있음을 자각한다. 그뿐 아니라 아버지의 때를 밀어주면서 얼른 자신의 발과 대조해본다. 그리고 '엄지와 검지 생긴 모양이며 구부러진 형태'가 자신의 것과 흡사한 것을 발견하며, 석이와 손톱 발톱까지 닮았다고 말하던 아내의 말을 기억해낸다.

이명랑의 「어머니의 무릎」에서는 아들을 낳지 못하는 어머니의 성향

---

17 이동하, 「문 앞에서」, 앞의 책, 367쪽.

이 딸에게 '대물림' 될까 봐 전전긍긍하는 어머니의 의식을 그리고 있다. 아들을 낳지 못하는 어머니의 처지가 딸들에게 대물림될까 봐 자신을 희생하면서까지 막으려고 하는 어머니의 모습을 통해, 종족보존의 욕망을 상징적으로 드러내고 있음을 알 수 있다. 큰딸이 내리 딸만 둘을 낳게 되자, 어머니는 식당 일을 하며 힘들게 살아가면서도 큰딸에게 아이를 돌봐줄 테니 아들 낳을 때까지 자식을 더 낳으라고 종용한다. 여기에서 외손자를 키워주는 어머니의 희생과 사랑은 어머니의 벌겋게 부푼 '무릎'으로 상징된다.

이 작품은 끊임없이 희생하는 어머니의 모습과 이기적인 딸의 모습이 대비적으로 나타나고, 화자인 '나'와 언니가 아들을 낳자 어머니는 아들을 낳지 못하는 것이 '대물림'될까 봐 걱정했다며 외손자를 아끼고 돌봐주는 것으로 그려진다. 이 작품에서 '대물림' 모티프는 한 집에서 아이를 가지면 하나는 꼭 딸이라는 미신적인 의식까지 작용하면서 어머니의 걱정을 가중시키고 있음을 발견할 수 있다.

7) 꿈

프로이드는 꿈을 '무의식에 접근하는 왕도'라고 했듯이, 꿈은 내면세계를 나타내는 것과 동시에 마음속 깊이 자리한 욕망이나 갈등, 콤플렉스 등을 이해하게 해준다. 이처럼 꿈은 무의식 속에 잠재된 욕망의 표출이며, 어떤 억압되고 배척된 소망의 충족이다.[18] 노년소설에 자주 보

---

18 S.프로이트, 『꿈의 해석』, 선영사, 2002, 183쪽.

이는 모티프 가운데 '꿈'이 있다.

이선의 「흉몽과 길몽」에서 '꿈'은 서사의 골격을 이루는 모티프로 작용한다. 아버지와 어머니가 꾼 꿈의 내용은 같은데 그것에 대한 해석의 의미는 서로 반대라는 것이 흥미롭게 펼쳐지고 있으며, 같은 내용의 꿈에 대한 해석이 다름으로 인해 갈등을 유발시킨다. 6·25 때 월남한 아버지는 남쪽에서 어머니를 만나 결혼한다. 휴전이 되고 다시는 고향에 갈 수 없게 되자 아버지는 어머니가 고향이라며 어머니에게 안주한다. 두 노인은 빵가게를 운영하며 노년의 삶을 적극적으로 살아간다. 그러던 어느 날 아버지가 고향에 다녀오는 꿈을 두 노인이 똑같이 꾼다. 이 꿈을 놓고 아버지는 길몽으로, 어머니는 흉몽으로 해석한다. 그 후 얼마 되지 않아 잊고 살았던 지난날이 남북의 화해 무드를 타고 삶에 깊숙이 파고들면서 아버지는 고향에 갈 수 있으리라는 기대에 날로 젊어진다. 그리고 노인대학에서 하는 고향 방문에 가장 먼저 신청한다.

이러한 아버지의 행동에 어머니는 지금까지의 삶을 허탈해하며 미국에 있는 아들에게로 가려고 한다. 어머니는 이미 죽은 아버지의 전처와 아들에게 질투를 느끼며, 아버지에 대한 평생의 믿음이 무너지고 만다. 이렇듯 어머니와 아버지가 꾸었던 같은 내용의 꿈은 흉몽과 길몽으로 각각 나누어져 인식된다. 실상 아버지가 그리워하는 것은 전쟁 중에 잃은 전부인과 아들이 아니고 고향의 음식과 마을에 대한 생각이다. 그런데 아버지가 꾼 고향에 다녀오는 꿈과 '고향 방문'에 가장 먼저 신청한 것을 두고 질투심을 느끼는 것으로 나타난다. 똑같이 고향과 관련된 꿈을 꾼 것에 대하여 어머니는 못마땅해하는 것이다. 즉 어머니는 북한에 고향을 둔 아버지의 잠재의식 속에 있는 꿈, 즉 고향을 그리워하며 그곳에 다녀오고 싶어 하는 것을 이해하지 못하고 있는 것으로 보인다.

> 날더러 고향이라시더니……. 에미야, 그러면 도대체 거기가 고향이라고, 그것이 길몽이라고 좋아하시는 양반은 누구시더냐. 내가 한이부자리에서 살 맞대고 검은 머리 파뿌리 되도록 믿고 살아 온 양반은 도대체 누구시더냐. 내가 여태껏 당신의 빈껍데기만 끌어안고 살아왔더란 말이냐. 그러면 당신은 도대체 누굴 데리고 사셨더란 말이냐. 당신은 틀림없이 나를 예전의 마나님으로 생각하고, 아범을 예전의 아드님으로 생각하시며 살았질 않았겠느냐. 에미야, 너도 보았지. 나는 흉몽이고 당신을 길몽이던 꿈을 꾸었다던 날 아침에 네 아버님이 딴 사람 같아 보이지 않더냐.[19]

이처럼 아버지에게 고향에 다녀오는 '꿈'은 길몽으로 인식되는 데 반해 어머니에게는 죽음으로 인식되고 질투심을 일으키는 요인이 된다. 이 작품에서의 '꿈' 모티프는 서사를 이끌어가는 중요한 요소가 되며 노인의 의식을 상징적으로 보여주는 것으로 나타난다.

이선의 다른 작품 「동상이몽」에서는 '꿈'이 노년을 관통하는 정신적·육체적 거주의 불안정성과 노인의 욕망 표출로 나타난다. 이 소설에서는 서로 다른 환경에서 느끼는 두 노인의 외로움을 추적해가는 과정에서, 노년에 느끼는 외로움이나 소외감은 경제적인 풍족 여부와 크게 상관없이 나타나는 일반적인 현상임을 발견할 수 있다.

등장하는 두 노년의 인물은 '노여사'와 '그녀'이다. 노여사는 경제적

---

19 이선, 「흉몽과 길몽」, 『행촌 아파트』, 민음사, 1991, 207쪽.

으로 풍족한 삶을 살지만 자녀들이 동거를 거부한다. 자녀들에게 거부당하기는 물질이 풍부한 노여사뿐 아니라 노여사의 간병인인 그녀도 마찬가지이다. 자녀들로부터 거부당하는 두 노인, 그 두 노인의 환경은 극단적으로 다르지만 본질적인 면에서는 똑같게 그려지고 있다. 이에 두 노인이 느끼는 소외감과 외로움의 정도도 같다고 볼 수 있을 것이다. 그러하기에 둘이 한 침대에서 서로 다른 꿈을 꾸었음에도 현실적인 바람은 동일하게 드러나고 있음을 알 수 있다.

경제적으로 풍족한 삶을 사는 노여사는 자녀들에게 당당하게 대하지만 혼자 사는 삶에 지독한 외로움을 느낀다. 그러한 외로움이 싫은 노여사의 심리적 상태는 자녀들의 관심을 받고 싶어 병을 기화로 병원에 입원하는 것으로 나타난다. 아무런 이유도 없이 명치끝에 통증을 느낀 노여사는 병원에 입원하는데 그런 일이 세 번씩이나 있었다. 의사는 노인 우울증의 한 형태라고 판정을 내린다. 그렇게 되기까지에는 분명한 이유가 있지만 자녀들은 그러한 노여사를 이해하려 들지 않는다. 가족의 노인에 대한 이해 정도는 경제적인 상황과 상관없이 노인이 느끼는 행복지수와 상관관계가 있음을 알 수 있다.

노여사가 명치끝에 통증을 느끼게 된 것은, 며느리에게 같이 살기를 제의했다가 거절당한 것에서 기인한다. 그로 인해 노여사에게는 외로움이 우울증으로 심화되어 나타난다. 며느리들은 겉으로는 고분고분한 듯하면서도 시어머니인 노여사의 실제적인 요구를 들어주지 않는다. 노여사는 본인의 뜻을 관철시키기 위해 고집을 부리고 그것이 며느리와 노여사 사이의 갈등구조를 이루는 것으로 나타난다. 그래서 노여사는 집에서 혼자 사느니 차라리 병원에 있는 게 낫다고 생각한다.

노여사의 간병인 '그녀' 역시 며느리와 갈등관계에 있다. 그녀가 갖는 갈등은 일반적인 고부간의 갈등 양상과 다르다. 며느리는 경제적으로 풍족하지 않으나 건강한 시어머니인 그녀가 일하는 것에 대하여 당연하게 여긴다. 더구나 그녀가 번 돈을 며느리가 다 챙긴다. 그녀가 걱정하는 것은 노여사의 간병을 하는 동안 그녀의 이부자리가 다락방에 올려놓아지지나 않았을까 염려한다. 그녀가 며칠씩 집을 비워도 찾는 일이 없기 때문에, 간병 일이 끝나자 노여사의 아들이 노여사와 함께 지내기를 건의하지만 그녀는 나중에 돌아갈 자리가 없을까 봐 거절한다.

날이 밝으면 맞을 두 노인의 귀가, '그녀'와 '노여사'는 퇴원을 하루 앞둔 전날 밤에 한 침대에 누워 잠을 청한다. 며느리가 이불을 치우기 전에 집에 돌아가기를 꿈꾸는 간병인 '그녀'와 혼자서 집으로 돌아가기 싫어 침대에서 떨어져 팔이라도 부러지기를 바라는 '노여사'의 꿈은 한 침대에 누웠지만 상반되어 나타난다. 즉 '그녀'는 잠이 들었을 때 아직도 일을 나가지 않는다고 비난하는 며느리의 짜증 섞인 소리에 급히 뛰어나가다가 침대 아래로 굴러 떨어지고, 벽 쪽에 붙어 자던 '노여사'는 자기 팔이 부러졌는지 알고 호들갑을 떠는 것이다. 이처럼 노인들의 꿈은 서로 뒤바뀌어 현실로 나타난다. 이것은 '노여사'와 '그녀' 두 노인을 통해 가족 간의 사랑은 물질의 유무와 상관없이 노인의 삶을 이해하는 것에서 비롯된다는 것을 나타내고 있다고 볼 수 있다.

아직도 일을 안 나가고 계시면 어떡해요?
며느리가 짜증스럽게 소리쳤다. 그녀는 황급히 스웨터를 걸치고 뛰어나갔다. 막 대문을 나서는 순간 갑자기 땅이 푹 꺼졌다. 아이쿠! 그녀가 소리쳤다.

"내 팔, 내 팔이 부러진 게지?"

　　벽에 바싹 달라붙어 있던 노여사가 느닷없이 벌떡 일어나 앉으며 외쳤다.

　　"틀림없이 내 팔이 부러졌지? 아이구, 내 팔이 부러졌다구. 이 노릇을 어째. 아이구, 아파."

　　병실바닥에 떨어진 그녀가 노여사의 호들갑스러운 비명 소리를 듣고 기를 쓰며 몸을 일으켜 침상으로 기어올라갔다. 그러나 채 올라가기도 전에 오른쪽 팔에 지독한 통증을 느끼고 그녀는 도로 병실바닥에 떨어졌다.[20]

　　실제로 침대에서 떨어진 사람은 꿈에 며느리의 호통을 듣고 놀라 일어나던 '그녀'이다. 그런데 퇴원을 꺼리는 '노여사'는 자기 팔이 부러졌다고 소리를 친다. 이부자리를 다락에 올려놓기 전에 건강한 몸으로 돌아가 자리를 차지하고 있어야 하는 그녀에게 팔이 부러지는 것은 난감한 일로, 팔이 부러져서라도 병원에 더 있고 싶은 소망을 갖고 있는 노여사에게는 팔이 부러진다는 것이 다행한 일로 상반적인 견해를 보인다. 동상이몽, 한 침대에 누워서 각각 다른 꿈을 꾼다는 의미처럼 노여사와 그녀는 한 침상에서 각자 다른 일을 생각한다.

　　이렇듯 '꿈' 모티프는 인물이 가지고 있는 욕망의 표출로 볼 수 있으며, 노인은 꿈을 스스로의 바람과 관련지어 자의적으로 해석하는 경향을 보인다. 이선의 「흉몽과 길몽」은 같은 내용의 꿈을 놓고 아버지와 어머니가 다르게 해석하는 것을 통해 전쟁을 체험한 세대가 갖고 있는 아픔과 고통을 나타내주고 있다. 또 「동상이몽」은 빈부의 차이와 상관없

20　이선, 「동상이몽」, 『배꽃』, 민음사, 1993, 279~280쪽.

이 노인이 안고 있는 외로움과 소외의 문제에 심리적으로 접근해갔음을 알 수 있다.

지금까지 연구한 바와 같이, 노년소설에 나타나는 모티프는 노년의 삶과 의식을 드러내고 있다. 가장 빈도수가 많은 '유기' 모티프를 통해서는 유기되고 소외되는 노인이 죽음이나 가출에 이르고 있음을 알 수 있으며, 그것은 경제력이나 생산력 없는 노인을 짐으로 느껴 부양의무의 전가와 불효로 이어짐을 발견할 수 있다. '죽음' 모티프에는 늙고 병들고 죽어가는 현실에 대하여 노인이 순응하는 것으로 나타나고 무엇보다 죽음을 준비하는 과정에서도 남은 자식이나 배우자를 배려하는 사랑이 상징적으로 드러나 있다. '재혼' 모티프는 노년에게 있어서 노년의 사랑과 희망을 상징한다면, 자식에게는 이기심에 의해 재혼을 방해하는 것으로 나타난다. '자존심' 모티프에는 늙음으로 인해 자연적으로 오는 신체적 쇠약을 나름대로 견뎌보려고 하는 노인의 의식이 드러나 있으며, '흉터' 모티프에는 인생의 경험과 삶의 흔적이 상징적으로 그려진다. '대물림' 모티프는 존재성의 인식과 종족보존의 욕망이 드러나며, '꿈' 모티프에는 간절한 소망과 욕망이 나타남을 발견할 수 있다.

이 외에 '고향' 모티프가 유우희의 「밤바다에 내리는」, 한각수의 「뿌리」, 유승휴의 「농기」, 홍상화의 「동백꽃」을 통해 노년의 삶 향유와 소중한 것을 고수하는 노인의 의식을 상징적으로 보여주고 있으며, 과거 지향적인 성향을 나타내는 '회상' 모티프가 한정희의 「산수유 열매」, 김문수의 「終末」, 이청준의 「꽃동네의 합」, 오정희의 「銅鏡」에 나타나고 있다. 또한 '자살' 모티프와 '냄새' 모티프가 몇 작품에서 보인다. '자살' 모티프는 지독한 외로움으로부터의 탈출을 의미하며, 작품으로는 정찬주의 「遺産」과 이청해의 「풍악소리」가 있다. '냄새' 모티프가 나타나는 작품으로는 문순태의 「늙은 어머니의 향기」와 우선덕의 「실감기」가 있으며, 늙음에 대한 거부감과 노인을 상징하는 의미로 작용한다. 급속하게 변해버린 현실에 대한 충격은 하성란의 「712호 환자」에서 '변신' 모티프로 나타난다.

2. 초점화자의 다양성과 노년 인식

화자, 혹은 발화자라고 하는 내레이터는 소설에서 이야기를 이끌어가는 목소리다. 시점[21]이 누가 보느냐의 문제라면, 화자는 누가 말하느냐의 문제이다. 노년소설에서 특징적으로 나타나는 것은, 극화된 화자이거나 극화되지 않은 화자가 이야기를 하더라도 그려내고 있는 중심 대상은 노년의 어떤 인물이라는 것이다.

본서에서는 노년소설 속에 나타난 화자를, '주인공 노인'이 화자인 경우, '가족구성원' 중의 한 인물이 화자인 경우, '가족 외'의 인물이 화자인 경우로 분류해 살펴볼 것이다. '주인공 노인'이 화자인 경우는 1인칭 주인공 시점으로 서술되고 있으나, '가족구성원' 중의 한 인물이 화자인 경우는 혈연관계 속에서 노인 인물에 대하여 이야기하는 다양한 시점으로 서술되고 있다. '가족 외'의 인물이 화자인 경우에는 전지적 작가 시점으로 서술되는데 초점화자가 명확히 드러나는 작품이 있는가 하

---

21 시점은 작자와 잠재적 독자 사이, 그리고 발화자와 수화자 사이의 관계와 긴밀한 연관을 맺고 있는 것이다. 롤랑 부르뇌프·레알 윌레 공저, 김화영 편역, 『현대소설론』, 문학사상사, 1990, 120쪽.

면, 초점화자가 드러나지 않는 작품도 있다.

노년소설 속에서 이처럼 다양하게 나타나고 있는 화자가, 그려내고 있는 노년 인물과 어떻게 적절한 거리를 유지하고 있으며, 그 거리는 노년의 삶이나 노년의 문제, 또는 노년 인물의 심리를 어떻게 이해하는지 살펴보는 것은 의미 있는 일이다. 그것은 화자에 따라 노년을 이해하는 관점과 정도가 다르기 때문이다.

본서를 통하여 화자에 따라 획득할 수 있는 노인의 삶의 양상이나 노인의 문제, 또 노인 인물의 심리에 대한 소설적 형상화 방법 사이에는 어떤 효과를 가지고 있는지 알아봄으로써, 노년의 삶을 이해하고 노인의 문제에 가까이 접근할 수 있을 것으로 기대하면서 논의를 시작한다.

1) '주인공 노인'이 화자인 경우

노년소설에서 주인공인 노인 화자가 직접 자기의 이야기를 하는 경우는 안장환의 「疼痛」이다. 이 소설의 주인공 노인 '나'는 둘째 아들 내외와 산다. 둘째 아들은 '나'가 하던 과수원과 농장을 경영하며 그 지역의 학교에서 교편을 잡고 있다. 둘째 아들은 '나'가 지금까지 살아온 '멀쩡한 집을 헐고 현대식 주택을' 짓는다. 그런데 편리하다고 하는 현대식 건물이 '나'에게는 불편할 뿐만 아니라, '나'가 마을의 노인들과 교류할 수 있는 공간을 빼앗아가는 것으로 나타난다.

> 우선 변소만 해도 그랬다. 변소가 마당 끝에 있는 것이 아니라, 집 안에 있어 슬리퍼를 찔찔 끌고 가야 했고, 마룻바닥으로 된 부엌에다

둥그런 식탁을 놓고 식탁을 겸했기 때문에 의자에 거추장스럽게 앉아서 식사를 하니까 소화가 잘되지 않는 것만 같았다.

그뿐이 아니었다. 문간에 자리잡고 있던 사랑방이 없어졌기 때문에 장기를 두러 오는 마을의 영감들이 발길을 끊고 말았다. 그 대신에 나는 이 집의 뒤쪽에 붙어 있는 방으로 밀려가 밤낮 답답한 담장만 마주보며 살아야 했다.

"현대식, 현대식 하면서 제놈이 애비 대접을 그렇게 해?"

나는 가끔 둘째아들에게 이런 원망을 털어놓았다.[22]

이렇듯 지금까지의 생활방식과 다른 현대식 집이 젊은이들에게는 편리하고 좋으나, 노인에게는 오히려 일상생활을 불편하게 만드는 것임을 알 수 있다. 여기서 불편한 점은 크게 세 가지로 나타나고 있는데, '변소'와 '식탁'과 '사랑방'이다. 이 세 가지 공간은 재래식 가옥과 현대식 가옥의 크게 다른 점으로 볼 수 있다. 사람의 기본적인 생활양식에서 변화를 겪어야 하는 노인이 그것을 수용하고 편리성을 습득하기가 쉽지 않음을 알 수 있다. 음식을 섭취하는 공간인 좌식 '식탁'에서 식사를 함으로써 나타나는 현상은 소화가 잘 되지 않는 것이다. 소화가 잘 되지 않으므로 배설하는 것이 용이하지 않게 되고, 더구나 배설공간인 '변소' 또한 종래부터 사용하던 양식이 아니므로 편안하지 않음을 알 수 있다. 마당 끝에 위치하던 변소가 집 안에 있음으로 해서 지금까지의 생활방식과 너무 다른 문화에 '나'는 쉽사리 적응하지 못하는 것으로 나타난다. 그리고 휴식과 만남의 공간이던 사랑방이 없어지자, 친구들과

---

22 안장환, 「동통(疼痛)」, 금성출판사 편, 『한국대표문학 18』, 금성출판사, 1996, 249~250쪽.

소통을 자유롭게 할 수 없는 것이다. 더구나 뒤쪽에 있는 방으로 밀려나가 답답한 담장만 마주보며 사는 신세로 전락해버린 것은, 하락해버린 노인의 지위를 단적으로 보여주는 것이라고 볼 수 있다. '나'에게는 그것이 무엇보다도 큰 불만으로 드러난다. 노인이 거처하는 '뒷방'은 생활의 중심에서 밀려난 '노인'을 의미한다고 볼 수 있다. 여기서 '뒷방'은 노인의 현재 모습에 대한 상징으로 드러난다고 할 수 있다.

친구들과 교류할 수 있는 공간이 없어진 '나'는 아침 식사를 하고 마을 앞 느티나무 아래로 간다. '사랑방'이 없어진 후 마을 영감들이 모이는 장소는 마을 앞 '느티나무 아래'로 바뀌었기 때문이다. 여기서 '사랑방의 부재'는 사회 문화적 측면으로 볼 때, 사회와 소통할 수 있는 '창구의 상실'을 의미한다. 그리고 노인에게 '서울'은 '감옥'과 다름없는 곳이라는 것이 서울에 다녀온 친구 권영감의 말에서 나타나고 있다. 즉, 노인에게는 문을 닫고 사는 서울 사람들의 삶의 공간은 감옥과 같이 '닫힌 공간'인 데 반해, 시골은 '열린 공간'이며 사람이 살 만한 공간으로 인식된다.

> "그게 감옥살이가 아니고 뭔가. 아, 남의 집에서 셋방살이를 하는데 주인집이랑은 담을 쌓았는지 왕래도 않고, 밤낮 대문을 잠가놓으니 맘대로 드나들 수가 있나, 옷을 한번 제대로 훌훌 벗을 수가 있나, 게다가 숨통이 막히도록 좁은 골목은 꼬마들의 놀이터가 되어서 나설 자리가 없어요."
> 권영감은 공연히 언성을 높이면서 핏대를 세웠다. 하긴 그 말이 옳기도 했다. 비록 사랑방은 없어졌을망정, 이렇게 마을 한복판에 느티나무가 있어서 영감들의 시원한 놀이터를 만들어주고 있으니 말이다.

"그래도 서울이 좋다고 키워만 놓으면 망아지 새끼들처럼 뛰쳐들
올라가니 큰일이야 큰일……."
　　나는 매미가 극성스럽게 울어대는 느티나무 가지를 쳐다보면서 말
했다.[23]

　　인용문에 나타나듯이 권영감의 서울생활 체험이 앞으로 전개될 '나'
의 서울생활이 어떻게 전개될 것인지 암시한다고 볼 수 있다. '나'가 뒷
방으로 밀려난 것이나 현대식 생활방식에 적응하지 못하는 것은, 앞으
로 전개될 서울생활에 비하면 아무것도 아닌 것이 되고 마는 것이다.
　　'나'가 멀쩡한 집을 현대식으로 고친 작은아들의 처사에 못마땅해 하
지만 아들이 하는 일에 간섭하지 못하는 것은 이미 두 아들에게 유산
을 물려주었기 때문으로 드러난다. 노인에게 재산은 힘을 잃어가는 노
년의 삶에 일정 부분 새로운 힘으로 작용할 수 있을 것이다. 이 작품에
서 유산을 미리 분배해준 것은 '나'의 생각이 아닌 것으로 드러난다. 그
럴 수밖에 없는 사회적 환경이 요인이 되었던 것이다. 마을을 가로질러
고속도로가 나면서 '나' 소유의 논밭이 고속도로로 들어가게 된 것이다.
결국 '나'는 논밭 판 돈을 본의 아니게 두 아들에게 분배해줄 수밖에 없
었다. 아들은 '일할 생각 마시고 왔다갔다 소일이나 하시면서' 쉬라고
하지만 '나'는 '이제 생활 능력을 상실한 고물 인간'으로 자신을 인식한
다. 할 일이 없어지자 '나'는 식사를 잘 하지 못하고 소화도 안 되며 기
운도 줄고 숨이 차는 등 몸에 이상이 생긴다.
　　결국 병이 나고만 '나'는 큰아들이 있는 서울로 치료를 받기 위해 올

23　안장환, 「동통(疼痛)」, 앞의 책, 252쪽.

라간다. 그리고 치료를 끝내자마자 시골집으로 내려가려 했지만 큰아들 내외의 반대로 눌러 있게 된다. 시골의 현대식 집에도 적응하기 어려웠던 '나'에게 큰아들의 아파트는 더욱 살기 힘든 곳으로 인식된다. 누구도 말상대가 되어주지 않아 '나'는 늘 사람을 그리워한다. 시골에서 평생 살아온 '나'에게 아파트는 친구인 권영감처럼 '감옥'으로 인식된다. 그런 생활 가운데 '나'의 병은 간암과 중풍으로 깊어져, 7~8개월의 시한부 삶을 살게 되고, 차츰 상태가 악화되어 대소변을 가릴 수 없는, 극도로 처량한 신세로 전락한다. 식모와 손녀 혜수는 '나'를 무시하고 쌀쌀하게 군다. 가족들은 시간이 갈수록 더욱 '나'에게 쌀쌀하게 대하고 구박하는 것으로 나타난다.

소외되고 구박받는 현실을 모면하는 방법을 모색하던 '나'는 고향 친구인 권영감이 병문안을 오자, 권영감에게 지니고 있던 땅문서를 주며 팔아달라고 한다. 그리고 '나'는 땅 판 돈으로 며느리와 손자들에게 용돈을 준다. 시시때때로 돈을 주자 식구들의 대우가 달라진다. '나'는 아이들이 즐거워하는 표정을 하루라도 더 보기 위해 돈 쓰는 데 재미를 붙인다. 그렇게 죽는 날까지 버티다가 '나'는 죽음을 맞이한다. 여기서 발견할 수 있는 것은 노인에게 있어서 돈의 의미이다. 즉 돈은 힘없는 노인에게 새로운 힘이 되는 요소로 작용하고 있다.

평생 동안 농촌의 생활방식에 맞추어 살던 주인공인 노년의 인물이 현대식 생활방식이 불편해 갈등을 겪고, 병이 악화되어 그보다 더한 아파트 주거공간으로 들어가면서 고립되고 구박 당하는 모습과, 돈을 이용하여 죽는 순간까지 가족으로서 최소한의 대우받는 길을 확보하고 있다가 죽는 최후의 모습을 노인 주인공이 화자가 되어 서술한다.

이렇게 노인이 처한 상황을 주인공인 화자가 직접 서술함으로써, 현재까지 아날로그식 생활을 해온 노인이 디지털식의 생활방식에 쉽게 적응하지 못하는 현실을, 주관적이면서 심도 있게 그려내고 있다. 또한 주인공이 화자인 경우는 노인이 가지고 있는 내면의 심리와 불만을 직설적으로 토로할 수 있으며, 주인공의 행동이나 말투와 객관적인 관찰에 의해 주인공의 상태를 미루어 짐작하는 서술방법보다 노인의 심리와 생각을 구체적으로 드러낼 수 있다. 즉 영감의 서울 나들이 이야기와 아들네 가족들이 '나'를 대하는 태도뿐 아니라 외부와 단절되고 소외된 노인의 내면을 효과적으로 그려내고 있는 것이다.

안장환의 다른 작품 「밤으로의 긴 여행」 또한 서술화자가 주인공인 '나'이다. 이 소설의 화자 '나'는 아내가 먼저 죽고 병명을 알 수 없는 병에 걸리자 큰아들이 사는 서울로 올라온다. '나'는 아파트 생활을 하는 큰아들의 집에서 손자녀와 며느리의 냉대를 받으며 좁은 방에 누워 고향을 생각한다. 그리고 가수면 상태에서 먼저 죽은 아내의 꿈을 꾸며 소외와 외로움을 느끼는 것으로 나타난다.

아들이 사다가 놓아준 영산홍의 꽃잎이 떨어지는 것을 보며 '나'는 생명이 쇠잔해가는 것을 느낀다. 날이 갈수록 병도 깊어가고, 두 아들 내외는 '나'의 생일잔치를 기점으로 '나'를 병원에 입원시킬 궁리를 한다. 아들 내외는 '나'를 집 안이 아닌 병원에서 죽게 하려는 생각을 갖고 있다. 이것은 따뜻한 방 안에서 임종을 맞고자 하는 '나'의 생각과 상충된다. 결국 '나'는 병원에 입원하여 식물인간처럼 아무런 말도 하지 못하는 환자와 한 병실에 있게 되고, 자식들의 간병이 아닌 간병인의 간호를 받으며, 철저하게 가족들과 격리되는 입장에 처하는 것으로 나타난다. 집 안에서 죽고 싶은 소원도 이루지 못한 채 차가운 병실에서 희미해지는 의식, 그것은 병과 노화로 쇠약해진 육체와 정신까지도 쇠약해지는 모습을 드러내고 있다. 그리고 환상처럼 아내가 탄 꽃상여가 보이고 그 꽃상여를 따라가려고 허우적대며 숨을 거둔다. 임종의 장소로 따뜻한 방 안을 원했던 '나'는 소망을 이루지 못하고 결국 차가운 병실에서 임종을 맞는 것으로 삶을 마무리하고 만다.

오정희의 「적요」에서는 혼자 있는 것을 못 견디는 노인인 '나'가 파출부를 잡아두기 위해 임금을 미루는 방법이나 아이를 못 가게 하기 위해 수면제를 먹여 재우는 행동을 통해 쓸쓸함과 고독이 극에 달하여 비상식화된 노인의 모습을 보여주고 있다. 즉, 독거노인의 외로움을 극명하게 드러내며 소외된 노인의 문제가 주인공 '나'의 관점으로 지극히 절제된 가운데 서술되고 있다.

혼자 사는 남자 노인인 '나'는 집에서 일하는 파출부의 임금을 미루면서까지 파출부를 붙잡아둔다. 임금을 받은 파출부는 '나'의 집에 분명히 다시 오지 않을 것이기 때문이다. '나'로 서술되고 있는 화자가 임금을 주지 않으며 파출부를 붙잡아놓는 행위는 외로움과 소외를 지독하게 못 견뎌하는 이유가 있지만 근본적인 이유는 죽은 뒤 혼자 방치될 것이 두려워서이다. '나'에게 시시각각으로 다가오는 죽음의 그림자를 느끼게 하는 것은 신체의 변화이다.

나는 시름없이 걸어가는 그녀의 모습을 좇으며 문득 돈을 주어보낼 걸 그랬다는 후회를 했다. 그러나 돈을 받고 난 뒤에는 더 이상 오지 않으리라는 확신이 재빨리 후회를 지워버렸다. 사실 그녀에게 가야 할 돈은 벌써 보름 전부터 텔레비전 밑에서 자고 있는 것이다. 나는 늘 그녀가 더 이상 오게 되지 않으리라는 두려움 때문에 어리석은 짓인 줄 알면서도 질질 지불 날짜를 끌고 한바탕 실랑이를 벌인 후에야 돈을 주는 것이었다. 아마 그녀는 내게 대해 무섭게 인색한 늙은이라는 생각을 죽을 때까지 버리지 않을 것이다. 그러나 나는 죽은 뒤 홀로 방치될 것이, 며칠이고 몇 달이고 아파트의 꼭대기 구석방에 버려져 있을 것이 두려울 뿐이다. 늙은이의 목숨이란 예측할 수 없는 것이니까. 더욱이 부용이 오겠다는 날짜에 대어 오는 법이 결코 없지 않은가.[24]

이렇듯 '나'는 죽음이 가까이 오고 있다는 증거를 신체적 증상으로 감지하는 것이다. 어금니 두 개가 으스러졌는데 아프지 않았다는 것은 신경이 이미 죽었다는 것을 의미한다. 시력이 약해져서 눈물이 나고, 두통까지 심해지는 것 또한 육체의 쇠약을 나타내고 있는 것이다. 몸은 반신불수가 되어 지팡이 없이는 꼼짝도 못하는 늙은이 '나'가 맨 위층을 고집하는 것은 옥상을 쓸 수 있기 때문이다. 여기서 '옥상'은 세상을 바라볼 수 있는 창구의 역할을 하는 것으로 나타난다. 이렇게 고사해가는 나무처럼 사그라드는 육체를 가졌음에도 살아 있는 날까지는 욕망은 죽지 않았음을 발견할 수 있다. 그것은 남아 있는 이빨 뿌리를 파출부에게 뜯어달라고 하기 위해 입을 벌리고, 건강한 손이 잇몸에 닿는 순간 근질거리기 시작하여, 그것은 마비된 몸의 왼쪽 부분에도 전해지자 손가락을 깨물고 마는 것에서 나타난다.

무료해진 '나'가 사탕을 한 움큼 꺼내 주머니에 넣고 놀이터로 나가, 아이들에게 그것을 나눠주며 말을 걸다가 한 아이에게 돈을 주어 유혹

---

24 오정희, 「적요(寂寥)」, 금성출판사 편, 『한국대표문학 23』, 금성출판사, 1996, 437쪽.

한 다음 집으로 데리고 오는 행동을 보인다. 복숭아 먹던 아이의 잇자국이 박힌 복숭아를 보며, 파출부의 손가락이 잇몸을 간질였을 때처럼 참을 수 없는 근지러움을 느꼈기 때문이다. '근지러움', 그것은 생에 대한 욕망이고 움직임으로 볼 수 있다. 소외되고 단절된 공간 속에 있기 때문에 살아 있음을 더욱 의식하고 싶은 것일 수도 있을 것이다. 집으로 데려온 아이는 텔레비전을 보고 나자 가려고 하지만 '나'는 수면제 탄 주스를 먹여 가지 못하도록 하는 이상 행동을 보인다.

주인공 '나'의 그런 행동은 어떤 방식으로라도 고요함과 쓸쓸함에서 벗어나고 싶어 하는 것으로 볼 수 있다. 그 방편으로 선택한 것이 파출부에게 '임금 주지 않기'와 아이에게 수면제를 먹여서라도 '잡아두기'인 것이다. 이러한 행동은 모두 혼자 있기 싫은 노인의 극단적인 행동이며 그 이유는 현재의 삶처럼 죽음 또한 그렇게 쓸쓸하고 외롭게 맞이하고 싶지 않기 때문인 것으로 드러난다. 이것은 극도로 외로운 노인의 심리 상태를 나타내는 것이며, 그럼에도 그 심리나 감정을 지극히 절제된 어조로, '나'의 내면을 객관화시켜 서술함으로써, 노인의 쓸쓸하고 외로운 정서를 증가시키고 있다.

김의정의 「풍경 A」의 화자인 주인공도 지극히 절제된 어조로 세상과 단절된 심리를 그려내고 있다. 대합실에서 놓쳐버린 시간들을 떠올리며 '그'를 기다린다. 그를 기다리는 동안 '일상에서 떠난 삶의 조각들'이 '나'를 찾아와 곁에 머물다 간다. 30년이란 긴 세월 동안 만난 적이 없는 그를 기다리는 '나'의 앞에 여행자 같지 않은 복장을 한 노파가 나타난다. 그 노파가 '나'의 앞에서 자살하는데도 '나'는 무심하게 대한다. 그 순간 카인에게 아벨이 어디 있느냐고 묻는 환청을 들으며, '나'는 '아우를 지키는 자가 아니다'라고 항변한다. 여기서 '나'에게 들린 '환청'은 '양심의 소리'이며, '항변'은 양심에 대한 '거부'의 몸짓이다. '나'는 '아벨이 어디 있느냐'는 물음에 '노파의 죽음을 말하는 것이라면, 그것은 시간의 횡포였다'고 생각한다. 노파의 죽음에 무관심했던 '나'는, 성경의 사건에서 아벨을 죽이고 그 죽음에 책임을 회피했던 '카인'의 분신으로 인식된다.

이 작품에는 의미 있는 사건이나 사람이 나오지 않는다. 절제되고 간결한 어조로, 스케치하듯이 그리고 있을 따름이다. 심지어 '나'의 옆에서 일어나는 죽음조차도 '나'와 상관없는 일이다. 이러한 것을 통해 현대인의 단절된 인간관계를 드러내고 있다고 볼 수 있다. 지극히 냉소적이며 소통이 안 되는 듯한 문체 역시 단절된 인간관계의 다른 표현임을 알 수 있다. 또한 오지 않는 그를 기다리는 '시간'은 '인생'으로, 오고 가는 '여행객'은 '나'의 인생여정에서 만나는 많은 '사람'으로 읽히는 것이 흥미롭다.

이렇듯 안장환의 「동통」이나 「밤으로의 긴 여행」에서 발견할 수 있는 것은 노인과 주거공간의 관계인데, 두 작품 모두 노인에게 '아파트 생활'은 '감옥'과 다름없다고 표현되고 있다. 그리고 그러한 주거공간에서 불편함과 답답함으로 병은 더 깊어지는 것을 발견할 수 있다. 그것과 맞물려 더욱 가족과 사회로부터 단절되게 하는 노년의 삶, 돈을 쫓아가는 즉물적인 가족구성원들, 이것을 지켜보며 죽음을 맞이하는 외롭고 소외된 노인의 심리가 1인칭 주인공 시점의 노인화자, '나'를 중심으로 세밀하게 드러나고 있다.

오정희의 「적요」와 김의정의 「풍경 A」는 노인의 심리와 행동을 지극히 절제된 어조로 거리를 두어 객관적으로 서술하고 있다. 절제된 어조는 노년의 쓸쓸함과 외로움을 고조시키면서 비장감마저 느끼게 하며, 한정희의 「산수유 열매」에서는 젊은 시절의 애환을 견디고 노년에 이르러 부부애를 회복하는 모습을, 상징적인 '산수유 열매'를 통해 보여주고 있다. 남편을 용서하고 이해하는 과정이 여성 노인의 심리묘사를 통해 드러낸다.

이렇듯 '주인공이 화자'인 작품은 노인의 내면심리와 행동의 근간을 심도 있게 추적해 볼 수 있다. 그것은 노인 주인공이 직접화자가 되어 내면의 심리와 행동을 서술함으로써 독자들로 하여금 신뢰를 갖게 하는 것이다. 그를 통하여 노인이 안고 있는 심리적인 문제에 대한 접근을 기대할 수 있게 할 뿐 아니라, 노년의 삶을 가까운 거리에서 이해하고 인식하게 하는 것으로 볼 수 있다.

2) '가족구성원'이 화자인 경우

① 아내와 동생

노년소설에서 아내나 동생이 초점화자인 경우는 주인공 노인처럼 노년기에 이른 화자라는 점이 주목된다고 할 수 있다. 그것은 노년의 화자이므로 주인공과 독자와의 거리가 밀착된 관계에 놓이기 때문으로 볼 수 있다. 그럼으로써 심층적인 면까지 들여다 볼 수 있고 노인의 행동을 이해할 수 있는 이점을 갖고 있다.

박완서의 「너무도 쓸쓸한 당신」에서 화자로 나타나는 '아내'는 주인공과 같은 노년기에 있는 인물이다. 주인공과 마찬가지로 노년기에 있을 뿐만 아니라 주인공 노인의 가장 가까운 사람이기 때문에, 노인의 삶을 주인공 화자와 같이 밀착된 관계 속에서 바라보게 된다. 이 작품은 전지적 작가 시점으로 서술되는데, 작가가 전경화시키고 있는 화자는 아내인 '그녀'이다. '그녀'는 현재 남편과 별거 중이다. 아이들의 학교문제로 시골학교 교장인 남편과 오래전부터 별거해왔다. '그녀'와 '남편'은 상충되는 의식 때문에 결혼 초부터 살갑게 살지 못하는 것을 볼 수 있다. '그녀'가 싫어하는 것은 남편의 권위적인 모습으로 나타난다. 교장이라는 직책에 걸맞게 남편은 권위적이었고 근검절약이 몸에 밴 사람이다. 아이들 학업문제로 '그녀'와 아이들이 서울로 올라오면서 시작된 별거는, 남편이 명예퇴직하고 민통선 부근에 집과 땅을 사서 그곳에 기거하면서 고착된다. 그런데도 '그녀'는 교장인 남편의 연설이나 교장 사모님 노릇을 하지 않는 게 편하고 좋다고 생각하는 것으로 드러난다.

근검절약이 몸에 밴 남편은, 서울에 올라온 '그녀'가 가게를 꾸리면서 아이들 학비를 대주게 되었을 때도, '미미한 정도만 축낸 월급을 송금'해왔고, 연금을 받아 생활하는 현재도 마찬가지로 근검절약하는 사람으로 묘사되고 있다. 아이들의 졸업식에 추비한 모습으로 나타난 남편은 '그녀'를 난감하게 한다. 일거수일투족이 세련되지 못한 남편, '옛날 고릿적 도덕책 같은 소리만 하는 남편'에 대한 '그녀'의 태도는 '외면하는 것'으로 나타난다. 그럼에도 '그녀'는 남편과 부딪치지 않으려고 하는 것에서 잔잔하게 남아 있는 애정을 짐작하게 한다.

갓 결혼해 처가에 살고 있는 아들 채훈의 신혼생활을 안사돈으로부터 전해들은 '그녀'는 묘한 기분에 사로잡힌다. 더구나 며칠 후에 아들 내외가 외국 유학을 떠나기로 예정되었다며, 졸업식이 끝나자마자 제주도로 여행을 보내기로 했다고 하는 안사돈은 '그녀'에게 준비해두었던 제주여행 티켓을 건네준다. 아들 내외에게 전해주라는 안사돈의 여행 티켓을 건네받은 '그녀'는 그 티켓을 아들에게 주지 않은 채, 남편과 함께 졸업식장을 떠난다. 그것은 아들 가진 유세를 해보고 싶은 '그녀'의 속내를 드러내는 것으로 볼 수 있다.

밖으로 나온 '그녀'는 남편이 현재 살고 있는 마을에 가고 싶어 하는 마음을 처음으로 표현한다. 그것은 촌스럽고 초라하고, 변변치 못한 남편의 모습에 대하여 '그녀'가 느끼는 연민을 드러내고 있다고 볼 수 있다. 남편이 사는 곳으로 가던 '그녀'는 버스에서 잠든 남편의 시든 육체를 보며 남편과의 관계를 되돌아보고, 자아성찰을 하게 된다.

> 남편은 자는지, 자는 척하는지 편안히 눈을 감고 있었다. 지금 내가 도대체 무슨 짓을 하려는 걸까? 그녀에게 아들을 빼앗긴 상실감은 가도 휘청거릴 나이에 이런 허방이 숨어 있을 줄이야. 허방치고는 너무도 깊은 허방이었다. 그녀는 한없이 추락중인 삶의 허방에서 움켜쥔 한가닥의 지푸라기를 바라보듯이 어이없어하며 자는 남편을 바라보았다.
> 사람들이 많이 내리는 역에서 그녀는 뭔가 참을 수 없는 기분으로 남편을 흔들었다.[25]

이렇듯 아들을 빼앗긴 듯한 상실감은 남편의 탄력 잃은 육체를 보며, '그녀'에게 마치 '허방을 밟은 것처럼 갑작스러운 것'으로 인식되면서,

---

25 박완서, 「너무도 쓸쓸한 당신」, 『너무도 쓸쓸한 당신』, 창작과비평사, 1998, 169~170쪽.

지금까지 잡고 있었던 것은 '허방에서 움켜쥔 한 가닥의 지푸라기를 바라보듯이 어이없어' 하는 것으로 나타난다.

'그녀'는 남편을 데리고 역에서 내려 기분을 내보자며 음식점으로 들어갔다. 갈비로 포식을 하고, 남편과 함께 택시를 탄 '그녀'는 '경치 좋은 러브호텔로 가자'고 말한다. '그녀'가 이렇게 뜬금 없는 행동을 하는 것은 아들에 대한 상실감 때문으로 볼 수 있다. 그와 비례하여 늘어가는 남편의 모습에 깊은 연민이나 애처로운 사랑을 인식했기 때문이기도 하다.

러브호텔의 욕실에서 샤워를 마치고 나온 남편의 보기 흉한 하체를 본 '그녀'는 '닭살이 돋을 것처럼' 강한 혐오감을 느낀다. 남편의 육체에서 느낀 전혀 예기치 못한 느낌에 놀란 '그녀'가 황황히 생각해낸 것은 '하얀 봉투'였다. '그녀'는 안사돈에게 전화를 걸어 제주여행 티켓을 깜빡 잊고 아들에게 건네주지 못했다고 말한다. 그러나 안사돈은 그것과 상관없이 아들 내외는 벌써 여행을 떠났음을 알린다. '그녀'는 더 할 수 없는 허망감과 열등감을 느끼며, 마지막에 겨우 움켜잡은 게 말라빠지고 힘없는 남편의 정강이였다는 것을 인식하며, 벌써 잠들어 있는 남편의 정강이를 살펴보는 것으로 그려진다.

이 작품에서 함께 노년기를 살아가는 아내를 화자로 함으로써 부부간의 미묘한 감정과 심리까지 그려낼 수 있음을 발견하게 된다. 남편에게 깊은 애정을 느끼지 못했던 아내가 다 늙고 시든 남편의 육체를 보게 되면서 애처로운 사랑을 느끼게 되는 노년 부부의 모습을 섬세하게 그려내는 이야기는 연민과 잔잔한 애정을 느끼게 하는 것이다. 이와 같이 아내가 화자가 됨으로써 아내의 심리변화를 세밀하게 묘사할 수 있고, 노년기 부부의 사람을 담채화처럼 그려냈다고 볼 수 있다. 전근대적인 사고와 삶의 틀을 벗어나지 못하는 남편과 예상치 못했던 아들의 결혼생활이, 화자인 '그녀'에게 심경변화를 일으키게 하는 것에서 변화된 현대인의 의식구조를 엿볼 수 있다. '세월의 때가 낀 고가구를 어루만지듯이 남편의 정강이에 모기 물린 자국을 가만가만 어루만지기 시작'하는 '그녀'의 행동에서 부부의 의미를 생각하게 한다. 이렇듯 '그녀'에게 있어 남편은 '고가구'로 상징되면서, 소중한 존재로 다시 인식되는 것을 볼 수 있다.

이 작품은 전지적 작가 시점으로, '그녀'에게만 선택적으로 전지적이며, 다른 인물에 대하여는 관찰자 시점으로 서술되므로, '그녀'는 선택적 화자라고 볼 수 있다. 전지적 작가 시점의 경우, 특정한 화자가 드러나지 않고 대부분 숨은 화자로서의 작가가 화자인데, 이 작품의 경우 예외로 나타난다. 이러한 서술 시점을 통해 선택적 화자인 '그녀'가 바라보는 대상이 남편이기 때문에, 다른 인물의 내면을 볼 수 없지만 '그녀'의 내밀한 심리까지 들여다볼 수 있음을 발견할 수 있다.

노년에 느끼는 부부의 의미와 노인 부부의 내면과 정황, 그리고 심리적 변화에 깊이 천착한 이 작품에서 '그녀'의 '남편'에게서 엿볼 수 있는 것은 아직도 가부장적이고 아버지라는 책임의식에 경도되어 있는 노인의 가치관이다. 아들의 유학비를 대줄 수 있는 경제력을 이미 잃은 '남편'인데도, 현실을 직시하지 못하고 여전히 가부장적인 사고와 책임감을 가진 노인으로 '그녀'의 남편은 그려지고 있다. 남편을 통해 지금까지 살아온 삶의 방식과 그로 인해 형성된 가치관을 보여주는 노인의 모습을 보여주고 있다. 예전의 '그녀'는 그런 남편을 싫어하고 경멸했지만 남편의 늙은 육체와 말라빠진 정강이를 보면서, 남편에게 연민을 느끼게 되는 것이다.

동생이 화자로 나오는 작품은 박완서의 「꽃잎 속의 가시」이다. 자매들은 나이를 먹을수록 더욱 밀착되는 관계를 보인다는 것을 알 수 있다. 자매간의 친밀도는 미국에 살고 있는 언니와 화자인 '나'가 거리와 상관없이 전화를 자주 하는 것과 언니가 나를 '외국물'도 자주 먹을 수 있게 미국으로 초청을 하기도 하는 것에서 알 수 있다. 언니가 이민생활에 만족스러워하는 것처럼 '나'에게 인식되지만 언니는 이민생활에서 새롭게 인지되는 문화적 차이를 극복하지 못하는 것으로 드러난다. 그와 같은 언니의 모습을 이해할 수 있는 사람은 동생인 '나'뿐인 것으로 나타난다.

언니의 의식에 대한 가족과 '나'의 생각은 30년 만에 손자의 결혼식에 참석하기 위해 귀국한 언니를 다시 미국으로 보내는 과정에 드러나게 된다. 손자의 결혼식을 보기 위해 귀국한 언니는 '새 가방'을 들고 들어온다. 이 '새 가방'은 가족들이 신경을 집중시키는 소재로 나타난다. 지금까지 언니는 늘 '헌 가방'을 가지고 다녔고, 언니가 입고 온 옷도 새 가방과 어울리지 않게 촌스러웠기 때문이다. '헌 가방'이 현재 언니의 모습을 상징적으로 보여주는 것이라면, '새 가방'은 미래 언니의 모습을 보여준다고 볼 수 있다. 쉽사리 열지 않던 언니의 '새 가방'에서 나온 것은 '수의'였기 때문이다. '새 가방에 들어 있는 수의'는 언니가 죽음의 세계로 갈 때 입으려고 하는 옷이며, 그 새로운 세계에 들어가기 위해 입는 옷이 다른 물건과 구별되어 '새 가방'에 담기는 것은, 죽음의 세계에 대한 상징적 의미를 담고 있다고 볼 수 있다. 고국에서 죽고 싶은 언니의 소원은 '안동포로 잘 지은 수의'를 통해 드러난다. 그러나 노인의 간절한 소망이 돋보이는 물건으로 인해, 집안은 발칵 뒤집힌다. 가족들은 언니의 그러한 소망이나 의식을 도외시하고 신성한 결혼식에 금기시 되는 행동을 한 언니를 원망하는 것으로 서술되고 있다. 수의를 상서롭지 않게 여기는 가족들은 노인을 이해하지 못하지만 언니와 함께 노년기에 있는 화자인 '나'는 언니의 정서를 누구보다 잘 이해할 수 있는 것으로 그려진다.

언니의 소원에 아랑곳하지 않은 조카와 질부는 언니를 미국으로 보내게 '나'를 충동질하는 것으로 가족이 노인을 보는 시각을 드러낸다고 볼 수 있는데, 가족들의 그런 모습을 본 '나'는 언니의 딸이 언니를 가장 잘 모실 수 있을 것으로 생각한다. 그러한 '나'의 태도는 언니를 설득해 미국으로 보내는 것에서 드러난다. 그러나 미국으로 간 언니는 두 달 후 숨을 거둔다. 그 후 '나'는 언니의 장례를 치르고 귀국한 조카를 통해 언니의 삶과 의식을 완전하게 이해하게 되는 것으로 그려진다.

> 마리 홀딱 반해 얼싸안고 정을 나누던 사내의 정체가 실은 해골이었더라는 괴기담 속의 처녀처럼 날로 수척해질지언정 지난날을 돌이킬 수는 없는 일이었다. 직접 송장을 다루는 것도 아니겠다. 그만큼 편안한 일터를 놓친다는 건 어리석은 일이었다. 그러나 송장에 대한 금기가 워낙 격렬하고 유구한 내 나라의 문화를 극복한다는 것은 내 능력 밖의 일이었다.[26]

미국으로 돌아간 언니의 이야기가 작품의 마지막 부분에서는 시점과

---

26 박완서, 「꽃잎 속의 가시」, 『너무도 쓸쓸한 당신』, 창작과비평사, 1998, 235쪽.

화자가 바뀌어서 언니가 화자가 되어 서술되고 있다. 이 인용문에서 보듯 언니가 오랜 미국생활에서도 온전하게 서구사람이 되어 살지 못했던 것은 문화에 의한 차이인 것으로 드러난다. 그러한 언니의 의식을 가족들이 이해하고 받아들였다면 언니는 고국에서 임종을 맞았을 것이다. 결국 가족이 그 문화 차이를 극복하지 못한 노인에 대한 이해와 관심이 부족함으로 인해 노인의 마지막 소망이 이루어지지 못했음을 드러내고 있다.

언니의 의식을 이해하는 인물은 노인과 같은 노년기에 있는 '나'이다. 이 작품은 그러한 화자를 선택함으로써 노인의 정서와 내면심리를 효과적으로 드러냈다고 볼 수 있다. 즉, 노년의 화자를 내세움으로써 주인물과 독자 간의 거리를 좁히고 이해의 폭을 넓힐 수 있었던 것이다. 화자 이외에는 어떤 가족도 언니의 삶이나 의식을 이해하지 못함으로써 언니의 노년이 고독하고 쓸쓸하게 그려지고 있음을 알 수 있다.

송기원의 「사람의 향기」에 나오는 화자도 '동생'이다. 누이는 암 투병 중이다. 조카는 일이 바빠서 어머니를 자주 찾아뵙지 못한다고 말하며, 누이의 병증이 더 심해졌음을 알린다. '나'의 주변 사람들이 차례차례 죽어가고 있음을 발견한 '나'는 죽음에 대하여 생각하게 된다. '나'가 누이를 지켜보는 마음에는 누이의 삶에 대한 안쓰러움과 애정이 들어 있음을 알 수 있다. 고달프고 힘든 누이의 삶, 누이가 살아온 세월 곳곳에 묻어 있는 삶의 흔적을 누구보다 잘 아는 '나'의 안타까운 심정은, 누이가 암에 걸린 것을 가슴 아파하는 것으로 드러난다.

'나'와 누이는 공감되는 지난 기억들이 많다. '나'는 그것은 어느 누구도 침범할 수 없는 영역이라고 생각한다. 누이를 통해 누이와 '나'의 출생에 대한 것까지 다 들은 '나'는 누이의 아파트를 빠져 나온다. 누이의 삶, 누이의 기억에 대한 '나'의 의식은 '누이'에게서 느낀 '사람 향기'로 상징되어 나타난다. 사람들의 삶이 모두 향기였던 것을 '나'는 발견하고, 사람들이 살고 있는 아파트를 돌아다보는 것에서 '나' 또한 '사람 향기'를 가진 사람임을 드러내고 있다.

이와 같이 화자가 아내이거나 동생인 경우에는 노년의 인물과 비슷한 노년기에 이른 화자이기 때문에 젊은이와 상충되는 현실 인식을 잘 드러내 줄 수 있다고 볼 수 있다. 그리고 본인 이외에는 가장 가까이에서 주인공 노인을 바라봄으로써 노인의 심리와 삶에 대하여 면밀하게 분석해보고 전달할 수 있다는 것을 알 수 있다. 아내의 경우는 30년 이상을 함께 동고동락한 처지이므로 애증도 있으나 결국에는 연민을 가지고 남편의 삶을 바라볼 수 있으며, 동생인 경우에는 어린 시절을 공유하면서 공동체적인 의식을 가지고 살아왔기 때문에 노인 주인공의 삶을 깊이 이해할 수 있는 것으로 나타나고 있음을 알 수 있다.

② 아들과 딸

화자가 자녀인 경우 대부분 중년기에 이른 아들이거나 딸이다. 이런 경우 작품의 빈도수가 높다. 최상규의 「푸른 미소」에는 돈이 많지만 수전노처럼 잘 쓰지 않는 노년 인물인 아버지에 대하여 '아들'이 화자가 되어 서술하고 있다. 전지적 시점으로 서술되고 있는 이 작품에서 아버지는 아들을 대학까지 공부시키고 그 이후에는 자립할 수 있도록 아무런 도움을 주지 않는 노인으로 나타난다. 아버지는 이것을 현대적인 사고방식이고 합리적이라고 생각한다. 지극히 지적이고 인텔리인 아버지는 평생 동안 열심히 돈만 벌었는데, 돈을 벌고 보니 돈을 쓰지 못하고 늙었다고 하는 의식을 보인다. 아버지에게 있어서 늙음을 대신할 것은 '육체'와 '돈' 뿐이라고 생각하는 것으로 나타난다. 이러한 생각은 그래서 모든 재산을 현금으로 바꾸어 은행에 넣는 행동으로 나타난다. 돈이 늘어나 이자를 계산하는 것이 아버지가 사는 낙이라고 생각한 '아들'은 아버지에게 아무런 도움을 기대하지 않는다. 여기서 아버지와 '아들'의 관계는 지극히 냉소적으로 드러난다. 심지어 아버지에게 무관심한 아들로 보인다.

그러나 '아들'의 아내는 아버지의 재산에 은근히 기대를 한다. 그래서 아내는 혼자 살고 있는 아버지를 모시자고 하는데, 아내가 아버지를 모시자고 하는 것은 순전히 아버지의 재산 때문인 것으로 드러난다. '아들'은 그런 아내를 만류하는데 그것은 아버지의 의도를 알기 때문이다. 자수성가형의 아버지는 아들에게 자립심을 길러주고자 했던 것으로 '아들'은 이해한다. 그래서 '아들'은 아버지의 재산에 관심이 없다.

평생 동안 번 돈을 '아들'에게 넘겨주지 않고 혼자 살던 아버지가 어느 날 아들을 부른다. 돈을 벌고 보니 돈을 쓰지 못하고 늙었다고 아버지가 말하는 것에서 늙음에 대하여 성찰함을 알 수 있다. 아버지는 죽음을 준비하는 과정에서 총결산한 장부를 보여주려고 했지만 '아들'은 안 보겠다며 거절한다. 결국 아버지를 혼자 남기고 집으로 돌아온 '아들'은 아버지가 파산했다는 사실을 다른 사람에게 듣는다. 아들이 다시 아버지의 집에 갔을 때 아버지는 이미 죽어 있었다.

이 작품은 평생을 노력해 번 돈을 모두 잃고 파산한 노인이 자살하고 마는 이야기다. 아버지가 '아들'에게 무관심했듯이 '아들'도 아버지에게 무관심하게 대한다. 아버지가 죽은 다음 열어본 아버지의 장부에 기록된 '0의 의미', 그건 아들을 향해 손을 내밀고 도움을 청하는 아버지의 손짓으로 볼 수 있다. 이 작품에서 '아들'과 아버지 모두 냉소적인 인물이다. 아무리 힘들어도 아버지에게 기대지 않았던 '아들'은 끝까지 아버지에게 따뜻하게 다가가지 않는 것으로 나타난다.

이동하의 「문 앞에서」도 '그'의 시각으로 아버지의 이야기를 하고 있다. '그'는 지방학교에서 교편을 잡고 있다. 지방의 학교에 근무하고 있는 '그'는 한 달 만에 아내와 가족이 있는 집으로 돌아오지만 철제문이 닫힌 채 집에는 아무도 없다. '그'는 아내를 찾아 슈퍼 세 곳을 돌아다닌다. 그러나 찾지 못하고 문 앞에 서 있다가, 시골에서 올라온 초췌해진 모습의 아버지를 보게 된다. 어머니가 죽고 재혼한 아버지는 계모와 갈등이 있을 때마다 '그'의 집에 와서 머물다 가곤 했다. 아내를 찾다 지친 그와 아버지는 아내가 있을 만한 곳을 찾아다녔지만 찾지 못하고 목욕탕에 가서 목욕을 하고 놀이터에서 기다리기도 한다. 그러다 나중에는 허기를 채우기 위해 음식점에 가고, 추레해진 아버지에게 옷 일습을 마련해 드린다. '그'는 옛날 일들을 회상하면서 아버지의 상경은 계모와의 갈등 때문임을 짐작한다.

아버지의 소극적이고 겁이 많은 성격을 '그'와 '그'의 아들 석이가 닮아 있음을 깨달아가는 '그'는 아버지의 삶을 차츰 이해하게 되고, 아버지와의 사이에 놓인 갈등이 해소된다. 아버지의 집에서 독립해 나온 이후로 집의 열쇠를 가져본 적이 없는 '그'는 아버지의 모습에서 미래의 자기 모습을 보는 것이다. 아내를 기다리던 '그'와 아버지는 놀이터

벤치에서 잠이 든다. 집의 문 앞에서 들어가지 못한 채 놀이터 벤치에서 잠이 든 '그'와 아버지의 모습은 처량하고 소외된 모습을 드러내고 있다.

여기서 '닫혀진 문', 이것은 가정과 단절되고 소외된 모습을 나타내주고 있다. 가정으로부터 소외되었다는 점에서는 아버지와 아들인 '그'도 마찬가지이다. 그래서 아버지를 더욱 이해할 수 있는 것으로 드러난다. 어머니가 죽고 재혼한 아버지는 젊은 아내로부터 소외될 때가 많았다. 그래서 아들인 '그'의 눈에 비친 아버지는 초라하기만 하다. 단절과 소외 그리고 늙음에 대하여 깊이 생각한 '그'는 아버지의 임종을 자기의 집에서 맞게 해야겠다는 막연한 결심을 하는 것에서 아버지와 마음으로 화해하는 것으로 볼 수 있는데, 그것은 '그'가 아버지의 모습에서 자신의 모습을 발견하였기 때문인 것으로 이해될 수 있다.

이 작품은 아들인 '그'가 화자가 되어 서술함으로써 '그'가 아버지에게 갖는 연민과 '그'의 심리가 섬세하게 그려지고 있는데, 부자간의 닮은꼴을 통해 미리 노년의 삶을 유추해보는 것은 흥미로운 일이라고 볼 수 있다. '뒷모습' '걸음걸이' '곱슬머리' '소극적이고 겁이 많은 성격' 등은 '그'와 아버지의 닮은 모습이다. 아버지의 '깨어진 안경'은 현실을 바로 인식하지 못함을 나타내며, 남루한 옷차림이나 목욕탕에서 어색해하는 모습은 현실의 변화에 적응하지 못하는 아버지를 보여주고 있다고 볼 수 있다. 이 작품은 늙어가는 아버지의 모습에서 '나'의 모습을 보는 아들의 마음을, 그리고 짧은 시간이지만 아버지와 함께하는 시간을 가짐으로 과거의 아버지와 현재의 아버지를 이해하게 되는 과정을 그리고 있는 것이다.

박용숙의 「밀감 두 개」는 아들인 '나'가 어머니와 아버지, 아내의 화해를 그리는 작품이다. 이 작품에서는 가정의 불화가 경제적인 문제로부터 시작된다. '나'의 눈에 비치는 어머니와 아버지는 남의 말에 금방 솔깃해하는 단순한 분으로 그려진다. 그것은 노인의 특성이기도 하다. 그런데 아내의 요구나 부모님의 요구에 아무것도 해줄 수 없는 화자 '나'는 답답하기만 하다. 결국 부모와 불화한 아내에게 손찌검까지 하고 마는데, '나'는 부모님과 아내 모두에게 미안해한다. 아픈 아버지를 병원에 모시고 가고, 아내에게는 원하는 전축을 사주고 싶지만 그럴 수 없는 경제적인 여건 때문에 '나'는 가슴이 아파하는 것으로 드러난다.

그렇게 한 다음 집을 나섰던 '나'는 가족의 마음을 충족시켜 줄 수 없는 현실에 자괴감마저 느끼며 집으로 온다. 그런데 아내가 부모님을 병원에 모시고 갔다 왔다고 한다. 부모님은 고마움의 표시로 밀감 두 개를 아내에게 주었다며, 아내는 행복해한다. 여기서 갈등구조는 아내와 부모를 중심으로 형성되어 있다. 그 갈등을 지켜봐야 하는 화자인 '나'의 심리가 돋보이는 작품이라고 할 수 있다.

문순태의 「늙은 어머니의 향기」 역시 화자가 아들인 '나'의 관점으로 서술된다. 어머니가 '나'의 집에 오면서 집 안에는 온통 어머니의 냄새로 끈적거린다. 아내는 어머니가 욕심이 많아서 냄새를 풍긴다고 하며 싫어한다.

> "어머니의 냄새는 보통 냄새가 아니어요. 두엄 썩는 냄새, 아니 제초제 냄새를 맡고 있는 것 같아요. 집에 있으면 냄새 때문에 식욕도 떨어지고 생머리가 지끈거려요. 병이 나겠다니까요. 꼭 무서운 바이러스 같다고요."

내 귀에서는 언제나 아내의 짜증 섞인 투정이 윙윙거리게 마련이다.

"세상에, 제초제 냄새라니……."

나는 아내의 엄살이 좀 지나치다 싶었다. 하기야 온종일 어머니의 냄새에 파묻혀 집안에 들어박혀 지낸다는 것은 고역임을 알고 있다. 그렇다고 어머니의 냄새를 바이러스와 제초제에 비유하다니.[27]

아내의 이러한 반응에 '나'는 소극적인 태도를 취하는 것으로 나타난다. 혼자서 심하다고 생각할 따름이지 어떠한 행동도 하지 않는 것이다. 이 작품의 갈등구조는 어머니의 냄새와 아내의 냄새로 나타난다. '늙음'을 의미하는 '어머니'와 '젊음'을 의미하는 '아내' 사이에서 '나'는 갈등하는 것으로 그려진다. 어머니와 아내의 대립은 오래전부터 시작된 것으로 나타난다. 신문사에 취직을 한 '나'의 집으로 올라와 살게 된 어머니는 아내와 보이지 않는 전쟁을 벌여왔던 것이다. 부엌을 누가 점유하느냐는 것에서 잘 드러나는데, 그러한 어머니와 아내 사이에서 '나'는 갈등할 수밖에 없는 것이다. 이렇듯 사사건건 아내와 어머니는 대립되는 것으로 나타난다. 그것이 극명하게 드러나는 부분은 집에 있는 화초와 분재를 다 뽑아버리고 어머니가 그 화분에 고추와 가지 모종 등을 심은 것이다. 어머니에게 화초는 산이나 들에 가면 얼마든지 볼 수 있는 것으로 인식되는 것이다. '흙 한 주먹이 아쉬워' 안타까워 하는 어머니의 살아온 날과 아내의 삶은 본질적으로 다른 것으로 볼 수 있다.

어머니의 냄새를 몰아내기 위해 아내는 갖은 방법을 다 쓴다. 그리고

---

27 문순태, 「늙은 어머니의 향기」, 『문학사상』, 2003년 1월호.

나면 아내의 냄새가 집 안에 맴돈다. 예전의 어머니는 '풀잎 향기보다 상큼'한 냄새로, 현재의 어머니는 '역겨운 냄새'로 상징된다. 아내가 처형의 병구완을 핑계로 처형 집에 가 있게 되자, '나'는 '어머니의 냄새가 집 안을 완전히 장악하는 것을 언제까지나 방치해두고 있을 수 없다고 생각'한다. 그 생각 때문에 '나'는 아내를 데려오고, 집 안에서 어머니의 냄새를 없애기 위해 어머니를 동생 집에 며칠만이라도 모셔다 드리자고 제의하는 것으로 현실화된다.

어머니가 동생의 집으로 가신 다음, '아내는 본격적으로 어머니의 냄새 제거 작업을 시작했다'. 방 청소를 하면서 아내는 보따리 하나를 발견해낸다. 어머니의 삶의 흔적이 묻어 있는 '보따리', 역겨운 냄새의 근원지는 바로 그 보따리로 드러난다. 보따리 안에서 나온 자질구레한 물품들은 자식들을 키우기 위해 치열하게 살아온 사람의 향기임을 '나'는 비로소 인식하게 된다. 과거의 기억이 묻은 물품들을 간직하고 사는 어머니의 행동이, 젊은 사람의 눈에는 노망으로밖에 보이지 않지만, 어머니의 과거를 아는 '나'는 사람의 향기로 느끼는 것이다.

어디로 가야 어머니를 찾을지 알 수 없었으나 우선 도시를 빠져나가야 한다는 생각이 스쳤다. 큰길을 향해 달리는 동안 어머니가 했던 말이 뇌리에서 자꾸 부스럭거렸다. 그 냄새는 몸에서 나는 것이 아니라 당신이 살아온 쓰디쓴 세월의 냄새라는 말이 벌겋게 달궈진 부젓가락처럼 오목가슴을 뜨겁게 파고 들었다. 젊어서 남편을 잃고 병든 시아버지와 어린 두 자식을 위해 짐승처럼 살아온 어머니. 그것은 어머니가 살아온 신산한 세월이 발효하면서 풍겨져나온 짙은 사람의 향기였다. 고통스러웠던 긴 세월의 더께 같은 것. 어머니의 냄새는 팔십 평생 동안 축 곰삭은 삶의 냄새이며, 희로애락의 기나긴 시간에 의해 분해되는 유기체의 냄새가 분명했다. 나는 갑자기 어머니의 냄새가 내 몸의 모든 핏줄 속에서 꿈틀거리는 것을 느꼈다.[28]

이렇듯 어머니와 아내 사이에서 갈등하다가 아내 쪽으로 마음이 기울었던 '나'는 어머니의 보따리에서 나온 물건들을 보며 어머니에게 스며들어 있는 냄새의 의미를 생각하게 된다. 여기서 어머니의 냄새뿐 아니라 어머니의 삶까지도 이해하는 것으로 드러난다. 마침 동생의 집에 모셔다 드린 어머니가 사라졌다는 소식을 들은 '나'는 급히 고향으로 향한다.

이 작품에서 화자인 '나'가 어머니의 삶을 서술함으로써 핍진성을 갖는다. 아들은 어머니의 삶을 평생 지켜보고 누구보다 어머니의 삶을 이해하는 대상이기 때문이다. 예전의 어머니 향기를 아내는 기억하지 못하고, 어머니의 질박한 삶을 공유할 수 없지만, 아들인 '나'는 할 수 있는 것이다. 무조건 국도를 달려 고향으로 향하는 아들의 모습은, 부모 모시기를 번폐스러워 하는 현실에 많은 것을 시사한다고 볼 수 있다.

최해군의 「한 세월 지나고 보니」는 한국전쟁 때 헤어진 부모가 33년의 세월이 흐른 후 재회하게 되지만 기나긴 세월 동안 서로 만나지 못했기 때문에 현실적으로 같이 살기에는 어렵다는 것을 화자인 아들의 관찰자적 시점으로 그려내고 있다. 어머니와 아버지의 사이에 아들인 '나'가 있지만 서로 방황하고 표류할 수밖에 없다고 인식한다. 그 이유가 이 작품에서는 '뿌리의 부재'로 나타나는데, 그것은 부부관계가 유지

---

28 문순태, 「늙은 어머니의 향기」, 앞의 책.

될 수 있는 신뢰이며 애정인 것이다. 긴 세월 동안 만나지 못했던 어머니와 아버지는 각각 헤어져 사찰과 양로원으로 향한다.

아들인 '나'는 33년 만에 만나는, 기억에도 없는 아버지지만 금세 의기투합하여 술을 마시고, 서로의 속내를 털어놓게 된다. 그리고 아버지와 어머니가 다시 헤어질 수밖에 없는 상황을 이해한다. 이 작품에서 화자인 '나'는 어머니와 아버지 양쪽을 사심 없이 이해하는 것으로 나타난다. 이렇게 '아들' 화자를 내세움으로써 노인들의 상황이나 행동을 객관적으로 바라보게 하며, 독자와도 거리를 유지하게 함을 알 수 있다. 그로써 전쟁으로 인해 파생된 비극적인 상황을 더욱 비극적이게 하는 효과를 갖는다고 볼 수 있다.

우선덕의 「실감기」의 화자는 '딸'이다. 아버지가 위독하다는 어머니의 전화에 '나'는 아버지를 만나러 간다. 어머니와 아버지는 이미 20년 전에 이혼한 상태이다. 화가인 아버지는 일흔 살이 넘은 노인으로 '깃털'의 이미지로 그려진다. 55세인 어머니는 '다알리아꽃' 같다. 여기서 아버지와 어머니는 '깃털'과 '다알리아꽃'의 대조적 이미지로 그려지는 것을 발견할 수 있다. 가벼움을 의미하는 '깃털'과 아름다움을 의미하는 '다알리아꽃'은 부조화된 상태로 보인다.

맹장이 터진 아버지의 병원 수술비 마련을 위해, '나'는 할 수 없이 친정어머니에게로 간다. 어머니는 지금까지 늘 아버지를 물질적으로 지원했듯이 핀잔을 하면서도 아버지의 수술비를 대준다. 아버지에게 냉정하고 사무적으로 보였던 어머니를 '나'는 이해하지 못했으나, 아버지 때문에 울었다는 소식을 남편으로부터 듣는 순간, 아버지에게 남아 있는 부부애를 인식하는 것으로 드러난다. 어머니는 아버지를 향해 푸념

하면서도 불쌍하게 생각하는 마음이 있었던 것이다.

이 작품에서의 화자 '나'는 어머니와 아버지가 살아가는 방식을 관찰함으로써, 서술화자 자신의 부부관계를 조망하고 있다. 즉 남편에 대한 '나'의 마음을 영원한 평행선처럼 만나지지 않는다고 생각하는 것이다. '나'는 고난 속에서 살아가는 시어머니의 기구한 일생이 나에게 감동적이지 않듯이, '나'의 부모에 대한 남편의 감정도 맨숭하다고 느끼는 것을 알 수 있다. 그러한 '나'의 부모관계를 복잡하다고 말하는 남편을 보면서, 남편과 '나'는 남남처럼 평행선으로 살 것을 예시하는 것 같아, 남편에게서 거리감을 느끼는 것으로 드러난다. '나'와 남편의 관계가 회복되는 것은 '어머니의 울음'에 기인한다. 아버지의 수술비를 대주면서 이미 20년 전에 이혼한 어머니의 울음, 그 울음은 아직도 남아 있는 부부애를 내포한 상징적 의미라고 볼 수 있다.

이에 남편과 '나' 사이에 존재했던 거리감과 갈등이 해소되는 것을 볼 수 있다. 즉, 어머니가 울었다는 말을 전해주는 남편이 '나'에게 그런 어려운 일이 생기면 먼저 상의해 달라고 하는데, '나'는 그 말에 감격하는 것이다. 이처럼 어머니와 아버지의 부부관계를 통해 '나'와 남편의 부부관계를 재해석하면서 갈등이 해소됨을 알 수 있다. 헝클어진 실뭉치 같은 심정으로 평생을 산 어머니가 20년 전에 이혼한 아버지의 뒷바라지를 해왔고, 그 아버지가 죽을지도 모른다는 생각이 들자 통곡을 하면서 할 일이 많은 분이라고 애달파 하는 모습이 '나'에게 충격으로 다가오는 것이다. 화자인 '나'는 이해할 수 없는 부부관계를 유지한 채 평생을 사는 어머니와 아버지에게 아직도 존재하는 '사랑'의 실체를 확인한 것이다.

대책이 없어 보이는 아버지는 '맑간 물처럼 빈궁한' 화가이다. 반면에 어머니는 경제력 있는 사업가이다. 좁고 어둡고 시큼한 냄새가 나는 아버지의 방은 노인의 냄새가 나는 방이었고 노년의 빛깔을 띤 방이다. 전혀 어울리지 않을 것 같아 영원히 평행선과 같이 만날 수 없는 관계처럼 보인 아버지와 어머니의 부부애를 인식하면서, '나'의 부부애가 회복되는 과정이 헝클어진 실을 감는 것처럼 차근차근 풀리게 된다. 이렇듯 이 작품은 노년기의 부부관계가 딸인 '나'에 의해 객관화되고, 인물의 초점은 아버지에게 맞춰지면서, 서술화자인 '나'의 이야기와 이미지의 연계성을 가지며 흥미롭게 전개된다고 볼 수 있다.

박완서의 「길고 재미없는 영화가 끝나갈 때」는 추레하게 혼자 살고 있는 아버지를 곁에 모시고 살 작정을 하는 '나'의 어머니에 대한 회상으로 이야기가 시작된다. 평생 바람둥이로 소실 들이기를 멈추지 않았던 아버지가 집으로 들어온 것은, 어머니의 암 선고가 있기 얼마 전이다. '달랑 300평짜리 집 한 채'만 서울 근교에 남겨두고 다 팔아 쓴 아버지의 귀가를 어머니는 자연스럽게 받아들인다.

아버지가 집에 돌아온 후 어머니는 괄약근이 약해진 채로 6개월밖에 살지 못한다는 선고를 받는다. 무엇보다 난감한 것은 그렇게 자존심이 강하고 깔끔한 어머니가 '뒤'를 흘린다는 것이다. 대변을 참지 못하고 흘린다는 것은, 환자의 상태가 심상치 않음을 나타낸다고 볼 수 있다. 어머니의 거처를 '나'의 집으로 옮긴 후, 아버지는 혼자서 고향집에서 살게 된다. 그 후 어머니는 평생을 데면데면하게 굴던 아버지로부터 사랑 고백을 듣는다. 어머니는 웃음을 머금고 살다가 임종한다. 여기서 어머니는 아버지를 이미 용서했음을 알 수 있다. 웃음을 머금고 살다 돌아가시는 어머니의 모습에서 그것을 읽을 수 있다.

　오빠와 상의한 끝에 아버지를 '나'의 집 근처로 모셔오기로 한 '나'는 아버지를 만나러 롯데월드 지하광장으로 간다. 거기서 노인들 앞에서 멋들어지게 노래를 부르며 평생 부리던 난봉기를 여전히 부리는 아버지의 모습을 볼 때, '나'는 예전과 달리 그 모습이 멋있고 풍류스러워 보이기까지 한다. 어머니의 삶과 죽음이 '길고 재미없는 영화가 끝나는 것처럼' 느껴졌다면, 공식이 통하지 않는 아버지의 삶은, '난해한 영화를 보고 나면 다시 이해하고 싶어 다음에 또 보게 되는 것처럼 다른 것'이라는 생각이 드는 것으로 그려진다. 아버지의 그런 모습을 보면서, '나'는 아버지와 어머니를 모두 이해하는 것으로 드러난다.

　이 작품의 아버지와 어머니는 전형적인 노부부의 모습을 보여줌을 알 수 있다. 평생 바람피우며 마음대로 산 아버지를 받아들이는 어머니의 모습은 전근대적이라고 볼 수 있으면서도, 그만큼의 세월을 함께 걸어온 사람에 대한 정이라는 차원에서 '나'는 어머니를 이해하는 것을 알 수 있다. 특히 아버지에게서는 노년의 삶을 긍정적으로 사는 모습을 발견할 수 있다.

　여기서 관찰자인 '나'의 이야기는 비중을 차지하지 않는다. '나'의 이야기라는 것도 처음에는 부모의 삶 자체를 이해하지 못했지만 차차로 이해하며 화합하게 되는 과정을 서술해 나갈 따름이다. 수없이 소실을 들이고 어머니에게는 데면데면하게 굴고 심지어 나가 살던 아버지가 나중에 어머니에게 돌아왔을 때 화자인 '나'는 아버지를 받아들이는 어머니와 돌아온 아버지 모두를 이해할 수 없는 것으로 그려진다. 어머니의 죽음을 얼마 앞두고 어머니에게 사랑 고백을 하는 아버지의 음성을 들으면서도 '나'는 웃음이 폭발할 것 같은 심정으로 그려진다. 여기서 '나'는 아버지와 어머니를 관찰하는 인물일 뿐이다. 그러면서 어머니와 아버지의 화해 장면을 객관적 서술로 그려내고 있다.

박완서의 「엄마의 말뚝·3」은 이미 노년기에 이른 딸인 '나'와 엄마의 이야기를 1인칭 관찰자 시점으로 서술하고 있다. 엄마는 93세로 자존심이 강한 노인이지만 나는 조카의 말에 적당히 응수하는 온유한 성격의 소유자로 드러난다. 이 소설에서는 죽는 순간까지도 가족들에게 폐를 끼치지 않으려는 노인의 심리와 행동이 엄마를 중심으로 그려지고 있다. 서술화자 '나'는 엄마의 죽음을 지켜보며 엄마와 조카들의 중간 역할을 감당한다. 엄마는 화장을 원했지만 조카들의 요구대로 매장으로 장례를 치르는 것을 통해 조카들은 '나'보다 엄마의 진정한 바람을 이해하거나 알지 못하는 것으로 드러난다.

박완서의 「공놀이하는 여자」의 화자는 '아란'으로 진혁부 회장의 서녀이다. 이 작품에서 화자는 선택적 화자로 나타난다. '아란'은 진회장이 살아있을 때 그를 몇 번 본 적 있지만 그것은 유년시절의 기억이다. 어릴 적의 '아란'은 어린이날 엄마가 사준 공을 가지고 놀았다. '아란'에게 유일한 놀잇감은 '공'이었다. 이 작품에서 '공'은 하나의 모티프로 작용한다. 어머니가 죽고 아버지인 진혁부 회장이 남겨준 많은 돈을 갖게 되면서, '아란'은 고시생 헌이 자기를 가지고 놀던 것처럼, 헌을 '공'처럼 가지고 놀 수 있다는 생각을 한다. 놀이터에서 놀던 아이가 멍 속에 떨어뜨렸던 '공'을 꺼내 잔디밭에 던지며, 세상을, 헌이를, 그리고 모든 것을 '공'처럼 갖고 놀 수 있다고 생각하는 것이다. 현재는 고시생 헌에게 '아란'이 '공'과 같은 존재로 그려진다.

헌은 담뱃불로 아란의 팔뚝을 지져 흉터를 남겼고 온갖 굴욕적이고 야비한 짓거리를 시켰다. 아버지인 진혁부 회장이 어머니를 가지고 놀았던 것처럼 헌이 아란을 가지고 논다. 이 작품에서 '아란'의 이야기가 많은 양을 차지해도, 중심적인 비중은 노년의 인물인 어머니와 아버지에게 시선이 맞추어 진행된다.

진혁부 회장의 첩이던 어머니는 '아란'을 유난히 진씨의 호적에 올리고 싶어 한다. 그것은 '아란'이 고등학교 때 겨우 이루어진다. 어머니는 사실을 사실대로 인정하고 싶은 이유 하나로 '아란'을 진씨가에 입적시키려 했던 것이다. 여기서 진혁부 회장이 '아란'을 딸로 인정하고 늦게라도 입적시킨 것과 유산으로 재산을 나누어 준 것은 강한 핏줄의식 때문이라고 볼 수 있는데, 이것은 노인의 특성 가운데 하나로 들 수 있다. 아란의 이복 오빠인 정기와 여자 형제들의 '아란'에 대한 의식은 냉랭하기만 했다. 결국 첩이라고 무시당하면서도 진씨 성을 끝내 찾아주려고 한 어머니와, 살던 집을 유산으로 남겨준 아버지 진혁부 회장에게서, 강한 핏줄의식을 발견할 수 있다. 유산을 남기려는 것은 노인의 특성 가운데 하나인데, '아란'의 아버지는 '아란'에게도 재산을 남겨준다. 이 작품에서 화자 '아란'은 아버지나 어머니에 대하여 지극히 냉소적이고 절제된 감정을 보이고 있다.

이와 같이 노년의 삶이 외롭고 쓸쓸하다고 하는 이면에는, 노인의 신체적 변화나 심리를 이해하지 못하는 타자들 때문에, 그 외로움의 정서가 심화되고 있음을 발견할 수 있다. 노년기에 이르지 못한 타자들이 보는 것은 지극히 피상적일 수밖에 없다. 겪어보지 않은 사람들은 그 시기의 삶에 대하여 큰 관심이 없을 뿐더러, 이해하려고 하는 의식조차도 관념적임을 알 수 있다. 그러므로 노년기에 있는 화자가 노년의 인물을 서술함에는 그러한 관념적인 인식을 보완할 수 있는 것으로 보인다.

위에서 살펴보았듯이 아들이 화자인 경우, 고부간의 갈등이 생겼을 때나 아버지에게 문제가 생겼을 때, 적극적으로 노인의 입장에 서지 못하는 것을 발견할 수 있다. 그러나 아내와 부모 사이에서의 갈등이 종국에는 노인을 이해하게 되는 경우가 대부분이다. 그것은 아들은 딸과 달리 부모를 피상적으로 바라보고 거리를 두기 때문인 것으로 이해할 수 있을 것이다. 그리고 자라기까지 함께한 세월만큼은 어느 누구도 침범하지 못하는 공간이므로 궁극적으로는 부모의 삶에 누구보다 애착과 연민을 갖는 것으로 볼 수 있다. 이 외에 아들이 화자로 나오는 작품이 있다.[29]

박완서의 「엄마의 말뚝 · 2」와 「엄마의 말뚝 · 3」처럼 노년기에 있는 딸이 화자가 되어 '나'의 이야기와 '어머니'의 이야기를 하는 경우에는 '나'와 시어머니의 관계, 또 '나'와 친정어머니의 관계를 서술함으로써 나의 심리적 변화에 깊이 천착하며, 하나의 사건을 바라보는 시각의 차이를 섬세하면서도 다양하게 그려내고 있음을 알 수 있다. 주인공 노인의 측근에 있는 딸의 초점으로 서술됨으로 독자와 주인공의 거리를 좁히는 효과를 얻는다고 할 수 있다.

---

[29] 안장환 「향수」, 오탁번 「아버지와 치악산」 「우화의 집」, 안정효 「악부전」, 이선 「티타임을 위하여」 「주인 노릇」, 전상국 「고려장」, 이청준 「눈길」, 장한길 「불효자」, 은미희 「갈대는 갈 데가 없다」, 차현숙 「메시지를 남겨주세요……」, 이어령 「홍동백서」, 이철호의 「죽음을 훔친 노인」, 한수영 「벽」

이로써 노인에 대한 더 깊은 이해와 노인의 문제를 긍정적인 시각으로 바라보게 하는 것을 발견할 수 있다. 갈등의 관계에 놓인 두 인물이라든지 주인물과 그 외의 인물들을, '딸'의 시각으로 객관적이면서 적절한 거리에서 그려낼 수 있는 것이다. 그를 통해서 노년의 인물과 대치되는 인물 간의 갈등을 더 효과적으로 형상화할 수 있는 이점을 갖고 있다고 볼 수 있다. 초점화자가 딸인 경우는 위에 논의한 작품 외에 다수가 있다.[30]

③ 며느리와 사위

양영호의 「혼백의 여행」은 한국전쟁 때 부인과 헤어지고 평생 동안 재혼하지 않고 산 김경석 노인의 이야기이다. 이 작품은 전지적 작가 시점으로 초점화자는 며느리인 '혜순'이다. 혜순의 시아버지 김경석은 남매와 부인을 이북에 두고 월남했는데, 작은아들을 키우며 홀로 살다가 노년에는 목사가 되어 신앙생활에 열중하는 사람이다. 그러다 미국에 있는 친구의 도움으로 북한에 있는 아내와 남매의 소식을 듣는다. 그러나 사진 속의 아내와 가족을 보며 통일을 기대했던 김경석 노인은 북한방문을 얼마 앞두고 죽음을 맞는다. 혜순은 시아버지의 입관예배 때 북의 가족들 사진을 망인의 수의 속에 넣어주는 것으로 시아버지의 삶을 이해하는 것으로 드러난다.

---

30 이명랑 「엄마의 무릎」, 조갑상 「사라진 사흘」, 박완서 「엄마의 말뚝·1」, 「부처님 근처」, 「카메라와 워커」

그녀는 마음속으로 – 아버님, 이 사진 가지고 가셔야지요. 저세상에서도 품에 품고 보세요. 당신이 그렇게도 못 잊어하신 아내와 아들을 만나기 전까진 꼭 갖고 놓지 마세요.

하고 오열하며 속삭였다.

사람이 만들어놓은 금으로 인하여, 손발이 쇠사슬에 묶인 것처럼 서로 넘나들지 못하는 고향 산천을 혼백이 되어 자유롭게 찾아가 보십시오. 이제 혼백의 여행이라도 자유롭게 해보십시오. 훨훨 북의 하늘로 승천하여, 고향 땅과 가족들을 굽어보며 사무친 한을 푸십시오.[31]

이렇듯 월남해서도 재혼하지 않고 홀로 살아온 시아버지의 삶을 지켜보며, 그 인물을 이해하는 것은 '며느리'인 혜순으로 드러난다. 시아버지에게 어떤 변화가 일어나는지 먼저 눈치 채는 것도 노인의 며느리인 혜순이다. 그러나 이 작품에서 화자는 노인의 심리적인 부분까지 깊이 들어가 이해하는 것으로 나타나지는 않는다. 그것은 며느리와 시아버지 간이라는 가족관계에서 표면적으로도 거리가 있지만 실제로도 거리가 있음을 의미한다고 볼 수 있다. 즉, 피상적으로 보이는 시어버지 김경석에 대하여 그려내고 있을 뿐이다.

김경석 노인의 아내에 대한 그리움은 고향 가까이에 있는 문산에 '능소화'를 심는 것으로 표출된다. 이것은 능소화가 고향집 은행나무 옆에 있던 꽃나무이며, 아내가 좋아했던 꽃나무임에 기인한다. 살아서 북한 방문을 소망했던 김경석이 결국 가지 못한 채 숨을 거두는 것은, 이산의 아픔을 안고 산 노인의 삶을 보여준다고 할 수 있다. '며느리'는 죽은

---

31 양영호, 「혼백의 여행」, 『현대문학』, 1990년 8월호, 204쪽.

시아버지에게 사람이 만든 금 때문에 자유롭게 갈 수 없었던 고향산천을, 죽은 다음 혼백이 되어 마음껏 다니라고 하며 오열한다.

이 작품의 배경과 서사의 골격을 이루는 것은 한국전쟁이다. 김경석 노인은 전쟁으로 인해 며칠 후면 만날 수 있을 것 같았던 가족을 생전에 만나보지 못한 채 눈을 감는 안타까운 인물이다. 이처럼 이 소설은 김경석 노인의 삶을 통해 분단의 아픔을 드러내고 있는 작품으로, 당대를 살고 있는 노인의 삶 속에는 한국전쟁이라는 역사적 체험이 배경으로 되어 있음을 발견하게 된다.

김희지의 「꿀방귀」의 화자는 며느리인 '미수'이다. '미수'의 시각에서 까다로운 시어머니와 친정아버지에 대하여 서술하고 있다. 이 소설은 시어머니와 불화한 원인, 그리고 그 해결책에 대하여 생각해보게 하는 작품으로, 세상에서 단맛만 보며 사는 사람을 풍자하고 있다고 볼 수 있다.

'미수'는 까다로운 시어머니 때문에 힘든 시집살이를 하고 있다. 그러나 시어머니는 '미수'의 아이들에게는 살갑게 군다. 그래서 아이들은 시어머니를 따른다. '미수'는 자신의 아이들을 시어머니에게 빼앗긴 듯하다. 가족들이 먹다 남긴 음식을 먹으며 구박 속에 살던 '미수'가 긍정적인 성격으로 바뀌는 것은 생각을 바꾸면서부터이다. 즉, 지금 현재의 삶을 '마지막 인생을 사는 것'이라고 생각하는 것이다. 마음을 바꾸고 난 '미수'는 세상을 긍정적으로 바라보는 시각이 생기게 되는 것으로 나타나는데, 그것은 억울한 일과 슬픈 일이 없다는 것이다.

시어머니가 시누이 집에 가고 '미수'는 아들 동민에게 꿀방귀 이야기를 들려준다. 친정아버지에게 들었던 꿀방귀 이야기는, 세상의 단맛만

21세기에 만난 한국 노년소설 연구

보며 사는 사람을 의미한다. '미수'는 그렇게 산 사람이 아버지 같은 사람이라는 것을 깨닫는다. 첩을 셋이나 거느리고 남들이 일할 때 이야기 해주고 술을 얻어먹고 산 아버지의 삶이 바로 꿀방귀였던 것이다. 시누이 집에 다녀온 시부모는 '미수'를 칭찬하며 웃는다. 긍정적으로 가족을 대했던 '미수'의 마음을 어른들이 이해하게 된 것이다. 이 작품에서는 끊임없는 희생이 요구되는 고단한 삶 속에서도 지혜와 긍정적인 시각으로 살아가는 며느리 '미수'의 삶을 통해, 까다로운 노인의 성격을 이해하고 융화될 수 있는 방법을 제시하고 있다고 볼 수 있다.

박명희의 「아주 작은 소원 하나」는 며느리인 화자 '나'가 시아버지에 대하여 서술하는 것으로 되어 있다. 이 작품에서 중점적으로 다루는 것은 시아버지의 재혼문제로 그려진다. '나'가 시아버지를 찾아다니는 것은 "혼자 사는 노인에게 최소한의 사람 노릇"을 하기 위해서이다. 이것은 가족이 가져야 하는 애정의 관계가 아닌 '의무'만으로 맺어진 관계임을 의미한다. 그렇기 때문에 '나'는 시아버지가 갖고 있는 재산에도 관심이 없는 것으로 나타난다. 그래서 시아버지가 일흔 중반에 젊은 여자 정화경 여사를 만나 재혼한 것에도 '나'는 별다른 관심이 없다. 그러한 '나'와 시아버지의 거리는 시아버지의 결혼생활에 대하여 시아버지와 같은 아파트에 사는 친구로부터 듣는다는 것으로 극대화된다.

"어쩌면 좋아, 그 멋쟁이 할아버지가 너희 시아버지란 말이야? 그럼 그 기생 같은 여자가 네 시어머니가 되네?"

나는 또 시아버지가 무슨 주책이라도 부렸는가 싶어 긴장했다.

"그래도 느네 시아버지가 여복이 있으신 거야. 아주머니, 아니지, 할머니가 되지. 아무튼 그 여자가 할아버지를 깍듯이 잘 돌본다고 이 아파트 안에 소문이 자자해. 재혼하고 신수가 훤언해지셨다니까. 거기다가 할머니 인물이 아직도 곱잖아. 늦장가 가서 그렇게만 만날 수 있으면 큰 복이야. 새시어머니 잘 만난 니 복이기도 하고. 오죽하면 느네 시아버지 앞집에 사는 내 친구가 걱정스럽대. 그 할머니가 하도 할아버지한테 잘해 드리니까, 소문나면 자기 남편이 마누라 죽일 날 기다릴 것 같다고 말이야."

나도 시아버지가 정화경 여사를 만난 것은 그의 분에 넘치는 호사였다고 생각한다.[32]

이와 같이 '나'는 시아버지와 새시어머니의 생활을 친구를 통해서 듣는 것으로 나타난다. 그런데도 '나'는 두 사람의 삶에 별다른 관심을 보이지 않는데, 그것은 며느리인 '나'가 시아버지의 생활에 그만큼의 거리를 유지하고 있음을 드러내는 것이라고 볼 수 있다. '나'는 두 시어머니를 비교해보면서, 재혼 후 예전과 달라진 시아버지의 모습을 흥미로운 시각으로 바라볼 뿐이다. 너스레를 떨며 모든 것을 시어머니와 연관 지어 이야기를 하는 시아버지임에도 예전과 여전히 달라지지 않은 점이 있다면, 좀처럼 돈을 내놓지 않는다는 것이다. 결국 새시어머니는 시아버지의 인색함이 질려 집을 떠나버리고 만다. 이에 시아버지는 또 새로운 사람과 재혼하려고 하는데, 그 표면적인 이유는 자식들에게 신세지지 않으려는 때문이라고 한다. 그러나 그것은 표면적인 이유이고 실제적인 이유는 따로 있는 것으로 드러난다. 사기 결혼했던 것으로 밝혀진 정화경 여사로부터 시아버지가 해방되기 위해서 다시 재혼하려고 하는 것이다.

---

32 박명희, 「아주 작은 소원 하나」, 『문학사상』, 1994년 1월호, 111쪽~112쪽.

그 일로 신경을 많이 쓰던 시아버지는 결국 쓰러지고 '나'는 사기 결혼의 전말을 시아버지의 친구에게서 듣게 된다. 그런데도 '나'는 시아버지가 밉지 않다. 돈을 다 떼여서 빈털터리가 된 기대할 것 없는 노인을 모시고 돌봐주는 것이, 차라리 낫다고 여긴다. 이것은 시아버지를 모시려고 하는 가상한 마음이 아니다. 부도를 내고 망해가는 남편의 사업을 살려내기 위해 '나'가 시아버지에게 손을 벌리지 않아도 된다는 생각 때문이다. 여기서 며느리 '나'는 지독한 자존심을 가진 인물로 형상화된다.

정찬주의 「유산(遺産)」은 연구 대상작품 가운데 유일하게 '사위'가 화자로 나오는 작품이다. 1인칭 관찰자 시점으로, 사위인 '나'의 관점에서 장인과 장모가 관찰되고 있다. '나'와 아내의 이야기도 있지만, 장인과 장모의 이야기가 중심적으로 서술된다. 이 작품은 인간에 대한 믿음과 사랑의 문제를 파헤친 소설로, 진정한 '유산'의 의미를 생각하게 하는 것으로 볼 수 있다.

아내와 별거한 지 일 년이 된 '나'는 예비군 훈련을 갔다가 신문에 난 기사를 보고 경악한다. 신문 사회면에 난 절벽에서 투신자살한 60대 남녀의 시신은 장인 장모가 분명했기 때문이다. '나'는 이북이 고향인 장인이 했던 말을 떠올린다. 장인은 '명대로 못 살 것 같으면 차라리 고향 가까운 데 가서 스스로 목숨을 끊어버리는 것이' 좋겠다고 했다. 두 노부부가 자살한 장소는 바로 장인의 고향과 가까운 곳이었다.

'나'가 별거중인 아내와 다시 만나게 되는 것은 장인과 장모의 자살로 장례를 치르기 위한 것이다. 아내와 '나'의 결혼은 책 수금하러 광주에 갔다가 민주화 운동과 맞닥뜨리면서 맺어지게 된 것이다. 곤란에 처한 나를 도망치게 해주고 대신 매를 맞은 장인은 그 일로 평생 허리병을 앓는다. 결혼한 후 '나'와 아내는 자주 다툰다. 장인이 아파 문병 가는 길에 '나'가 농담한 것을 가지고 아내는 기분 나쁘다며 티격태격하는 바람에 '나'는 문병을 포기하고 돌아왔으며, 아내가 아기를 유산할 때에도 '나'는 아내와 다투었다.

아내와 '나'가 자주 다투게 되는 원인은 장인과 장모를 바라보는 시각의 차이 때문으로 나타난다. '나'가 아내보다 두 노인에 대하여 진지하게 대하지 못하는 데 기인한다. 생명의 은인이고 아내와 결혼하게 된 계기를 만들어준 장인인데도, '나'는 바람기가 많은 장인에 대하여 장난스럽게 말하고, 그것에 아내는 심정을 상하는 것이다. 여기서 딸과 사위의 입장이 다름이 드러나고 있음을 알 수 있다. 결국 아내와 '나'는 별거하게 되고, 두 분의 죽음을 앞에 놓고 만나게 된 것이다.

> "안됐어. 한번 잘 모셔보려고 그랬는데."
> "동정은 마세요. 그렇게 돌아가시는 게 당신들의 꿈이었으니까."
> "진심이야."
> "여한이 없을 거예요."
> "마음에 없는 소리 그만 두지. 죽음으로써 꿈이 이루어졌다는 것은 환상일 뿐이야. 미안해. 내게도 책임이 있어."
> "미안해 하실 것 없어요. 꿈이 이루어질 거라고 믿는 삶도 환상일 뿐이니까요."
> "정말 미안해."[33]

---

33 정찬주, 「遺産」, 『문학사상』, 1990년 4월호, 247쪽.

이렇듯 '나'는 아내와 진심이 통하지 않는 사이가 되고 말았음을 인식하고 입을 다물고 만다. 그리고 장인 장모의 시신을 확인하기 위해 사고장소로 간다. 두 분의 시체를 본 순간 아내와 '나'는 놀란다. 장인과 장모의 팔은 스카프로 묶여 있었던 것이다. 그것으로 두 분의 자살이 확실함을 알 수 있다. 그것을 본 아내는 '나'의 품에 안겨 울었다. 그 일로 인해 아내와 '나'의 이혼은 무산돼 버리고 마는데, 장인 장모의 유산의 의미를 인식하고 깨달았기 때문으로 보인다.

장인 장모가 손을 묶는 데 사용했던 스카프는 십 년 전에 '나'가 아내에게 선물한 스카프였던 것이다. 아내에게 선물했던 스카프로 묶인 두 분의 모습을 보는 순간, '나'는 두 분의 유산이 무엇인지 확실히 깨닫게 된다. 이 작품에서 '스카프'는 아내와 '나'의 이혼을 막고 재결합을 상징하는 모티프로 나타난다. 병이 들자 함께 죽기로 결심한 장인 장모가 남긴 유산은 바로 '나'와 아내의 재결합이었던 것이다.

지금까지 작품에서 보았듯이 며느리가 시아버지나 시어머니를 바라보는 시각은 관조적이고 피상적으로 나타나 있다. 「혼백의 여행」의 화자 '혜순'은 시아버지와 그의 삶에 연민을 갖고 이해하는 인물이지만 시아버지의 심리나 의식을 심층적으로 이해하지는 못하는 것으로 드러난다. 딸의 경우와 달리 주인공 노인과 밀착된 감정을 보이지 않고, 깊이 이해하려는 의도도 보이지 않는 것으로 드러난다. 그것은 인위적인 혈연관계 즉 책임과 의무만이 강조된 관계이기 때문으로 볼 수 있다. 「아주 작은 소원 하나」에서 재혼 때문에 아파트를 날려버린 시아버지인데도 미워하지 않는 것은, 며느리의 감정이 시아버지가 죽었기 때문이 아니고, 기대할 것이 없어서라고 자조적인 답변을 하고 있는 것으로 나타난다.

사위가 화자인 「유산」에서 '나'와 아내가 별거하게 되는 것의 주요 원인이 '나'가 장인 장모를 대하는 태도에 기인하는 것으로 나타난다. 그만큼 피상적으로 바라보고 이해하는 것으로 볼 수 있는데, '나' 대신 맞아서 허리병이 생긴 장인에게조차 지극히 객관적으로 대하며 거리를 유지하는 것으로 드러난다.

이와 같이 며느리나 사위가 시부모나 처부모를 이해하는 관점에서는 아들이나 딸이 부모를 이해하는 관점과 거리가 있음을 발견할 수 있다. 그리고 지극히 절제되고 피상적인 상태에서 노인을 바라본다는 것을 알 수 있다. 그것에 대한 이유는 혈연적인 관계가 아닐 뿐만 아니라, 함께 살아온 세월에 대한 기억이나 추억이 미흡하기 때문인 것으로 볼 수 있다.

④ 손자녀

노년소설에 나오는 화자 가운데 손자녀의 경우는 손자와 손녀와 외손자, 외손녀로 세분화할 수 있다. 먼저 손자가 화자로 나타난 경우를 논의해보기로 한다.

이청준의 「흉터」는 할아버지와 손자인 '승준'이가 몸에 있는 흉터를 찾아내는 게임을 하는 것으로 이야기가 시작된다. 이로 인해 손자는 할아버지의 몸에 나 있는 흉터에는 할아버지가 살아온 삶의 흔적이 스며 있다는 것을 인식하게 되고, 그 흉터에 얽힌 이야기를 통해 할아버지의 삶에 대해 진지한 성찰과 이해를 하게 된다. '승준'의 할아버지는 일제 강점기와 한국전쟁 등 격변기를 거치며 살았지만 그것을 아름답게 소화해가며, 지난 삶을 회상하는 성숙한 노인으로 드러난다. 삶을 자연스럽고 당당하게 받아들이는 너그러움을 갖고 있는 할아버지는 죽음마저 그렇게 받아들이고, 마지막으로 또 하나의 흉터를 갖고 싶어 했던 대로 산에 묻히면서 산자락에 커다랗고 아름다운 흉터를 만들며 삶을 마무리하는 것으로 나타난다.

이 작품에서 '승준'은 할아버지를 유년에서 소년기, 청년기를 거치면서 관찰하는 인물이다. 시기에 따라 비례적으로 '승준'의 할아버지에 대한 이해도 커진다. 할아버지와의 대화를 통해 '승준'은 역사를 이해하고 나아가 사람의 삶 자체를 깊이 탐구하게 된다. 사라지는 것들에 대해 아쉬워하는 할아버지의 의식은 지난날을 추억하며 사는 노인의 일반적인 특성을 드러내기도 한다.

전상국의 「잊고 사는 세월」의 화자는 손자인 '나'로, 손자의 눈으로 한국전쟁 중에 있었던 할머니와 아버지의 이야기가 객관적으로 서술되고 있다. 전쟁이 일어나 모든 마을 사람들이 피난을 가는데, 할머니는 피난을 가지 않겠다고 고집을 부린다. 그 이유가 집 나간 삼촌을 기다리는 것임을 '나'는 아는데, 그것은 할머니가 삼촌의 옷을 만들고 있기 때문이다. 삼촌에 대한 할머니의 끊임없는 애정은 집 나간 삼촌의 밥을 끼니때마다 준비해놓는 것에서도 엿볼 수 있음이 드러난다. 아버지와 어머니가 삼촌이 죽었다고 거짓말을 하자, 그때 비로소 할머니는 피난을 떠난다.

아들에 대한 극진한 사랑을 간직한 할머니는 인간에 대한 기본적인 사랑 또한 가지고 있음을 알 수 있다. 그것은 처참한 피난길에서도 사람들에게 인심을 베풀기 때문이다. 할머니는 밥을 나눠 먹고 잠자리를 양보하기도 한다. 그런데 아버지는 우는 어린애를 밟아 죽이고 동생 수

진이까지 죽이는 패륜적인 행동을 하는 인물로 나타난다. 그리고 할머니가 열병으로 죽자 할머니가 끼고 있던 손가락의 반지를 빼기 위해 할머니의 손가락을 자르는 행위를 서슴지 않는다. 그것을 지극히 냉소적인 시각으로 지켜보았던 '나'는 그 세월을 잊고 싶어 하는 것으로 나타난다.

이 작품에서 처절한 삶의 모습을 상징하는 것은 '반지'이다. 할머니가 끼고 있던 반지, 그 반지는 할아버지가 해준 것으로, 할머니는 그 반지를 집 떠나는 삼촌에게 주려고 한다. 그러나 방앗간에서 일하다 으깨진 손가락에 끼워졌기 때문에 빼줄 수가 없었다. 아버지는 그 '반지'를 고향 갈 때 노잣돈으로 쓰겠다며 할머니의 손을 자르고 빼낸 것이다. '나'에게 할머니는 여유로움과 정을 가진 노인으로, 아버지는 잔인하고 무서운 사람으로 인식된다. 그것을 통해 전쟁이 얼마나 사람의 도리마저도 저버리고 피폐하게 하는지 보여준다고 할 수 있다.

'손녀'가 화자로 나오는 작품은 이선의 「이사」를 들 수 있다. 이 작품에는 팔순의 할머니와 환갑이 지난 어머니, 두 명의 노년 인물이 등장한다. 두 노인의 미묘한 심리와 갈등을 관찰하는 인물은 할머니의 손녀이며 어머니의 딸인 '나'이다. 이 작품의 서사적 배경은 일제강점기와 한국전쟁이다. 일제 강점과 한국전쟁이 서사의 외적 구조를 띠고 있다면 손녀인 '나'를 놓고 벌이는 할머니와 어머니의 전쟁이 내적 구조를 띠고 있다. 그중에서도 주인공 인물은 할머니이다. 손녀인 '나'가 관찰자가 되어 서술함으로써 어머니와 할머니 두 노년 인물의 심리와 갈등을 효과적으로 드러낸다. 할머니와 어머니의 갈등 원인은 전쟁이 안고 온 불행한 삶이지만 실제 삶에서 할머니와 어머니의 싸움 가운데에 '나'

가 있다. 어머니의 '딸 지키기' 모티프가 서사의 가운데 있다.

일제강점기 때 할아버지를 찾으러 나갔던 '나'의 할머니는 히데꼬라는 일본 아이를 업고 들어온다. 그 일로 할아버지와 할머니는 사이가 멀어지고, 한국전쟁이 발발하자 피난을 가게 되었는데, 천연두를 앓는 히데꼬를 데리고 할머니는 가족들과 헤어져 딴 곳으로 갔다가 쫓기는 인민군에게 밥을 해준다. 그 일 때문에 할머니는 인민군에게 부역을 했다는 죄명을 쓰고 경찰서에 잡혀가고, 아버지는 할머니를 찾아와 대신 갇혀 매를 맞아 한 달 뒤에 죽음을 맞는다.

어머니는 할머니를 지독히 미워한다. 할머니에게 어머니라고 부르지도 않을 뿐더러 '나'가 시름시름 앓는 것도 할머니 때문이라고 생각한다. 어머니가 미아리에서 받아온 점괘로는 할머니가 삼 년 굶은 장백산 호랑이의 화신이라는 것이다. 그래서 할아버지도 죽고 아버지도 죽었다고 생각하는 어머니는 삼 년 굶은 장백산 호랑이인 할머니로부터 딸을 지켜내기 위해 드세지고 거칠어진다.

'나'를 지켜내기 위해서 어머니가 할 수 있는 방법은 할머니로부터 '나'를 떼어놓는 것으로 드러난다. '나'가 서울에 있는 중학교에 합격하자 어머니는 할머니로부터 벗어났다고 생각한다.

"이제 살았구나, 우리 정혜는 ……."
기차가 떠날 때 어머니가 환하게 웃으며 말했다.
"이제 호랭이 꿈도 안 꿀 게다."
"어머니도 나랑 같이 가서 살아. 어머니는 호랭이가 안 무서워? 어머니는 안 잡아먹나?
"나는 안 무섭다. 나도 같이 살고 싶지만 나까지 가면 거기로 쫓아온다. 내가 남아서 꼬랭지라도 꽉 붙들고 있어야 아무 데도 못 가지."

"그래도 어머니는 어떻게 무섭지 않을까."

"흥 그 귀신이 삼 년 굶은 호랭이면 나는 삼백 년 묵은 여우다."

기차가 움직이면서 얼굴에 야릇한 웃음을 보이던 어머니는 기차가 제법 속력을 내서 달리자 콧구멍을 벌름거리며 벙긋벙긋 웃기 시작했다.[34]

이렇듯 어머니는 할머니로부터 '나'를 지키기 위해서 할머니랑 '나'를 떼어놓는 데 성공하는 것이다. 그 후 할머니가 죽음을 눈앞에 놓게 되자 어머니가 믿는 종교인 기독교를 무조건 받아들이고 신앙 고백을 하도록 할머니를 닦달한다. 그것은 순전히 저승에 가서도 할머니를 감시하겠다는 어머니의 계략으로 볼 수 있다. 그러나 할머니는 기독교를 받아들일 듯하다가 끝내는 저승의 그 집에 안 가고 이사 간다는 말을 남기고 눈을 감는다. 할머니가 어머니로부터 도망치는 것은 할머니 나름의 생각이 있었다. 살아온 평생 동안 기를 펴지 못했는데 천당까지 가서도 며느리에게 쥐여살기 싫다는 것이다. 결국 할머니는 어디로 가신다는 언질 없이 아무도 모르는 곳으로 이사를 가고 만다. 평생 어머니에게 쥐여산 할머니는 어머니가 가는 천당에는 가기 싫다며 아무도 모르는 곳으로 이사 간다는 말을 남기고 눈을 감았던 것이다.

이 작품에서 주인공의 손녀인 '나'는 할머니와 어머니의 숨 막히는 갈등과 반전을 실감나게 그려내고 있다. 서술화자 '나'가 그리는 것은 노년의 인물인 할머니와 어머니의 이야기이다. 할머니와 어머니 각자의

---

34 이선, 「이사」, 『배꽃』, 민음사, 1993, 201쪽.

입장을 객관적인 거리를 유지하면서 지켜보는 서술방법은 두 노인의 갈등과 그 갈등의 원인에 대하여 객관성을 갖고 바라보게 하는 효과를 갖는다.

강무창의 「외할머니의 끈」의 화자는 '외손자'이다. 외할머니는 아들이 있는데도 불구하고 딸인 '나'의 어머니와 함께 살기를 고집한다. 표면적인 이유는 일찍 홀로된 '나'의 어머니가 큰 집안 살림과 농토를 돌볼 수 없기 때문에 외할머니가 도와주기 위해서이다. 여기서 어머니와 '나'의 정신적인 지주는 외할머니로 나타난다. '나'가 실연당하고 방황할 때 바로잡아준 분이 외할머니고, '나'의 집안 살림을 더 불릴 수 있게 한 분도 외할머니이다. 성정이 꼿꼿하고 노인 특유의 고집도 갖고 있는 외할머니는 집안의 대소사는 물론 이웃의 대소사까지도 모두 참견하고 살피는 노인이다. 그러던 외할머니가 외삼촌의 집에 갔다가 갑자기 병을 얻고 죽음 직전에 이른다. 그런데도 외할머니는 '나'의 집에서 죽음을 맞기를 간절히 소망한다. 할머니의 고집을 당할 수 없는 외숙모는 '나'에게 외할머니를 모셔가라고 한다. 결국 외할머니는 '나'의 집에서 죽음을 맞이한다.

외할머니가 외삼촌의 집이 아닌 '나'의 집에서 죽고 싶어 하는 실질적인 이유를 '나'는 외할머니의 숨겨진 이야기 속에서 발견한다. 그것은 '대 잇기' 모티프이다. 딸 하나만 낳고 홀로되었던 외할머니의 꿈에 외할아버지가 나타나 대를 이어달라며 간곡하게 부탁했기 때문이다. 이를 외할머니는 대가 끊기는 것을 안타까워한 외할아버지의 소원이라고 인식한다. 그리고 외할아버지의 친구와 한동안 동거하여 외삼촌을 낳았던 것이다. 친구에 대한 도리가 아니라고 생각한 외할아버지의 친구는 외할머니의 곁을 떠나고, 외할머니는 '나'의 어머니와 외삼촌을 정성을 다해 기르고 가르친다.

그런데도 외할머니는 외삼촌의 집에는 외할아버지가 오지 않을 것이라고 생각한다. 대를 이어주긴 했지만 외삼촌은 사실상 외할아버지 손이 아니기 때문이다. 외할머니가 돌아가실 때 외할아버지가 데리러 올 것이라고 생각한 외할머니는 '나'의 집으로 돌아가기를 고집하는 것이다. 결국 외할머니는 '나'의 집에서 조용히 숨을 거둔다. '나'는 외할머니가 들려준 이야기를 어머니와 외삼촌에게 하지 않기로 마음먹는다.

이 작품에서 외할아버지의 소원대로 집안의 대를 잇기는 했지만, '외할머니의 끈'은 어머니와 '나'로 인식된다. 그 '끈'은 외할머니의 한이고 놓을 수 없는 질긴 삶의 끈이기도 하다. 여기서 외할머니와 어머니는 대조적인 인물로 묘사되고 있다. 외할머니는 아직도 가정 살림을 모두 관장하는 기질을 가진 당당한 노인으로 보인다. 그러나 어머니는 농사 일이나 살림에는 전혀 관심이 없고, 예배당에나 다니는 유약한 모습으로 서술된다.

외손자인 '나'는 정신적인 지주인 외할머니의 삶을 바라보는 화자이다. 외할머니와 외손자 사이는 그 관계가 갖는 끈끈하고도 넉넉한 이해성 때문에 서로의 삶을 포용적으로 바라볼 수 있는 거리에 있다. '나'가 실연당하고 방황할 때 어머니는 '나'를 이해하지 못했지만 외할머니는 외할아버지 산소 단장을 위해 마련했던 목돈을 선뜻 내주며 마음껏 쓰고 오라고 한다. 그것 때문에 '나'는 방황을 짧게 마치고 마음을 잡게 된다. 외할머니의 숨겨진 이야기를 들은 '나'도 외할머니의 삶을 포용적으로 받아들이고 이해한다. 어떠한 허물이나 잘못까지도 감싸 안을 수 있는 외손자와 외할머니의 관계는 이 작품이 담고 있는 의미들을 빛나게 한다.

박정란의 「당신의 자리」는 외손녀 상연이 화자로 나온다. 이 작품에 나오는 외할머니는 어머니와 아버지가 세상을 뜨자 '나'와 오빠를 길러 주었다. '나'의 눈에 비친 외할머니는 '나'의 남매에게 희생적이다. 그 외할머니가 이제 치매에 걸렸고, 외할머니를 뒷바라지하는 외숙모는 조카인 '나'와 오빠까지 거두면서 불평 한마디 하지 않는 전형적인 어머니상으로 묘사된다. 공지영의 「할머니는 죽지 않는다」의 화자도 외손녀인 '나'이다. 재산을 많이 가진 외할머니의 죽음을 지켜보는 가족들이 하나씩 죽어가는 이야기인데, 이 작품에서 서술되고 있는 외할머니는 끈질기게 삶을 이어가는 노인의 모습이다.

이와 같이 '가족' 가운데 한 인물이 화자인 경우는 다양하게 나타나며, 그 가족 간의 관계는 노인의 삶을 이해하고 분석하는 데 다르게 나타나는 것을 볼 수 있다. 노인을 관찰하는 서술화자가 '딸'이나 '아들' 또는 '동생', 손자 등 혈연관계에 있게 되면 그려내고 있는 노인 주인공에 대하여 애정을 갖고 밀착된 관계를 형성하여 주인공에게 애정과 연민을 갖고 있음을 알 수 있다. 그러나 며느리나 사위인 경우에는 애정보다 의무가 앞서기 때문에 노인 주인공과 적당한 거리를 유지하면서 관조적이고 냉소적으로 노인을 바라본다. 그럼으로써 소설적 형상화에서는 감정의 노출이 배제되고 객관적으로 노인의 문제를 그려냈음을 발견할 수 있다.

'아내'가 화자인 경우에는 함께 평생을 살아온 부부이기 때문에, 옹이처럼 남아 있는 서로 간의 상처가 있을 수 있다. 그것 때문에 젊은 시절에는 다투고 미워하기도 하지만 노년기에 이르면 미운 정과 고운 정이 든다고 하듯이, 대부분 이해하고 감싸 안게 되는 것을 발견할 수 있다. 노년기에 이르러 부부의 관계는 새로운 연민과 사랑으로 발전하게 되는 것을 발견하게 된다.

화자가 '동생'인 경우도 주인공과 같은 노년기에 있는 화자이기 때문에 주인공과 심리적으로 밀착되고 애정을 가진 관계 속에 놓인다. 자랄 때는 대등한 입장에서 서로 상처를 입히기도 하지만 노년기의 자매는 누구보다 친밀한 관계 속에서 서로를 이해하고 감싸게 된다.

'아들'이 '아버지'를 바라보는 관점이나 '아들'이 '어머니'를 바라보는 관점은 약간씩 다르게 나타나지만 궁극적으로는 부모님의 지나온 삶이나 현재의 삶을 아들로서 닮은 점이나 유년시절의 기억 속에서 이해하게 된다. 그것이 약간은 관조적인 시각으로 서술되더라도 마지막 국면에서는 '아들'이 깊은 관심과 사랑 속에서 부모의 현 모습을 받아들이게 된다.

'딸'이 화자인 경우는 노년기에 이른 딸이 노인 주인공과 밀착된 관계를 유지하고 있음을 발견하지만, 그렇지 않은 경우에는 적절한 거리를 두고 서술됨을 발견할 수 있다. 우선덕의 「실감기」에서처럼 이혼한 부부관계인 아버지와 어머니가 아직도 정과 연민으로 이어져 있음을 발견하고 '나'의 부부생활을 반추해보기도 한다. 여기서도 '딸'과 '아버지'의 관계, '딸'과 '어머니'의 관계는 미묘한 심리적 거리와 함께 서술된다. 부녀관계에 놓일 때는 이성이기 때문에 '딸'이 아버지에 대하여 우호적이지 못하다. 그것은 '딸'이 보는 아버지와 어머니의 관계 속에서 이해되므로, 아버지는 어머니의 삶을 힘들게 하는 사람으로 '딸'에게 인식되는 경우가 많기 때문으로 볼 수 있다. 그러나 모녀관계 속에서 놓이게 되면 '딸'인 화자는 어머니에게 지극히 우호적이다. 그것은 동성으로 어머니를 이해하는 데에 미묘한 감정까지도 공유할 수 있기 때문으로 생각된다.

화자가 '며느리'거나 '사위'인 경우에는 가족 가운데 가장 피상적이고 의무적인 관계 속에서 주인공을 서술하고 있다. 그러므로 자연스럽게 독자와 주인공 간의 거리가 확보된다. 이렇게 서술함으로써 독자는 노인문제를 좀 더 객관적이고 냉철하게 조망할 수 있다고 볼 수 있다. 인위적으로 형성된 혈연관계는 사랑이나 정보다 책임과 의무에 의해 유지되고 있음을 발견할 수 있다.

손자녀와 조부모의 관계는 가족관계 속에서 가장 폭넓은 이해의 관계로 맺어지고 있어서 갈등이 잘 드러나지 않음을 알 수 있다. 다른 가족관계에서는 대등하거나 대조적인 관계 속에서 갈등이 빚어지고 있다. 그러나 조손간의 관계는 갈등의 관계가 아니고 우호적인 관계로 나타나는 것을 볼 수 있다. 직접적인 갈등의 고리가 없기 때문에 서로에 대한 신뢰와 이해가 존재하는 것으로 보인다. 이렇듯 조부모와 손자녀는 한 세대를 건너서 형성된 관계이기 때문에 대부분 직접적인 갈등이 없는 것으로 나타난다.[35] 이러한 현상은 위에서 논의한 바와 같이 노년소설 속의 인물 간에도 잘 나타나고 있음을 발견할 수 있다.

---

35 최일남의 「흐르는 북」에서도 어머니와 아버지는 할아버지를 이해하지 못하지만, 손자인 성규는 할아버지의 삶을 이해하고 존경한다.

3) '가족 외'의 인물이 화자인 경우

① 노인

이규희의 「황홀한 여름의 소멸」은 특이하게도 노인의 눈으로 노인을 바라보는 서술 형태로 '주미할머니'가 화자이다. 노년소설의 경우 노년의 인물이 서술주체로 쓰여진 경우는 드물다. 대부분 가족이나 또는 제3의 인물이 화자로 나타난다. 이 작품의 경우는 노인인 주미할머니의 눈으로 또 다른 노인인 인애할머니를 바라보고 있다. 전지적 시점이면서 선택적 화자인 '주미할머니'의 시각으로 서술함으로써, 작가 자신이 가지고 있는 노인의식을 효과적으로 나타내고, 노년 인물인 두 사람의 심리와 갈등을 잘 드러낸다고 볼 수 있다. 그뿐 아니라 며느리의 눈에, 또는 어린이인 인애의 눈에 비친 노인의 모습을 관찰자적 시각으로 봄으로써 노인문제에 깊이 천착해 들어간다. 이 작품은 주미할머니의 이야기와 인애할머니 이야기가 서로 유기적 관계를 가지면서 진행된다.

인애할머니는 며느리의 푸대접 속에서 하루하루를 연명하듯 사는 노인이다. 새롭게 개량되고 바뀌어버린 현실에 할머니는 못 견디지만 딱히 다른 방법이 없다. 그러나 며느리의 말에 주눅이 든 인애할머니는 자꾸 본의 아니게 거짓말이 나오는 것으로 그려진다. 이런 인애할머니의 행동에 세 든 여자와 손녀인 인애까지 비웃음을 보낸다. 오산에 살고 있는 인애할머니의 딸도 종무소식이다. 아기를 보다가 땅에 떨어뜨린 일을 계기로 인애할머니는 아기도 봐줄 수 없다. 가족으로부터 철저하게 외면당하고 무시당한다. 인애할머니는 자기를 외톨이라고 느끼며 그림자만이 유일하게 자기편이라고 생각한다. '그림자'만 변하지 않고 할머니 곁에 있는 것이라고 생각하는 것은 인애할머니의 지독한 '외로움' 또는 이웃과 '단절'돼 있는 삶을 의미한다고 볼 수 있다.

인애할머니를 바라보는 인물인 '주미할머니'는 인애할머니와 대조적인 인물로 딸네 집에서 살림을 도와주며 얹혀사는 노인이다. '주미할머니'는 할머니처럼 보이지 않고 젊게 보이려고 안간힘을 쓴다. 화장에 공을 들이는 것은 물론이고 옷도 밝은 것으로 입는다. '그림자'로 상징되는 인애할머니의 삶이 어두운 음지와 같은 삶이라면, '밝은 옷'으로 상징되는 주미할머니의 삶은 밝은 양지와 같은 삶이다. '주미할머니'는 삶에 대하여 자신감을 가지고 있다. 그러면서도 인애할머니의 모습에서 자신의 모습을 본다. '주미할머니'는 딸과 사위에게 인애할머니의 이야기를 해주지만 딸과 사위는 관심을 보이지 않는 데서, 단절과 소외감을 느낀다. '주미할머니'는 이웃집의 인애할머니처럼 될까 봐 걱정이다. 강아지보다 못한 취급을 받는 인애할머니에게 동정심을 갖는 것은 같은 노인으로서, 인애할머니의 삶을 인식하기 때문이다.

경제권을 쥔 인애할머니의 며느리는 세간살이를 다 바꾸고 할머니의 손때 묻은 세간들을 모두 엿장수에게 줘버린다. 인애할머니는 조미료를 설탕으로 착각해 타 마시려고 하다 며느리에게 핀잔을 듣는 등 변해버린 생활환경에 적응하지 못하고 단절과 소외감으로 우울증에 시달린다. 결국 정신을 놓아버린 인애할머니는 오산에 사는 딸을 찾아간다고 집을 나간 후 소식이 없다. 며칠 후에는 미친 모습으로 마을에 나타나 딸네 집에 갔다 왔다는 헛소리를 하며 인애네 집을 지나쳐 걸어간다.

이런 인애할머니의 모습을 지켜보는 주미할머니는 현재의 삶이 그와 같지 않다고 해도 두렵기만 한 것으로 드러난다. 인애할머니처럼 될지

모를 일이기 때문이다. 경제력과 건강을 잃고, 변해버린 세월 탓에 종래의 생활방식마저 상실해버린 소외된 노인은 설 자리까지 잃고 만다. 그래서 결국은 미친 모습으로 거리를 헤매는 것으로 그려진다. 고독과 고립으로 방황하는 노인의 극한 상황을, 또 다른 노년의 인물인 주미할 머니의 눈으로 서술함으로써, 노년의 쓸쓸함과 외로움을 더욱 극명하게 나타내주고 있음을 알 수 있다. 노년의 인물이 아닌 다른 서술주체라면 피상적으로 그려질 가능성이 많지만, 노인의 눈으로 노인을 봄으로써 갈등과 심리를 효과적으로 드러내고 있다.

> "아니, 죽까지 끓여주세요? 원 이 늙은이보담도 호강하는군요."
> 인애할머니의 눈이 커다랗게 벌려 떠졌다가 힘없이 잦아든다.
> "암요, 호강이고말고요. 조금만 어디가 어떻다 싶으면 약이다, 주사다 대령하고 심지어 수의사님이 왕진을 다 오시는걸요."
> "저런, 늘어진 개팔자라더니."
> "뭐가 그리도 이뻔지, 그저 저녁에 돌아오기만들 하면 이 늙은이 같은 건 안중에도 없죠. 그녀리 강아지새끼들이나 끌어안고, 물고 빨고 법석들이죠. 마당에 잔디를 다 벗겨놓아도 어디 발길질 한번을 해 보아요. 애꿎게 날더러만 잔디 하나 못 가꾼다고 야단들이기만 하구는……."[36]

이렇게 두 노인의 대화는 시대의 흐름에 순응하지 못하는 모습을 보여주고 있다. 인애할머니의 모습에서 자신의 모습을 바라보는 '주미할머니'나 인애할머니나 이웃과 단절되고 가족으로부터 소외당한 것은

---

36 이규희, 「황홀한 여름의 소멸」, 금성출판사 편, 『한국대표문학 18』, 금성출판사, 1996, 176쪽.

마찬가지이다. 개 밥그릇밖에 안 되는 인애할머니가 쓰던 '놋대접'처럼 노인들의 위상은 땅에 떨어지고 쓸모없는 존재로 전락해버리고 마는 것은, 노년의 쓸쓸함을 더해주면서 핵가족시대의 단점을 드러낸다고 볼 수 있다. 엿장수에게 주어버린 '손때 묻은 세간들'은 노인들의 흔적이고 의식이며, 삶 그 자체인 것이다.

이 작품은 가족 외의 '노인'을 화자로 선택함으로써 노년의 문제를 더욱 다양한 각도에서 바라볼 수 있는 효과를 갖는다. 즉, 노인을 바라보는 자식의 입장이나 당사자의 입장 그리고 사회적 시각으로서의 관점 등을 다양하게 나타내고 있다. 인애할머니를 바라보는 '주미할머니'의 심리 중 어느 한쪽이 아니라 두 노인의 내면 깊이 들어가 살펴볼 수 있다. 그럼으로써 노인의 삶과 연관된 가족들의 심리와 행동까지 알아볼 수 있으며, 노년소설에서 나타내고자 하는 노인의 문제와 그것에 대한 가족, 그리고 사회구성원의 역할에 대하여 생각하게 한다.

김영진의 「박노인의 죽음」은 전지적 작가 시점으로 서술되면서 초점화자는 박노인의 친구인 안노인이다. 경로당에서 친하게 지내는 안노인은 박노인이 자살했다는 것을 알고 의아해한다. 안노인이 생각하는 평소의 박노인은 자살을 할 사람이 아니기 때문이다. 평소에 박노인은 자식자랑을 많이 했고, 목발을 짚고 다니는 불구였지만 거북해하지 않았으며, 돈도 많이 만져봤고 출세도 해보았다고 한다. 자살을 하기로 한다면 안노인 쪽에 더 합당하다고 안노인은 생각한다.

이 작품에서 박노인이 자살하게 된 경위를 설명해주는 인물은 박노인과 이웃해 사는 황노인이다. 안노인은 황노인으로부터 박노인이 자식들의 홀대를 견디다 못해 절망하여 자살했음을 듣게 되자 의식이 변화된다. 안노인의 현재 권위인 '종이 호랑이'에서 과거의 '호랑이 시아버지'로 돌아갈 결심을 하는 것으로 드러난다.

이렇듯 주인공 노인을 관찰하는 노인 화자는 대부분 노인의 이웃이거나 친구이다. 그래서 주인공의 삶을 통해 주인공과 같은 노인인 화자 자신의 삶을 성찰하거나 반추해보는 효과를 갖는다. 자식으로부터 소외되고 학대받는 노인이 취할 수 있는 입장에 대한 전망을 제시하고 있는 것이다.

② 그 밖의 화자

이봉순의 「당나귀 등짐」의 화자는 남성이다. 서울에 올라와 이종사촌형의 옆에서 풀빵장사를 하는 '나'는 다쳐서 병원에 입원한 건물 주인 할머니의 시중을 들게 된다. 할머니의 관심은 오로지 '돈'밖에 없는 것처럼 느껴진다. 할머니는 모든 것을 다 돈으로 해결하려고 하지만 그 돈을 상당히 아끼는 것으로 나타난다. 건물 사람들은 할머니에게 수전노라며 손가락질을 한다. 그러나 할머니의 시중을 들어주다 보니, '나'는 할머니가 정이 많고 따뜻하며 아픔을 가진 노인이라는 것을 알게 된다.

병원에 입원한 할머니의 모습에서 '나'는 어머니와 아버지의 모습을 본다. '나'가 할머니에게 성의껏 잘하기로 마음먹는데, 그 안에는 돈의 위력이 크게 자리하고 있다. 병원에 입원한 아버지 때문에 어머니는 '나'에게서 돈이 올 때만을 기다릴 것이 뻔한 사실이기 때문이다. 이 작품에서 '나'는 할머니와 아무런 연고가 없지만, 돈으로 묶여 할머니를 업고 다니며 볼일을 볼 수 있게 한다. 그 일이 치욕스러워서 하지 않으려 했다가도 입원해 있는 아버지를 생각하면 하지 않을 수 없다.

'나'가 지켜본 할머니는 검소하다 못해 궁색할 지경으로 드러난다. 병원에 입원한 할머니가 속옷을 가져오라기에 할머니의 5층 빌딩 안에 있는 할머니의 방에 가보니, '나'가 살고 있는 옥탑방과 별로 다를 것 없이 궁색하다. 할머니의 옷장에서 꺼낸 속옷은 낡고 꿰맨 것들이라 '나'는 할머니에게서 수고비로 받은 돈을 떼어 시장에서 할머니의 속옷을 산다. '나'는 할머니의 모습에서 어머니의 모습을 보았기 때문에 그것이 아깝지 않다. 속옷을 갖다 주자 할머니는 '나'에게 또 속옷 값보다 많은 돈을 준다.

할머니의 삶에 아픔이 있다는 것을 '나'는 알게 된다. 할머니가 억척스럽게 살아가는 것은 지난날의 삶이 고단하고 힘들었기 때문에 몸에 밴 습성 때문인 것이다. 부산까지 할머니와 동행한 '나'는 할머니의 남편이 한국전쟁 때 피난을 가다가 부산에서 죽었다는 것을 알게 된다. 할머니의 아들과 가족에 대한 이야기도 '나'에게 들려주던 할머니가 준비해간 꽃다발을 바다에 던지며 할아버지의 시신을 수장했다고 말하는 것에서 할머니의 지난 삶을 인식하게 한다. 화자인 '나'는 할머니의 눈에 눈물이 괴는 것을 본다.

할머니는 '나'에게 종일 보이지 않으면 문을 따보라고 부탁한다. 이것은 작품에서 복선 역할을 하는 것으로 드러난다. '나'가 아버지의 장례를 마치고 올라와 장사를 하는데 하루 종일 할머니가 보이지 않았던 것이다. 할머니의 방에 올라가 전에 주었던 열쇠로 문을 딴 '나'는 죽어 있는 할머니를 발견하고 119를 부른다. 이 작품의 주인공 할머니는 돈이 많지만 혼자 사는 노인이다. '나'는 그 할머니의 심부름을 해주고 할머니를 살펴주는 인물이지만 그 관계에는 돈이 매개되어 있다. 그런데 '나'의 마음속에서는 돈과 상관없이 할머니에 대한 관심이 생긴다. 그럼에도 불구하고 피상적으로 할머니의 삶을 지켜보는 인물일 수밖에 없다.

'종일 보이지 않으면 방문을 열어보라'는 할머니의 말은 혼자 사는 노인의 절박한 고독을 나타내고 있는 절규로 볼 수 있다. 그러면서도 자신감 있고 당당한 할머니의 모습을 이 작품에서 발견할 수 있다. 할머니가 예상했던 대로 할머니는 혼자 쓸쓸하게 죽어간다. 여기서 남성 화자인 '나'는 할머니와 아무런 연고가 없는 관계지만 돈을 매개로 하여 서로 상부상조하는 관계로 발전하고, 궁극에는 돈과 상관없이 관심을 갖는 사이로 바뀌는 것을 알 수 있다. 그리고 혼자 사는 노인의 장례를 치르게 된다.

이형덕의 「까마귀와 사과」는 자식 없이 병들어 죽어가는 노인의 이야기이다. 이 작품의 화자는 '채영'이다. '채영'이 돈 많은 노인의 병수발을 맡게 된 것은 규찬 때문이다. 노인은 규찬의 먼 친척 어른이 된다. 대소변을 가리지 못하는 노인은 정신마저 오락가락해서 '채영'을 죽은 딸 명희로 착각한다. 노인의 친척들이 노인의 재산을 노리고 접근하지만 노인은 모든 재산을 딸로 착각한 '채영'에게 준다. 도장을 찍어준 다음 날 정신이 말짱해진 노인은 조카를 찾는다. 그러나 규찬에 의해 노인은 목숨을 잃고 만다.

혼자 외롭게 소외되어 살아가는 노인에게 있는 것은 돈이다. 그 돈을 둘러싸고 많은 사람들이 노인의 주변을 맴돈다. 물질에 욕심이 없던 '채영'도 차츰 욕심이 생기고, 결국 노인의 재산은 '채영'의 차지가 된다. 여성 화자 '채영'은 노인에 대하여 담담하게 대한다. 아무런 감정도 갖고 있지 않다. 기본적으로 할 일만 할 뿐이고 노인에 대한 어떤 감정도 드러내지 않는다. 심지어 규찬이 노인을 죽였다는 것을 알아도, 그것에 대한 아무런 언급이 없다. 3인칭 관찰자 '채영'의 관점으로 서술됨으로써 노인의 소외된 삶이나 죽음이 더욱 쓸쓸해 보인다.

이와 같이 연구한 바에 의하면 노년소설에서 '가족 외'의 화자는 빈번하게 발견되지 않았으며, 가족 외의 화자는 주인공 노인과 이웃해 살며 노인을 관찰하는 인물로 주인공의 이웃에 사는 '노인' 화자와 노인 외의 화자로 혼자 사는 주인공 할머니를 돌봐주게 된 이웃의 풀빵장수 청년과 역시 주인공을 관찰하는 이웃 사람이 있다. 이러한 가족 외의 화자를 통해 서술되는 노년 인물의 삶은 쓸쓸함과 고독함의 정서를 더욱 두드러지게 보여주며, 노인 인물을 둘러싸고 있는 타인의 심리와 행동이 지극히 절제되어 그려진다. 이렇게 노년이 안고 있는 문제를 객관화시키고 적절한 거리를 유지하는 서술방법은, 노년의 쓸쓸함과 소외, 단절, 외로움 등 노년의 특성을 더욱 극명하게 나타내는 데 기여하고 있음을 알 수 있다.

지금까지 논의한 바와 같이 노년소설의 화자가 누구냐에 따라, 노년 인물의 심리나 삶의 형태가 극명하게 다르게 나타나고 있으며, 그렇게 적절한 방법을 취함으로써 소설적 형상화에 기여하고 있다. '주인공'이 화자인 경우에는 노년 인물의 내면심리나 생각을 드러내는 데에 효과적이다. 내면의 심리묘사가 심도 있게 나타나며 노인의 주관적이면서 인물에 대하여 세밀하게 다양한 각도에서 그려낸다.

그리고 노년 인물과 가까운 혈연관계에 있는 '가족구성원'이 화자인 경우, 노인 주인공의 문제와 삶을 가까이에서 보고 그린다. 그래서 노인의 문제나 노인의 삶을 적절한 거리를 유지하면서 섬세하게 묘파하고 있다. 주 인물과 화자의 관계가 가족 가운데 다양한 관계 속에서 설정되는 것을 발견할 수 있는데, 그런 가족 간의 관계는 노인 인물의 문제를 드러내고 이해하며 해결하는 데, 서로 다르게 나타나는 것을 볼 수 있었다.

'가족 외'의 인물이 화자인 경우에는 노년의 인물을 바라보는 시각이 관찰되고 있는 인물과 서술화자와 적당한 거리를 유지하여, 노년 인물이 안고 있는 쓸쓸하고 소외된 정서가 더욱 객관화되어 나타내고 있다. 당사자의 입장 그리고 사회적 시각으로서의 관점 등을 다양하게 나타냄으로써 보다 폭 넓은 이해와 관심을 도출해 낼 수 있다. 노년의 이야기를 객관화시키고 적절한 거리를 유지하는 서술방법을 통해 노년의 쓸쓸함과 소외, 단절, 외로움 등을 더욱 심화시키면서 노년의 삶에 접근하게 한다. 그럼으로써 노년의 특성을 절제된 시각과 감정으로 그려내고 있다. 이와 같이 노년소설의 화자와 노년 인식 간의 상관관계에 있어서, 화자는 노년의 내면적 풍경과 외면적 삶의 모습을 그리는 데 중요한 요소로 작용하고 있음을 알 수 있다.

3. 임종의 공간

노년소설에 나타나는 특성 중의 하나는 임종공간에 대한 성향이다. 대부분의 노인들은 살던 집이나 고향, 아들의 집, 또는 모국에서 임종을 맞이하고 장례식도 집에서 치르기를 바란다. 그러나 이러한 성향은 현대인들의 생각과 상충되어 나타난다. 즉, 상주 쪽과 손님의 편의에 의해 병원에서 그 일정을 치르기 원하는 것으로 드러난다.

집을 임종공간으로 원하는 노인의 성향이 드러나 있는 작품은 안장환의 「밤으로의 긴 여행」이다. 현재의 '나'는 아파트의 좁은 방에 누워 고향을 생각한다. 아내가 죽고 나서도 '나'는 고향의 땅과 집을 정리해 큰아들이 있는 서울로 올라오고 싶지 않았지만 병명을 알 수 없는 병으로 시달리게 되자 큰아들의 집으로 옮겨오고 만다. 고향에서 임종을 맞이하고 싶었던 '나'는 그런 바람이 이루어지지 않더라도, 이제 병원으로 가지 않고 집에서라도 죽음을 맞고 싶어하는 것으로 그려진다.

> "그리고 말예요, 집에서 저렇게 앓다가 돌아가시면 어떻게 할 거예요? 아파트에서 어떻게 장례를 지내요? 그러니까 병원에 입원을 시키면 영안실에서 편하게 장례식을 치를 게 아녜요?"
> "이봐, 생각 좀더 해보자구……."
> 석준이의 심각한 목소리였다. 그들은 방으로 들어가는 모양이었다. 나는 눈을 지그시 감았다. 병원 영안실의 광경이 눈앞에 떠올랐다. 참으로 서글픈 일이었다. 며느리의 말은 나에게 너무도 큰 충격을 안겨주었다. 결국 나는 어쩔 수 없이 병원으로 옮겨지게 되고, 거기서 죽어 나가게 될 것이 틀림없는 일이었다.[37]

이렇듯 나의 의중과 달리 며느리는 '나'를 병원에 입원시키려고 한다. 그것은 사후의 장례식을 편리하게 치르려고 하는 며느리의 의도가 들어 있는 것으로 볼 수 있다. 며느리의 제의에 아들은 소극적인 태도를 보이는 것으로 드러난다. '나'를 병원으로 옮길 생각만 하는 아들 며느

---

37 안장환, 「밤으로의 긴 여행」, 『현대문학』, 1986년 9월호, 215쪽.

리에게 충격을 받은 '나'는 '추하고 쓸모없는 물건을 내다 버리는 것처럼' 병원에 떠맡기려 하는 가족들의 태도로 받아들인다. 결국 생일잔치를 기점으로 병원으로 옮겨진 '나'는 죽는 방법을 생각하는 극단적인 지경에 이른다.

이 작품에서 '나'가 선택한 임종공간은 집이다. '나'는 아들 석준에게 의중을 말하지만 아들은 며느리의 눈치 때문에 선뜻 답변을 하지 못하는 가운데 서서히 죽어가고, 집의 따뜻한 온돌방에서 죽고 싶은 '나'의 소원은 이루어지지 않은 채 병실에서 임종을 맞는 노인의 모습이 그려지고 있다. 이렇듯 노인의 소박한 임종공간에 대한 소망은 가족의 냉대와 몰이해 속에서 이루어지지 못함을 알 수 있다.

이청준의 「눈길」은 임종공간과 장례 장소를 살고 있는 '집'으로 생각하는 노인의 의식이 드러나고 있는 작품이다. 그것은 화자의 어머니가 '새집 짓기'를 소원하는 것과 같은 맥락에서 이해된다. 어머니가 새집을 짓고 싶어 하는 것은 어머니의 죽음과 관련된 의도로 나타난다.

> "이 나이에 내가 살면 얼마나 더 좋은 세상을 살겠다고 속없이 새 방을 들이고 기와지붕을 덮자겠냐…… 집 욕심 때문이 아니라 나 간 뒷일이 안 놓여 그런다……."
>
> 뒤꼍에서 안뜰로 발길을 돌아 나서려다 보니, 장짓문을 반쯤 열어젖힌 안방에서 노인의 말소리가 도란도란 흘러나오고 있었다.
>
> "날씨가 신선한 봄가을철이나, 하다 못해 마당에 채일(차일)이라도 치고들 지내는 여름철만 되더라도 걱정이 덜하겠다마는, 한겨울 추위 속에서나 운 사납게 숨이 딸깍 끊어져 봐라. 단칸방 아랫목에다 내 시신 하나 가득 들여놓으면 그 일을 어찌할 것이냐."[38]

---

38 이청준, 「눈길」, 앞의 책, 297쪽.

이렇듯 어머니가 화자인 '나'에게 무리한 부탁임에도 불구하고 새 집을 짓자고 하는 것은, 오로지 죽고 난 다음에 치를 장례를 염두에 두었기 때문인 것으로 드러난다. 여기서 어머니는 임종공간을 당연히 집으로 선택하고 있음이 나타나고 있다. 화자인 '나'는 어머니의 그런 성향을 이해하지 못하고 '엉뚱한 꿈'이라고 생각함으로써 어머니의 소망과 충돌하는 것으로 그려진다. '나'는 어머니의 그런 소망이 현실적으로 가당하지 않다고 생각하는데, 그것은 어머니의 염원에 침묵하는 것에서 발견할 수 있다.

고향에서 임종하고 싶은 노인의 소망은 은미희의 「갈대는 갈 데가 없다」에서 엿볼 수 있다. 이 작품의 주인공인 경식의 어머니는 경식의 여동생 집에서 잘 지내고 계신다. 여동생의 집은 어머니가 지내기 좋은 환경이고 여동생의 시중을 받는 어머니도 불만이 없어 보인다. 그런데 의외로 어머니는 고향으로 가서 혼자 살고 싶다고 말한다. 이러한 어머니의 태도에 경식은 '어머니가 죽을 자리를 보고 있다'고 단정한다. 귀소본능으로 인해 돌아갈 자리가 필요한 어머니가 아들의 집이 아닌 고향땅으로 가고자 하는 것은, 자기가 집을 지니지 못했기 때문이라고 생각하며, 어머니를 모셔오기로 작정한다.

이러한 아들의 태도와 달리 며느리는 탐탁스럽지 않게 생각하는 것으로 드러난다. 며느리의 이런 태도는 노년소설의 대부분에서 포착되는 경향이다. 혈연관계가 아닌 며느리는 시부모에 대하여 지극히 냉소적이고 사무적인 모습을 보이는 경향이 많음을 발견할 수 있다. 노인이 냉대와 구박 속에서 단절과 소외를 느끼는 정도의 차이는 며느리가 노인을 대하는 태도에 기인한다고 볼 수 있다. 그래서 노년을 어떤 자녀와 동거하느냐는 것은 노인의 생활 만족도에 영향을 미치는 것으로 보인다. 아들보다는 딸과 동거하는 경우에 노인은 소외감이나 외로움을 덜 느끼는 것으로 나타나지만 정작 노인들은 노년의 삶을 아들과 보내고 싶어 하는 것으로 드러난다. 「갈대는 갈 데가 없다」의 주인공 노인도 마찬가지이다. 사위가 의사이기 때문에 지병인 당뇨를 앓고 있는 노인이 보살핌을 받을 수 있을 뿐더러 생활환경 또한 부족함이 없는 딸의 집에 사는 어머니인데도, 고향으로 가고 싶어 하는 것을 보면 알 수 있다. 이것은 아들의 집에서 살다가 죽고 싶은 어머니의 소망을 우회적으로 표현한 것이며, 그러한 어머니의 심리를 심층적으로 보여주고 있는 작품이라고 할 수 있다.

모국에서 임종을 맞고 싶어 하는 노인의 성향은 박완서의 「꽃잎 속의 가시」에 잘 드러나고 있다. 30년 동안 미국에서 이민생활을 하던 화자의 '언니'는 손자의 결혼식에 참석하기 위해 일시적으로 귀국하면서, 가방 속에 수의를 넣어 가지고 들어온다. 그러나 노인의 소망은 가족들의 태도에서 여지없이 무너지고 만다. 즉, 언니의 가방에서 안동포로 지어 온 수의를 발견한 가족의 태도는 고국에서 죽고 싶어 하는 '언니'의 의도와 상충되어 나타나기 때문이다. 30년 동안 잘 적응한 것처럼 보이는 언니의 이국생활이 죽음 직전에 이르러서는 '모국'에서 죽고 싶은 욕망으로 전환되는, 노인 특유의 임종공간에 대한 성향을 드러낸 것으로 볼 수 있다. 언니의 그러한 성향을 이해하지 못한 가족들은 언니에게 미국행을 종용하게 되고, 미국에 돌아간 지 2개월 후 언니는 정신을 놓은 상태로 양로원에서 지내다 숨을 거두게 된 것이다.

이처럼 평생 동안 이국생활을 하면서도 임종공간으로 모국을 택하는

'언니'의 바람은, 그러한 노인의 성향을 이해하지 못하는 가족에 의해 이루어지지 못하는 것으로 나타난다. 화자인 '나'는 언니의 심정을 이해하지만 소극적인 태도를 보인다. 결국 노인의 소망은 노년의 삶이나 의식에 대한 가족의 몰이해로 이루어지지 못하는 것으로 드러난다.

노인의 사후 처리문제에 대하여 또한 노인과 유가족 간에는 상반된 견해를 보이는 경우가 나타나고 있다. 안장환의 「회색일(灰色日)」은 죽은 아내의 사후에 일어나는 자식들의 태도를 못마땅해 하지만 수용할 수밖에 없는 김성두 노인의 모습을 담고 있다.

> 김성두는 아랫방에서 이야기하고 있는 두 아들의 대화를 들으면서, 도대체 무슨 어려운 문제인데 그처럼 심각하게 의논을 하고 있는 것일까 생각했다.
> "내 생각 같아서는 화장을 지내는 게 좋을 것 같습니다."
> 이것은 재수의 말이었다.
> "화장?"
> 놀라는 듯한 재호의 목소리가 툭 튀어나왔다.
> 「아니, 화장이라니!」
> 아들들의 이야기를 듣고 있는 김성두는 깜짝 놀랐다. 지금 그들은 자기 어머니의 장례식 절차를 의논하고 있는 것이 분명했다. 그런데 둘째 아들의 입에서 튀어나온 화장이라는 말에는 놀라지 않을 수가 없었다.
> "네, 화장을 하는 것이 깨끗하지 않을까요?"[39]

죽은 아내를 화장하자는 작은아들의 제의에 큰아들 재호는 반대하지

---

39 안장환, 「회색일」, 금성출판사 편, 『한국대표문학 18』, 금성출판사, 1995, 215쪽.

만 궁극에는 동의하고 마는 것으로 나타난다. 작은아들의 제의는 타당성을 가지는 것으로 보인다. 작은아들은 살기 복잡한 세상에 편리하고 간단하게 살아야지 '전통'을 찾는 필요가 있냐는 것이다. 그리고 사람이 살아야 할 땅이 '공동묘지'로 변하고 있다며, 매장을 해서 묘지를 쓰자면 '경제적인 문제'도 생각해야 한다는 것이다.

이러한 작은아들의 견해는 김성두 노인과 근본적인 차이를 갖는 것으로 나타난다. 김성두는 아내가 병원에서 죽자 병원에서 장례를 치르지 않고 집으로 아내를 옮겼던 것이다. 그것을 놓고 주위 친지들은 객사한 사람은 집으로 들이는 것이 아니라는 관습을 들어 반대했지만 김성두 노인은 죽은 아내를 '따뜻한 안방'에다 안치했던 것이다. 여기서 김성두 노인이 '따뜻한 안방'으로 아내를 옮긴 것은, 가족들이 있는 공간에 아내를 잠시라도 함께 있게 하고 싶은 마음을 드러낸 것이라고 볼 수 있다.

아들들의 대화를 듣던 김성두가 '자신은 이제 아무래도 쓸 만한 가치가 없는 인생이라는 것을 의식'하는 것으로 드러난다. 이에 김성두는 자기의 의견을 말해도 별 소용이 없음을 감지하고 자진해서 아내의 화장을 아들들에게 제의한다. '아내에게 큰죄를 범하는 느낌'이 드는 김성두에 비해 아들은 얼굴에 안도의 빛이 퍼지며 밝아지는 것으로 나타난다. 아들의 견해에 못마땅한 마음을 김성두 노인은 아내의 유골 처리를 본인이 맡는 것으로 표출한다.

임종공간을 '집'에서 '병원'으로, 사후 처리를 '매장'에서 '화장'으로 하는 것은 이제 보편화되고 있는 추세이다. 노인들도 그러한 장례형식에 암묵적으로 동조하거나 적극적으로 원하는 경우도 나타나게 되었다. 그러한 장례형식과 노인의 의식을 담담한 필치로 그려내고 있는 소설이 최일남의 「사진」이다.

> "영안실은 몇 도에서 얼어붙을까요."
> "글쎄요."
> 질문을 받은 그가 미처 확답을 못한 채 잠자코 바라보기만 하자 얼굴에 이미 술기운이 돈 궐자는 저 혼자 풀죽은 음성으로 다시 중얼거렸다.
> "냉동상태에서 화장장으로 간다 이건데."
> 영안실 온도 운운은 아마도 사체를 일시 보관하는 곳의 그것을 두고 하는 소리거니 넘겨짚었다. 하다가 화장장을 들먹인 것은 냉동에서 소각으로 이어지는 단계를 상상한 탓일 게다. 언제는 얼렸다가 언제는 굽는…… 술 취한 사람의 말을 친구는 마침 무언가를 의논하러 온 집안 아낙을 상대하느라 못 들은 것 같았다. 아니 듣고도 시침을 떼는지 몰랐다.[40]

이렇듯 화자 '그'는 냉동실에서 바로 화장터로 가는 이야기를 하다 예전에 보았던 화장 장면을 떠올린다. '그'는 화장 후에 따뜻하게 느껴지던 유골가루를 회상하며 장례를 산 사람의 '분탕질'이라고 말한다. 여기서 노인의 냉소적이며 담담하게 그려지는 의식을 볼 수 있다.

화장을 원하는 노인의 모습이 나타난 작품은 박완서의 「지 알고 내 알고 하늘이 알건만」이 있다. 이 작품에 나오는 노인은 죽기 전에 화장을 해달라고 했는데, 그것은 아내가 미국에서 죽었기 때문에 노인은 아내를 화장하자고 우겼던 것이다. 그러므로 자신이 '무슨 재미로 혼자 땅

---

40   최일남, 「사진」, 『아주 느린 시간』, 문학동네, 2000, 116~117쪽.

에 묻히겠느냐'며 자식에게 화장을 원하는 것으로 드러난다. 그리고 박완서의 「엄마의 말뚝·3」에서는 노인은 화장을 원하는데, 손자들이 노인 사후에 '매장'하는 모습도 보이고 있다.

이와 같이 노인들은 대부분 고향에서 노년을 보내기를 원하고, 임종공간으로는 노인이 살던 집을 선호하는 것으로 나타난다. 그러나 현대를 살아가는 사람들은 여러 가지 편의에 의해 노인의 임종공간을 병원으로 선택한다. 여기에서 노인과 가족의 생각은 상충되고 노인은 상실감과 소외감 속에서 삶의 마지막을 맞이하게 되는 것으로 드러난다. 이것은 죽는 사람보다는 살아 있는 사람들 위주의 생활방식에서 파생되는 문제 가운데 하나로 볼 수 있으며, 노인에게는 피할 수 없는 상황으로 감지됨을 알 수 있다. 이렇듯 노년에 있어 '임종의 공간'은 중요한 것으로 인식된다. 즉, 노인이 심리적으로 가장 따뜻하고 편안하다고 느끼는 공간을 임종의 공간으로 소망하고 있음을 알 수 있다.

노인의 사후를 처리하는 데 있어서도 노인과 자식의 생각은 상이하게 나타나는 것을 볼 수 있다. 노인의 사후에 생기는 일을 그리고 있는 작품들 가운데, 대부분의 노인은 '매장'하기를 원하지만 자식들이 '화장'을 택하는 경우와 죽은 노인이 생전에 화장을 원하는 경우로 드러난다. 그러나 대부분의 노인들은 '화장'보다 '매장'을 원하는 것으로 나타남을 발견할 수 있다.

4. 노인 언어의 특징

1) 허세와 생략

노인들이 자주 모여 공동체적 생활을 하는 공간은 노인회관이거나 노인대학이다. 우선덕의 「비법(秘法)」은 70~80세의 노인들이 거처하는 노인회관을 공간적 배경으로 한다. 그곳에는 죽음을 앞둔 노인들이 지내는 곳이다. 노인들은 노인정에 모여 화투 치며 놀고 먹거리를 해서 나누어 먹는다. 그곳에 모인 노인들은 고생담을 이야기하는데 그것은 고생담이 아니라 왕년에 자신이 얼마나 잘 살았는지 자랑하는 것에 지나지 않는다.

> "6 · 25때 부역을 나오라잖어. 꽃바구니도 이어 보질 않았는데 그때 돌바구니를 임질로 해서 날랐어. 내 그때 생각을 하면 지금도 피눈물이 나아."
>
> "쯧쯧, 정말 고생했구먼. 난 그거는 잘 몰라. 난 늙어 고생이야. 아, 우리집에는 소 넙적다리니, 뇌루들을 넣어두는 육곳간이 따로 있었어. 아무 때나 칼로 썽둥 베어다 구워 먹고 그랬어. 고기 귀한 걸 모르고 살았는데 요샌 뭐 채식을 해야 한다나, 며늘애는 온통 푸성귀밖에 몰라. 고기 먹던 사람이 풀이파리나 먹고 기운을 낼 수가 있나, 밥맛도 없어. 다 늙어 배고픈 고생을 해보지 뭐야."
>
> "별 걸 다 고생이라는구먼. 배고픈 것도 고생이야? 댁은 마음 고생을 못 해 봐서 그래. 우리 영감이 돈푼깨나 있다고 바람 숱하게 피웠거든. 기생집에 갖다 준 돈이 지금으로 치면 건물 몇 채야. 돈을 바리로 쌓아 놓고 있으면 뭘해. 죽어 갖고 갈 것도 아니고, 살아 속이 부글부글 썩어 끓는 고생이 고생이야. 살아서 맘 편해야지. 그놈의 영감태기 꼴 안 보니 이젠 속이 다 시원해."[41]

---

41 우선덕, 「비법(秘法)」, 『굿바이 정순씨』, 주식회사 書堂, 1989, 62쪽.

이처럼 노인들은 거드름을 피우고 허세를 부리는 것으로 나타난다. 송여사는 그런 노인들을 상대로 야매 약을 지어 파는 돌팔이 약장수이다. 유복자인 아들을 그 약장사로 평생 먹이고 공부시켰으며 집까지 마련해 장가를 보낸다. 아들은 그 약의 비법을 알려달라며 같이 살자고 설득하지만 송여사는 거절한다. 그 이유는 '비법'이라는 것이 사실은 없기 때문이다. 송여사는 장사 수완 또한 특출해서 노인정에서 노인들을 대상으로 약을 팔면서도 굽신대거나 비굴해하지 않고 당당하게 대한다. 그곳에서 송여사도 다른 노인들과 마찬가지로 거드름을 피우고 허세를 부리는 것으로 나타난다.

> "쯧쯧 정말 고생했겠구먼. 난 그거는 잘 몰라. 난 늙어 고생이야. 아, 우리집에는 소 넙적다리니, 뇌루들을 넣어 두는 육곳간이 따로 있었어. 아무 때나 칼로 썽둥 베어다 구워 먹고 그랬어. 고기 귀한 걸 모르고 살았는데 요샌 뭐 채식을 해야 한다나, 며늘애는 온통 푸성귀밖에 몰라. 고기 먹던 사람이 풀이파리나 먹고 기운을 낼 수가 있나, 밥맛도 없어. 다 늙어 배고픈 고생을 해보지 뭐야."
> "별걸 다 고생이라는구먼. 배고픈 것도 고생이야? 댁은 마음 고생을 못 해 봐서 그래. 우리 영감이 돈푼깨나 있다고 바람 숱하게 피웠거든. 기생집에 갖다 준 돈이 지금으로 치면 건물 몇 채야. 돈을 바리로 쌓아 놓고 있으면 뭘해. 죽어 갖고 갈 것도 아니고, 살아 속이 부글부글 썩어 끓는 고생이 고생이야. 살아서 맘 편해야지. 그놈의 영감태기 꼴 안 보니 이젠 속이 시원해."[42]

이 인용문에서 보면 노인들의 언어에 허세가 드러남을 알 수 있다. 과

---

42 우선덕, 「비법」, 앞의 책, 62쪽.

거의 생활이 부유했다는 것을 표현하는데, '육곳간'이 따로 있어서 고기를 마음껏 먹을 수 있었던 것으로 이야기한다. 그리고 다른 노인은 기생집에 갖다 준 돈이 '건물 몇 채'라고 과장하는 것으로 드러난다. 노인들은 과거를 회상하고 그것을 미화하거나 과장하여 허세를 부리는 것으로 볼 수 있다.

송여사를 찾아온 아들은 함께 살자며 지금까지 만들어 팔고 있던 약의 '비법'을 알려달라는 것이다. 제약회사에게 그 비법을 팔기만 하면 큰돈을 벌 수 있다며 송여사를 설득한다. 그러나 송여사는 아들의 말에 동조하지 못하는 것으로 드러난다.

> 녀석아. 에미가 비방을 알면 왜 팔아먹지 않았겠어. 왜 너에게 일러주지를 않았겠어. 운이 좋아 사람 하나 죽이지 않고 오늘까지 살아왔다. 그게 비법이지. 비법이 어디 있어.[43]

이렇듯 속으로 뇌까리는 송여사에게 비법은 없었던 것이다. 야매 약을 만들어 팔아 자식을 키우고 삶을 꾸려오는 동안 사람 하나 죽이지 않은 것이 '비법'이라면 비법인 것이다. 결국 송여사는 평생 동안 아들 며느리가 효도한다고 허세를 부리고, 약의 효능에 대하여 과대선전하며 살아온 것으로 볼 수 있다.

노인의 소외와 단절로 인한 외로움까지도 노인만의 특별한 허세로 자녀들이 잘 한다고 과장하여 이야기한다. 노인의 마음속에 있는 간절한

---

43 우선덕, 「비법」, 앞의 책, 77쪽.

바람의 또 다른 표현일 수도 있는 허세와 자랑으로, 그 허전한 마음을 메워가고 있다고 볼 수 있다. 송여사의 경우에는 삶의 방편으로 돈을 버는 것이 아니고 집안의 비법으로 사람들을 치료해주는 것이라고 허세를 부리는 것으로 나타난다.

우선덕의 「생일」에는 노인의 언어 가운데 생략하여 말하는 특성이 드러나 있다. 솔직하게 마음속의 말을 다하지 않고 생략한다는 것은, 소극적이고 위축된 노인의 심리를 드러내는 것으로 볼 수 있다. 신체적으로 쇠약해지고 경제력 또한 없는 노인들은 언행에 있어 위축된 양상을 드러내게 되는 경우가 많다. 내면을 숨기고 의도와 다르게 말을 하거나 아예 생략해버리는 것에서 노년의 심리적인 모습을 알 수 있다.

월순 할머니는 생일날이 되어도 아들 며느리가 별다른 기색이 없자 불안해한다. 노인정의 할머니들이 월순 할머니 생일에 음식 대접을 받게 될 것을 기대하고 있었기 때문이다. 노인정에 나갈 시간이 되어도 며느리는 외출을 하고 집에 들어오지 않는다. 월순 할머니는 불안하고 속상하지만 내색할 수 없다. 더구나 점심시간이 다가오자 노인들이 점심을 거르고 기다릴 것을 생각하니 조급하여 견딜 수 없다. 월순 할머니는 솔직하게 며느리에게 말을 할 수 없어, 조금씩 모아둔 돈 이십 만원을 넣고 집을 나서며 현관문을 잠그고 있을 때, 외출했던 며느리와 마주치게 된다.

> "왜요? 안 열려요?"
> "아니야. 잠글 수가 없어서……."
> "왜 잠궈요?"
> "나가 볼까 하고……."

이 할머니가 그럼 왼종일 집에 있었나?

며느리는 월순 할머니를 보지 않은 채 자물쇠 구멍에 꽂힌 열쇠를 딸깍 돌려 빼내주며 저 혼자 말했다.

"문이 제대로 잠겨져 있었는데……."

"그랬냐? 난 그것도 모르고 괜히……."**44**

이렇듯 월순 할머니는 말끝을 생략해버리는 것으로 드러난다. 속마음을 다 내색할 수 없는 노인은 얼버무리는 언어를 표출할 수밖에 없는 것이다. 허세와 생략된 언어는 노인의 내면을 드러내고 있다고 볼 수 있으며, 이것은 노인의 심리와 상황을 나타내는 것으로 볼 수 있다. 이와 같은 현상은 이선의 「5월·종소리 울리는 저녁 식탁」에서도 드러나고 있음을 알 수 있다.

2) 수다와 독백

수다스러운 노인의 언어가 잘 드러나 있는 작품으로는 우선덕의 「작은 평화」를 들 수 있다. 끊임없이 쏟아놓는 수다는 노인회관의 회장 선거를 놓고 정치판을 방불하게 할 정도로 부패되고 음해가 난무한 모습을 보인다. 결국 신임회장의 노래로 작은 평화가 찾아오게 되는데, 이 작품에서 특징적인 것은 수다뿐 아니라, 자기보다 못하다고 생각되는 사람을 쉽게 얕보고 멸시하는 말투로 나타난다. 노인들이 파출부 홍씨에게는 야단을 치고 함부로 대하는 모습에서 발견할 수 있다.

---

44 우선덕, 「생일」, 『굿바이 정순씨』, 주식회사 書堂, 1989, 137쪽.

이선의 「5월 · 종소리 울리는 저녁 식탁」에서 송여사가 자주 내뱉는 말은 '품위 없이들'이라는 어휘이다. 그것도 크게 하는 말이 아니라 독백 같은 중얼거림이다. 반듯하고 빈틈없고 깨끗한 성격으로, 유난히 깔끔하고 수준 있는 삶을 추구하는 송여사는 아파트 마당에서 쑥이나 나물을 캐는 노인들이나 노인정에 드나드는 노인들을 이해하지 못하는 것으로 나타난다. 그러한 노인들의 행동이 송여사에게는 품위 없는 것으로 인식되는 것이다.

> 품위 없이들…… 송여사의 눈앞에는 하릴없이 노인정에 나가 앉아 야금야금 세월을 파먹고 있는 한심한 노인네들의 모습이 펼쳐져 있었다. 아침이면 며느리 눈치를 피해 부리나케 노인정으로 달아나고, 해가 지면 다시 밥 한술 떠먹고 드러누워 잠을 자기 위해 슬금슬금 집으로 기어 들어가는 그런 불쌍한 신세들에 비하면 그래도 쌍둥할머니 신세가 훨씬 낫다고 송여사는 생각한다. 적어도 자식들에게 신세만 지고 있지는 않으니까. 그리고 쌍둥엄마가 철마다 친정어머니 보약을 챙기느라고 애를 쓰고 있으니까……. 흥, 하지만 그게 어디 효심에서 우러나오는 것인가. 직장 다니는 딸 대신 살림하고 애들 키워주다가 아파서 몸져 누울까봐 그러는 게지. 그게 어디 친정어머니 위하는 것인가. 만만한 식모 위하는 것이지. 송여사는 도자기 종에 붙어 있는 풍차를 입김을 불어가며 닦았다.[45]

송여사는 매일 아침 50여 개의 모조 종을 닦는다. 그러면서 마음으로 종소리를 듣는다. 송여사는 종소리를 마음으로 듣듯 부모의 마음도 아이들이 마음으로 알아주길 바라는 것으로 속내를 드러낸다. 이렇듯 매

---

[45] 이선, 「5월 · 종소리 울리는 저녁식탁」, 『행촌 아파트』, 민음사, 1991, 103쪽.

일 닦고 있는 종은 송여사의 마음을 상징적으로 보여준다고 볼 수 있다. 송여사는 남편인 윤교장이 노후에 받은 연금으로 생활하며 품위 있고 격조 있게 살 생각이다. 그래서 아파트 노인들의 행위가 영 마음에 들지 않는다. '품위' 있게 사는 것이 현재의 송여사에게는 바라는 바이다. 그래서 아들네 집에도 마음대로 드나들지 않는다. 마음대로 드나드는 윤교장을 체신머리 없다고 나무라는 것에서 송여사의 내면을 드러낸다고 볼 수 있다.

쌍둥할머니는 송여사와 달리 솔직하고 담백하며 괄괄한 성격의 소유자이다. 딸네 집에서 아이들을 봐주며 살지만 마음대로 큰소리를 치며 사는 것으로 나타난다. 쌍둥할머니는 '수도꼭지를 틀어 콸콸 물이 쏟아지는 양 떠들어대기'를 잘하는 노인이다. 쌍둥할머니에게 '수다떨기'는 딸네 집에 살면서 표현해내지 못하는 욕구불만의 해소방법으로 드러난다. 그 '수다'는 때로 과장되어 나타나고 허풍과 맞물려 있음을 알 수 있다.

"사실은 말입니다. 오늘이 제 생일입니다. 그래서 오늘 저녁에 우리 아이들이 이리로 오겠다지 뭡니까. 우리 애들이 모두 일곱이잖습니까. 딸 넷에 아들 셋, 그러니까 쌍둥에미가 그중에서 딸 막내이고 합해서 여섯째지요. 다들 서울에 살아요. 다들 타고난 천복이 있는지 차도 굴리고 제 집 가지고 산답니다. 그래서 나는 참 마음이 편해요. 이 집에 있다가 싫증나고 답답하면 저 집으로 가고 또 저 집 있다가 다른 집 궁금하면 거기로 가고…… . 저희들도 부담 없어서 좋고 (…중략…) 아무튼 나는 생일인지 제산지도 모르고 쌍둥이놈들한테 얼이 빠져 가지고 있는데 죄들 전화해서 저희 집으로 오라고들 난리지 뭡니까. 그런데 송여사님도 잘 아시지만 내가 하루라도 없으면 쌍둥에미가 아무 짓도 못해요. 그러니 내 생일 먹겠다고 내팽개치고 갈 수 있나요. 물론 쌍둥에미야 다녀오라고 난리지요. 며칠 푹 쉬고 오시라고 등을 떼밀지만 에미 심정이 어디 그래요? 그랬더니 애들이 다 음식 한 가지씩 해가지고 오겠다며 꼼짝 말고 있으시라고 난리들 입니다. 그래도 에미 심정이 어디 그래요? 그래서 쑥이나 캐다가 떡이나 해서 나누어주어야지 했는데 지랄들하고 약을 뿌리고 있어."[46]

이렇듯 쌍둥할머니는 수다를 떨면서 내재돼 있는 욕구불만이나 욕망을 표출해내고 있는 것이다. 품위를 지키느라 말 한 마디도 조심하는 송 여사와 달리 겉으로 나타내 보이는 쌍둥할머니의 마음이 오히려 건강하게 보인다. 자녀 자랑을 끝없이 늘어놓던 쌍둥할머니는 저녁때가 되도록 자녀들이 오지 않자, 쌍둥이들에게 소리를 지르고 욕지거리를 해댄다. 그러다 퉁퉁 부은 얼굴로 송여사를 찾아와 하소연을 하기도 한다. '옆구리 콱콱 찔러서 절 받는 것'이고, '왕왕 짖고 손 벌려야 한다'는 것이 자녀들의 관심을 받는 방법이라는 것이다. '안 그러면 일 년 내내 들여다보는 법이 없을' 것이라고 쌍둥할머니는 말한다.

쌍둥할머니는 자식들의 관심을 받기 위해 적극적인 방법을 생각하고, 그 생각을 행동으로 옮기는 인물로 그려진다. 쌍둥할머니는 '종은 울려야 제 값을' 하는 것처럼 자식에게도 노인의 존재를 알려야 한다는 의식을 드러낸다. 그러나 송여사의 생각은 다르다. 종소리는 몸을 때려서 내는 울음이며, '종' 안에 이미 소리가 내재되어 있다고 생각한다. 송여사는 종이 실제로는 울리지 않더라도 마음으로 그 소리를 듣는다. 두 노인의 태도는 이렇게 상반되어 나타난다.

---

46   이선, 「5월 · 종소리 울리는 저녁식탁」, 앞의 책, 108~109쪽.

쌍둥할머니가 활기차게 집으로 돌아가는 모습을 보고 얼마 되지 않아, 송여사는 아들네 집에 간 윤교장에게서 손자들이 매달리며 자고 가라는 바람에 갈 수 없다는 전화를 받는다. 이때 건너에 있는 쌍둥이네의 소란스런 소음들이 송여사의 심사를 뒤흔들자, 캐나다에 살고 있는 딸에게 전화를 거는 변화된 모습을 보인다. 그러나 딸은 잠자리에서 간신히 일어난 목소리로 대수롭지 않게 전화를 받아 송여사의 기분을 상하게 한다.

> 매정한 것 같으니라구. 아무리 곤한 새벽잠이기로서니 제 에미가 안 하던 짓을 했을 때에는 그 마음을 좀 헤아려볼 것이지. 내 마음이 이렇듯 허우룩하다고 말을 해야 알 것인가. (…중략…) 왜 모르는 것일까. 아들도, 딸도, 그리고 평생 살을 맞대고 살아온 남편도 정말 모르는 것일까. 한 번 종이 울릴 때마다 제 몸을 아프게 짓이겨야 한다는 사실을. 어째서 울지 않아도 그 종소리를 듣지 못할까……. 송여사가 천천히 장식장 앞으로 다가갔다. 장식장 안에는 아침 내내 송여사가 정성 들여 닦아놓은 종들이 새치름하게 앉아 있었다. (…중략…) 딸랑, 가볍게 손목을 흔들자 맑은 종소리가 났다. 딸랑딸랑. 이번에는 두 번, 그리고 세 번……. 들릴까, 이제 내 울음소리를 들을 수 있을까. 송여사는 다른 종을 꺼내 흔들었다. 땡그랑 땡그랑…… 짤랑짤랑…… 땡땡땡…….
> 송여사는 저녁 식탁을 종으로 가득 채웠다. 그리고 불도 켜지 않은 식당에 홀로 앉아 식탁 위의 종을 하나씩 들어올려 흔들었다.[47]

이와 같이 송여사를 지금까지 지탱하게 했던 자존심이나 이상, 품위

---

47 이선, 「5월·종소리 울리는 저녁식탁」, 앞의 책, 125~126쪽.

등이 외로움과 고독감 앞에서, 그리고 쌍둥할머니의 가족이 보여준 거칠지만 따뜻한 교류 앞에서, 무너져 버리는 것으로 드러난다. 쌍둥할머니의 과장되지만 솔직한 수다와 송여사의 독백은 이렇게 상반되어 나타난다. 그러나 '종'으로 상징되는 '울음'을 통해 노년의 모습을 나타내고 있다고 볼 수 있다. 그 안에 울음을 내재하지 않은 종은 없다. 자녀들에게 소통을 강요하고 그들과의 유대를 탈취하든, 소통에 대한 욕구를 자제하면서 거리 지키기에 안간힘을 쓰든 그것은 아픔이며 울음이다.[48] 이렇듯 노년의 언어는 내재되어 있는 고독과 외로움, 그리고 소망에 대한 표현이며, 울려주기를 바라는 '종'처럼 아니 울음을 내재하고 있는 '종'처럼, 노년의 삶을 그대로 반영하고 있다고 볼 수 있다.

이처럼 노년소설의 언어적 특징은 사회나 이웃으로부터의 소외와 단절, 구박, 따돌림 등으로 인한 노인의 심리적인 위축과 의사소통의 단절로 인한 독백이나 수다를 들 수 있다. 또 사람이 아닌 다른 사물과의 대화를 통해 내면에 있는 욕구나 불만을 토로하기도 하고, 그 사물과 밀착된 관계를 나타내 보이기도 한다. 이러한 현상 또한 노년의 외로운 삶에 대한 하나의 표출방법이라고 볼 수 있다. 그리고 현실의 부정적 상황을 은폐하기 위한 방법이나 외로움 때문에 또는 순발력 있게 말을 하지 못하기 때문에, 과장과 생략을 하게 되는 것으로 나타난다. 또 외로움과 자신감의 상실로 인해 수다와 독백을, 또한 억지 부리기 등이 노인의 언어적 특징으로 나타남을 알 수 있다.

---

48 변정화, 「죽은 노인의 사회, 그 징후들」, 문학을 생각하는 모임 편, 『한국 노년문학 연구Ⅱ』, 국학자료원, 1998년, 29쪽.

제4장

현실과의 부딪침, 그 구조

제4장

현실과의 부딪침, 그 구조

　소설에서 갈등은 주제를 드러내거나 문학성을 갖게 하는 요소로 작용한다. 갈등은 이야기를 얽히게 하여 재미를 주는 주요한 요인으로, 인물 상호 간이나 인물과 환경 간에 일어나기도 한다.[1] 그리하여 갈등 양상은 크게 외적인 갈등과 내적인 갈등으로 나누어 볼 수 있다. 역사체험이 현재의 이야기를 지배하는 서사구조를 가진 체험적 갈등은 외적 갈등 양상으로, 환경적 갈등 역시 문화를 해석하고 받아들이는 것으로 개인과 문화 사이의 갈등이므로 외적인 갈등으로 볼 수 있다. 세대와 세대 간의 감정적인 갈등도 외적인 갈등으로 볼 수 있으며, 인물 내부에서 일어난 갈등은 내적인 갈등으로 나누어 볼 수 있다.

1　한용환, 『소설학 사전』, 고려원, 1992, 17쪽.

1. 외적 갈등

1) 체험적 갈등

노년소설에 나타난 외적인 갈등 양상 가운데 역사체험이 현재의 삶을 지배하는 서사구조를 가진 작품이 많다. 그것은 노년의 인물로 그려지고 있는 연령대가 민족적 수난이었던 일제강점기와 한국전쟁을 겪은 세대이기 때문이다. 사람은 살아온 날들과 체험에 무관할 수 없는 삶을 살게 마련이다. 노년소설 가운데 일제강점기 혹은 한국전쟁을 시간적 배경으로 한 작품이 많은 것은 그러한 요인에 기인한다고 할 수 있다. 현재를 살아가는 노인들에게 있어서 과거 역사적 체험은 노인의 현재 삶을 지배하는 양상으로 나타난다.

조갑상의 「사라진 사흘」은 한국전쟁으로 인한 이산의 아픔을 담고 있는 작품이다. 아버지와 어머니의 결혼과 삶을 부끄러워했던 '나'는 80년대 여름에 방송되기 시작한 '이산가족 찾기' 프로그램을 통해, 아버지의 아픔을 이해하고 아버지와 마음으로 화해하는 모습을 그리고 있다. 함경남도가 고향인 아버지는 한국전쟁 당시 징집을 당하지 않으려고, 폐병으로 다 죽어가는 어머니와 세 번째 해산을 앞둔 아내를 두고, 인민군의 검문을 피해 월남한다. 곧 휴전이 되고 북의 가족을 다시는 만날 수 없게 된 아버지는, 늦은 나이에 역시 고아가 된 어머니와 결혼하여, '나'를 낳는다. 늙은 아버지와 시장 통에서 참기름 집을 운영하며 억척스럽게 살아가는 어머니가 부끄러웠던 유년의 '나'는 부모에 대하여 별다른 애정이 없는 것으로 나타난다. 손톱 밑에 까만 기름때가 묻은 아버지와 욕지거리를 하는 뚱뚱한 어머니가 싫었던, '나'는 '차가와진 철조망 같은' 아이였던 것이다.

묵묵히 기름만 짜는 아버지에게 한 가지 변화라면 해마다 '대한민국 전도'를 다시 사는 것이다. '나'는 그 지도에서 아버지와 어머니가 하고 있는 '성천기름집'이라는 상호의 출처를 알아낸다. '성천'은 함경남도를 흐르는 강 이름이자 지명인 것이다. 아버지가 상호에 고향의 강 이름을 넣은 것은, 고향에 대한 그리움 때문일 것이다. 아버지의 취미는 '라디오 듣기'뿐이었다. 어머니가 돌아가신 후 '나'는 결혼을 했고, 텔레비전에서는 몇 날 며칠 '이산가족 찾기' 프로를 진행하고 있었다. 그때부터 아버지는 실어증에 걸린 듯 말을 하지 않는다. 한 달 동안 겨우 몇 마디 할 뿐이었고, 늘 눈물을 흘린다. 아버지의 고향에 대한 그리움과 이북에 남았던 가족들에 대한 그리움 때문인 것을 눈치챈 '나'의 남편은 아버지에게 직접 가족 찾기에 나서보겠다고 한다. 그러나 아버지는 남편의 의견을 만류하고 3일 동안이나 사라진 채 집으로 돌아오지 않는다.

어릴 적부터 아버지에 대해 차갑게 굴던 '나'가 자신에 대한 성찰을 시도한 것은, 아버지를 찾으러 서울에 있는 방송국 앞에 갔을 때로 드러난다.

어슬어슬 어둠이 몰려들기 시작하자 나는 휴게실 의자에 앉아 울어버렸다. 지친 몸으로, 아버지를 이제 영원히 찾지 못하리라는, 그러면서 달려드는 불길한 상상 때문이긴 했지만, 그러나 결국은 내 자신 때문이었을지도 몰랐다. 화면에서 보여주는 어떠한 극적인 장면보다도 나에게 가슴 아프게 다가오는 건 벽보판 사이를 시름없이 오가는 사람들이었다. 내 아버지도 넋을 잃고 저 속에 있을지도 모른다는, 그래서 결국 나의 존재이유가 바로 이 많은 사람들의 원망과 회한 서린 어느 발걸음에 찍혀 있다는 것을 생각했던 것이다. [2]

'나'는 그 자리에서 이해할 수 없고 부끄러워했던 '나'의 출생에 대해 아버지와 어머니의 사연이 들어 있음을 알고 울면서, 반성하는 것으로 나타난다. 결국 '전쟁의 고통'과 '이산의 아픔'을 달래며 살아야 했던 아버지는 사라진 지 사흘이 지나 집으로 돌아오지만 '나'는 그 사흘 동안 어디서 무엇을 했는지 아무것도 물어보지 못한다. 단지 '나'는 침묵으로 일관하는 아버지가 아픈 기억을 침묵 속에 묻고 싶어 할 것으로 생각하는 것이다. 그날 이후 아버지는 실어증과 치매 현상 초기라는 진단을 받고 병원에 입원하게 된다.

'나'와 아버지의 진정한 화해는 아버지를 간병하기 위해 병원으로 가면서 아버지가 좋아했던 국화를 한 무더기 사는 것으로 드러난다. 그 국화는 아버지의 고향에도 피었을 것이라고 '나'는 생각한다. 아픔을 간직한 채 침묵하는 아버지에게 '나'는 그 사흘간의 행적에 대하여 묻지 못한다.

아버지가 입을 닫고 침묵하는 것이 무엇에 대한 '포기'인지 알 수 없지만, 화자인 '나' 또한 이 부분에서 침묵하는 것이다. 이것은 아버지의 상처에 손을 대서 아프게 하고 싶지 않은 '나'의 의도로 보인다. 찾을 수 없는 가족에 대한 안타까운 심정을 가진 아버지를 지켜보는 '나'는 아버지가 퇴원하면 텔레비전을 치우는 게 급선무라고 생각한다. 아픔의 상

---

2 조갑상, 「사라진 사흘」, 『현대문학』, 1985년 1월호, 328쪽.

처를 다시 건드려서는 안 되기 때문이다. 이처럼 이 작품의 화자 '나'는 아버지의 아픔을 알고 이해하면서 본질적으로 아버지까지 이해하고 화해하는 것으로 볼 수 있다. 결국 전쟁과 이산의 아픔은 아버지 혼자만의 아픔이 아니고 '나'의 아픔이며 민족의 아픔인 것으로 드러난다.

현대사의 전개과정에서 노인들의 정신적·육체적 고통에 대한 회상을 서사 축으로 하는 소설이 박완서의 「그 여자네 집」이다. '나'는 김용택 시인의 시 「그 여자네 집」을 읽으며 고향에 살던 만득과 곱단이의 사랑 이야기를 생각해낸다. 만득이와 곱단이는 행촌리 마을의 마스코트였다. 두 사람의 사랑을 지켜주고 동경하는 마을 노인들은 그들의 사랑이 열매를 맺으리라 믿었다. 그러나 일제 강점치하에서 만득이는 징용으로 끌려 나가고 정신대에 나가게 될지도 모르는 불안한 현실이 곱단이를 재취자리로 시집가게 만든다. 해방이 되고 곱단이가 시집간 신의주는 이북 땅이 된다. 살아 돌아온 만득이는 같은 마을의 순애와 결혼을 했고, 한국전쟁이 발발하고 만득이와 순애는 이남으로 피난 내려온 후 고향 행촌리는 이북으로 편입된다.

고향이 있는 북쪽의 소식을 알 수 없게 되었을 때, 도민회 사무실에 갔던 '나'는 순애와 만득이를 우연찮게 만나게 된다. 순애는 여전히 곱단이를 잊지 못하고 있는 만득이의 사랑 이야기를 '나'에게 들려주며 진저리를 친다. 그 후 순애는 고혈압으로 세상을 뜨고, 문상을 갔던 '나'는 순애의 20대 때 찍어둔 사진을 영정 사진으로 쓴 것을 보며 옛날의 곱단이와 비교해본다. '나'가 만득과 다시 만나 옛날이야기를 나눈 것은 정신대 할머니를 돕기 위한 모임에서였다. '나'는 만득에게서 곱단이를 그리워하고 못 잊어한다기보다 그 옛날의 삶과 정서와 고향을 못 잊어한다는 이야기를 듣게 된다.

> 내가 곱단이를 아직도 잊지 못한다는 건 순전히 우리집 사람이 지어낸 생각이에요. 난 지금 곱단이 얼굴도 생각이 안 나요. 우리집 사람이 줄기차게 이르집어주지 않았으면 아마 이름도 잊어버렸을 거예요. 내가 곱단이를 그리워했다면 그건 아마 누구에게나 있을 수 있는 젊은 날에 대한 아련한 향수였겠지요. 아름다운 내 고향에서 보낸 젊은 날을 문득문득 그리워하는 것도 죄가 되나요.[3]

이 작품에서 장만득은 현대사의 전개과정에서 본의 아니게 굴절된 삶을 살아가는 인물로 그 당시 흔히 볼 수 있는 인물형이다. 만득과 순애의 삶을 지배하는 것은 여전히 현재를 억압하고 있는 과거의 역사체험이다. 만득의 인생이 어긋나게 된 것은 일제강점기와 전쟁 때문이었는데도, 세월이 흐름과 함께 그 현실에 대하여 만득은 객관적인 태도를 보이는 것으로 나타난다. 그러던 만득은 결국 일본이 2차 세계대전 발발과 정신대 문제에 대해 책임 회피하는 것을 못 견뎌 분통을 터뜨린다. 그것은 인정할 것을 인정하지 않고 '강제였다는 증거'가 있냐며 죄의식이 전혀 없는 파렴치한 모습을 보인 일본의 태도 때문이었다고 말하는 것으로 드러난다. 그리고 그 수난을 당한 자나 면한 자나 똑같이 희생자라고 장만득을 통해 작가는 말하고 있다.

> 나는 지금도 생생하게 느낄 수가 있어요. 곱단이가 딴 데로 시집가면서 느꼈을 분하고 억울하고 절망적인 심정을요. 나는 정신대 할머

---

3 박완서, 「그 여자네 집」, 『너무도 쓸쓸한 당신』, 창비, 2004, 202쪽.

니처럼 직접 당한 사람들의 원한에다 그걸 면한 사람들의 한까지 보태고 싶었어요. 당한 사람이나 면한 사람이나 똑같이 그 제국주의적 폭력의 희생자였다고 생각해요. 면하긴 했지만 면하기 위해 어떻게들 했나요?[4]

일제강점기 때 우리 민족이 당한 수난을 '당한 자의 한에다가 면한 자의 분노까지 보태고' 싶다는 만득의 말에서, 고향과 사랑하는 사람을 잃고 실향민으로 살아온 노인의 역사에 대한 이해를 엿보게 한다. 이것은 시간이 흐를수록 무디어지고 그때의 기억이 소멸되어 가는 현실을 안타까워하는 갈등이기도 한 것이다.

현대사의 전개과정에서 겪은 역사적인 체험이 배경 또는 소재가 된 작품으로는 노년의 어머니가 그 아픔을 견뎌내고 있는 박완서의 「부처님 근처」를 들 수 있다. 어머니는 전쟁 때 참혹하게 죽은 서술화자인 '나'의 아버지와 오빠의 영상에 함몰되지 않고 극복해간다. 화자인 '나'는 아버지의 22주기 기일을 맞아 어머니와 함께 아버지의 위패가 모셔진 절을 찾는다. 아버지의 위패를 보고 한국전쟁을 회상하며 어머니의 삶과 나의 삶을 생각해보는 것으로 그려진다.

전쟁 당시의 아버지와 오빠의 참혹한 죽음을 떠올리는 '나'는 그것 때문에 젊은 시절을 억압 속에서 보내야 했다. 좌익활동을 하던 오빠의 '목숨은 조급하게 흥정되어' 반동으로 낙인찍힌 채 참혹하게 죽어갔고, 아들의 죽음에 충격 받은 아버지는 '빨갱이라면 이를 갈아도 시원찮을' 원한을 품었음에도 불구하고, 빨갱이들을 따라다니다 세상이 바뀌자

---

4 박완서, 「그 여자네 집」, 앞의 책, 203쪽.

빨갱이에게 원한을 품은 사람들에 의해 매를 맞고 죽었던 것이다. '나'는 아버지의 죽음을 아무에게 알리지 말자고 어머니와 모의하고 친척에게조차 숨긴 채 이사까지 했던 것이다.

그 후 세월이 흘러 우리 민족이 겪은 수난의 시대를 보는 눈에도 여유가 생기고, '나'의 아버지와 오빠 같이 '지지리도 못나게 살다 간 사람들을 보는 눈도 관대'해지자, 그것을 해소하고자 한다. 여기서 '나'의 의식이 변화하는 것을 볼 수 있다. 즉, 아버지와 오빠의 죽음을 사람들에게 알리기 시작한 것이다. 그러나 사람들은 별다른 관심을 두지 않았고, '꼴깍 삼켜버린' 두 사람의 죽음 때문에 '나'는 그것을 토해내고 싶어 한다.

어머니는 지노귀굿을 통해 아버지와 오빠의 죽음을 정리하고 두 사람의 위패를 절에 모신다. 딸인 '나'와 함께 사는 어머니는 아버지의 제사를 절에서나마 지내게 된 것이 천만다행이라는 의식을 보인다. 그 후 어머니는 평안해지고 아픈 삶을 이겨 나가는 모습을 보인다. 이 소설은 전쟁 당시에 아버지와 오빠의 죽음을 목도한 화자가 지난날을 회상하는 작품으로, 어머니의 파란만장한 삶에 애정을 갖고 접근해볼 뿐만 아니라 전쟁의 참혹함과 그것이 아직도 현재의 삶을 지배하고 있음을 알 수 있다.

박완서의 「카메라와 워커」의 시간적 배경이 되는 것은 한국전쟁이다. 한국전쟁 때 오빠와 올케가 죽고 혼자 남겨진 조카 훈이는 '나'에게 아들 같은 존재이다. 어머니는 손자인 훈이를 귀여워하면서도 아들을 닮지 않기를 바라는 심리를 보인다. 그래서 훈이가 대학에 진학할 때 문과 선택을 한다고 하자 어머니는 반기를 드는 것이다. 어머니가 생각하는 이상적인 것은, 일요일에 카메라를 메고 나들이 나가는 손자의 모습, 즉 평범하고 평안하게 사는 모습으로 드러난다. 그리고 어머니는 '나'가 훈이로부터 떨어지길 바란다. 결국 조카에게 이과를 선택하게 한 '나'는 조카를 영동고속도로 현장에 취직시킨다. 한동안 소식이 없는 조카를 찾아 '나'는 현장으로 간다. 그리고 뽀얗게 먼지 묻은 워커에 발을 넣고 진흙 속에 서 있는 조카를 만나게 되는 것이다.

이 작품에서 카메라가 상징하는 것은 평온한 삶을 살게 하고픈 어머니와 '나'의 생각으로 볼 수 있다. 조카가 신고 있는 워커는 진솔하고 현장감 있는 조카의 삶, 그 자체로 보인다. 어머니와 '나'의 현재 삶을 지배하는 것은 한국전쟁의 체험이고 그때의 의식이 어린 조카와 성년이 다 된 조카 훈이의 삶까지 지배하는 요소로 작용하는 것을 알 수 있다. 훈이가 원했던 대로 문과 선택을 했더라면 훈이의 삶의 형태와 만족도는 달라졌을 것이라고 '나'는 생각하는 것이다.

한국전쟁을 직접 체험하고 정신적으로 고통을 당한 인물이 박완서의 「겨울 나들이」에 여럿 등장한다. 딸아이를 데리고 월남한 화가인 남편과 결혼한 서술화자인 '나'는 어느 날 남편과 딸이 특별한 부녀지간으로 보이는 장면을 목격하자 야릇한 기분을 느끼고 훌쩍 여행을 떠난다.

온천이 있는 온양으로 간 겨울 여행은 을씨년스럽기 그지없다. 노곤함에 여인숙에 들어가는데, 그곳의 주인여자가 필요 이상으로 굽실대며 맞이한다. 그 이유는 서울에서 공부하는 아들 태식의 안녕과 연관지은 미신 때문이다. 그 여인숙에는 고개를 도리질치는 주인여자의 시어머니인 노파가 있었다. 도리질치는 연유는 전쟁 때 입은 충격적인 사건 때문으로 드러난다. 전쟁 당시 인민군이 들이닥치자 아들의 존재를 묻는 줄 알고 도리질 치며 모른다고 외쳤고, 그 때문에 어머니의 비명을 듣고 뛰어나온 아들이 인민군의 총에 맞아 죽었다는 것이다. 그 후로 노파에게는 도리질하는 버릇이 여전히 남아 있다. 여기서 노파의 도리질하는 버릇은 당시의 아픔이 사라지지 않고 현재의 삶에 깊숙이 들어와 있음을 반영하는 것으로 볼 수 있다. 그것을 인식한 '나'는 주인여자와 함께 서울로 올라가는 행동의 전환을 보인다. '나'는 모처럼 혼자하는 여행에 대한 계획을 무화시키고 노파의 손을 잡고 작별인사를 하는 것으로 '나'의 태도를 드러내고 있다.

이 작품의 '나'는 남편과 전처의 딸인 딸아이의 다정한 모습을 보면서 괜한 질투를 느꼈던 것이다. 딸의 모습에서 전처의 모습을 남편이 느끼는 것은 아닐까 하는 마음과 함께 인생을 헛산 것 같은 생각까지 들게 된다. 그런데 여행 가서 여인숙 노파의 도리질 속에서 위안을 받고 다시 가정으로 돌아온 것이다. 집에 돌아오기 위해 여인숙 노파의 손을 잡으며 작별인사를 나눌 때 노파는 여전히 도리질을 치며 고개를 흔들었는데, '나'는 그것이 헛산 인생이 아니라고 하는 위로로 느꼈던 것이다.

이렇듯 등장인물 대부분이 전쟁의 피해자이다. 그 가운데 여인숙 여주인은 한국전쟁 때 남편이 죽고 어린 아들 하나에 의지하여 살아가는 인물이다. 그럼에도 시어머니를 정성껏 모시는 여인으로 치매 걸린 시어머니라도 박대하지 않는다. 노파는 전쟁통에 아들을 잃고 도리질하는 버릇이 여전히 남아 있는 치매노인이지만 효도하는 며느리로 인해 노년의 삶을 육체적으로는 별 어려움 없이 보내고 있음을 발견하게 된다. 물론 노인의 현재 삶을 지배하는 것은 전쟁으로 인한 과거의 체험과 그것에 대한 기억들이다. 이러한 모습을 보고 '나'는 딸아이를 데리고 월남한 남편과 결혼하여 살면서 다 자란 전처 소생 딸의 모습에서 남편의 전처를 보며 괜한 질투심을 느꼈던 것에 대해 반성하게 된다.

이 소설의 서사적 진행은 노파가 겪은 전쟁체험을 구조로 하고 있으며 그것이 손자세대까지 또 다른 전쟁으로 이어지고 있는 것을 볼 수 있다. 며느리인 여인숙 주인은 시어머니의 아픔을 이해하는 인물로 그려지고, 그런 모습을 통해 서술화자인 '나'도 현재 삶의 갈등이 해소된다. 이 작품의 서사는 노파의 전쟁체험과 현재 삶의 모습이 서술화자의 관찰에 의해 섬세하게 그려지고 있음을 알 수 있다.

박완서의 「엄마의 말뚝 · 2」는 작가가 중점적으로 다루고 싶은 노년의 인물인 어머니와 시어머니의 심리가 화자 '나'와의 관계 속에서 적절하게 그려진다. '나'의 이야기는 평범한 일상을 살아가고 있는 현재의 삶의 모습이고, 어머니의 이야기는 어머니의 가슴속에 남아 있는 과거의 전쟁과 '한'에 대한 것이다. 이 작품에서 중점을 두고 있는 것은 서술화자인 '나'의 이야기뿐만 아니라 내부 이야기로 서술되는 어머니의 이야기로서, '나'의 심리와 내부 이야기로 전개되는 노년의 인물인 어머니와 시어머니의 관계가 효과적으로 잘 드러나게 된다는 것이다.

이상하게도 서술화자인 '나'가 집을 비운 사이에 집안에 불상사가 일어나곤 한다. 모종의 섬뜩한 예감은 늘 나를 따라 다녔고, 첫 애를 낳고 젖을 뗄 무렵, 시어머니에게 애를 맡기고 친구 집에 놀러갔을 때도 일어난다. 집에 도착해보니 시어머니는 종일 집을 비운 '나'를 나무라는 것이 아니라, 애를 잘못 본 것에 대한 자책을 하는 것으로 그려진다.

여기서 어른의 사라진 권위의식과 아이를 잘 보지 못한 것에 대하여 자책하는, 소심하며 위축된 노인의 심리가 드러남을 볼 수 있다. 이런 시어머니의 태도는 '나'의 친정어머니가 끝까지 당당한 모습을 보이는 것과 대조적으로 나타난다. 화자인 '나'가 볼 때 친정어머니는 조카들 보기에 민망할 정도로 정정한 모습을 보일 뿐 아니라 요구도 당당하게 한다. 그러나 시어머니는 의기소침한 모습을 보이는 것이다.

이 작품의 서사를 관통하는 배경은 한국전쟁이다. '나'와 친정어머니는 함께 전쟁을 겪었지만 전쟁에 대한 서로의 의식이 다르게 나타나고 있음을 알 수 있다. 이 소설의 내부 이야기는 엄마와 오빠의 이야기이며, 그것은 전쟁이 몰고 온 참혹한 상황과 그로 인한 상처로 드러난다. 엄마와 '나'는 함께 전쟁을 겪었고 오빠의 죽음을 보게 된다. 엄마와 내가 다 같이 전쟁을 겪고 장자인 오빠를 잃었지만 나는 가정생활에 묻혀 오빠에 대한 안타까움이나 기억이 많이 희석되었음을 알 수 있다. 그러나 엄마에게 말뚝이나 다름없는 '오빠'는 신앙이었고 그래서 끝까지 오빠를 잊지 않는 것으로 나타난다. 그것은 엄마가 죽으면 화장해서 오빠의 뼈를 뿌린 강화도에 가서 뿌려달라고 부탁하는 것에서 볼 수 있다. '나'는 엄마의 강단이 오빠에 대한 그리움과 회상에 기인한다는 것을 알고 엄마의 소원대로 해줄 결심을 한다. 사실 오빠를 화장해서 뿌린 것은 고향을 향해 그 뼛가루가 날려가기를 바랐기 때문이고, 엄마 본인도 그렇게 뿌려달라는 것은 오빠가 있는 곳으로 가고 싶은 엄마의 소망을 나타낸 것으로 볼 수 있다.

서술화자인 '나'와 '엄마'가 생각하는 전쟁과 그것에 대한 의미는 상반되어 나타난다. 엄마는 아들이 겪은 그 참혹한 실상을 '한'으로 안고 평생 동안 사는 것으로 그려진 반면, '나'는 일상생활에 묻혀 살면서 자신의 세계에만 빠져든 모습으로 그려진다. 그러나 엄마의 낙상을 계기로 하여 잊고 살았던 과거를 회상하고 '나'가 자아성찰과 함께 엄마와 같은 삶의 세계로 회귀하게 된다. 결국 '나'의 말뚝은 '가정'이고 엄마의 말뚝은 '오빠'였던 것이다.

윤정모의 「누에는 왜 고치를 떠나지 않는가」에는 한국전쟁에 삶을 송두리째 빼앗겨버리고 자녀들 앞에 나타나지 못하지만 언저리를 돌며 살아가는 어머니의 한없는 사랑이 나타나고 있다. 서술화자 '나'의 이웃에 사는 억척스럽고 괄괄한 할머니는 돈을 벌기 위해 유난히 최선을 다한다. 그러던 할머니가 무리하게 나무를 하다 다쳐 눕게 되고 얼마 되지 않아 죽음 직전에 이르러 '나'에게 한 사람의 주소를 건네준다. 할머니에게 자녀가 없는 줄 알고 있던 '나'에게 적잖이 충격을 주는데, 할머니의 딸을 찾아 할머니가 이렇게 홀로 살게 된 경위를 듣게 된다. 지척에 자식을 두고도 찾지 않았고 자녀들의 행사 때마다 목돈을 만들어 보냈다고 하는데, 행여 자식들에게 폐가 될까 봐 80여 리 밖에 자식을 두고도 가지 못한 할머니였던 것이다.

할머니는 젊은 시절 한국전쟁 때 여맹위원을 했고 할머니의 남편은 남노당원이었다. 이들은 잠시 사는 곳을 떠나도 신고해야 했고, 삐라가 떨어져도 조사를 받았다. 할머니의 죽음도 경찰이 와서 확인하고 갔으며 이 마을에는 행불자 가족이 꽤 많이 살고 있다. 이 작품에 나오는 다른 인물 가운데 '얌전이 할머니'는 세 살 된 아들을 데리고 월북해버린 남편을 원망하지 않으며 살고 있다.

주인공인 할머니가 자식들을 떠나지 못하고 80여 리 밖에서 언저리를 맴돌며 지켜보며 산 것은 어머니의 한없는 사랑과 전쟁이 빚은 비극 때문으로 나타난다. 순박하기 그지없는 산골 마을 사람들이 그렇게 전쟁의 비극을 체험하고 산 것은 현대사의 소용돌이 속에서 대책 없이 맞은 돌팔매와 같은 것이다. 결국 할머니의 장례는 이장이 마을 사람들의 도움으로 치르게 되었고 자녀들이 삼우제에 다녀갔을 뿐이다.

이 작품에서 할머니의 관심과 집념은 오로지 '돈'이다. 할머니는 그렇게 번 돈을 자녀들의 행사 때마다 보낸다. 할머니가 사는 집, 이것은 할머니의 껍질이고 고치에 비유할 수 있다고 볼 수 있다. 그 할머니는 죽음을 앞두고야 비로소 지척에 있는 딸을 찾아간다.

남편과 이혼한 '나'는 아이 하나를 데리고 서울에서 300여 리 떨어진 산골 마을로 들어온다. 아무런 의욕이 없는 '나'가 집터에 남은 땅에 아무것도 심지 않자, 이웃에 사는 할머니는 '나'를 탓한다. 아이가 있는데 무슨 일을 못하겠냐며 야단치는 할머니 때문에 '나'는 가까스로 정신을 차린다. '아이', 할머니에게 아이는 목숨보다 소중한 존재였던 것이다. 그리움의 대상이기도 하고, 삶의 목표이기도 한 것이다.

노인을 지켜보는 화자 '나'는 할머니로부터 많은 깨우침을 받는다. 전쟁의 체험과 그것으로부터 파생된 가족의 문제를 안고 있는 할머니와 그 가족의 이야기를 가족 외의 여성 화자 '나'를 통해 서술함으로써, 외롭지만 당당하게 살아가는 노인의 삶을 객관적으로 바라보게 한다. 역사적 맥락 속에서 객관화시켜 바라보는 한국전쟁과 이념의 문제는 아픔이지만, 자녀들을 위해 평생 동안 희생하는 어머니의 모습을 주인공 할머니에게서 볼 수 있게 한다.

윤항묵의 「인간적」도 한국전쟁을 배경으로 하고 있다. 빨치산의 습격에 경찰이 된 아들 창길이 피난을 가자고 해도 김영감은 가지 않는다. 아픈 아내를 두고 갈 수 없기 때문이다. 그리고 빨치산도 같은 혈육인데 죽어가는 것을 보고 지나칠 수 없다며 다친 빨치산을 치료해주며 그에게 자수를 권한다. 빨치산은 거부하고 떠나지만 김영감은 경찰서에 자수하러 간다. 이 작품에서는 부부간의 따뜻한 정을 느끼게 하는 소설이면서, 이데올로기적인 갈등을 인도주의로 해소하는 것을 볼 수 있다.

유우희의 「밤바다에 내리는」의 황노인은 전쟁으로 두 아들을 잃는다. 병들어 누운 아내에게 셋째아들이 찾아와 월남할 준비가 되었다며 가자고 한다. 황노인은 병든 아내 때문에 순간적으로 갈등을 느끼지만 아들만 보내고 만다. 이 작품의 배경은 한국전쟁이지만 주제는 배신하지 못하는 부부간의 사랑으로 드러난다.

전상국의 「잊고 사는 세월」 역시 한국전쟁을 배경으로 하며 피난 상황에서도 인심을 베푸는 여유와 정을 가진 노인의 모습을 형상화하고 있다. 이처럼 역사와 개인의 유기적인 얽힘, 역사의 가학성, 그 가학성에 의해 찢겨지고 와해되는 이름 없는 백성들의 삶과 가족사 등[5] 역사 체험을 서사구조로 하고 있다. 이 외에도 역사적 체험이 서사의 골격을 이루는 노년소설로 김정한의 「사밧재」는 일제강점기를 시대적 배경으로 하면서 송노인을 통해 의지적이며 지혜롭고 의식적인 노인 인물을 보여주고 있다.

조갑상의 「사라진 사흘」, 박완서의 「그 여자네 집」, 「부처님 근처」, 「겨울 나들이」, 「카메라와 워커」, 윤정모의 「누에는 왜 고치를 떠나지 않는가」, 윤항묵의 「人間的」, 유우희의 「밤바다에 내리는」, 전상국의

---

5 변정화, 「시간 체험, 그리고 노년의 삶」, 문학을 생각하는 모임 엮음, 『한국 문학에 나타난 노인의식』, 백남문화사, 1996, 199쪽.

「잊고 사는 세월」 등을 통해, 현재를 지배하는 역사적 체험에 대한 갈등 양상을 살펴보았다. 현재 노년기에 있는 노인들에게 있어서 역사적 체험은 고난의 연속이었고 그 고난이 육체적·정신적으로 큰 고통과 충격을 안겨줬음을 발견할 수 있다. 현재의 삶 속에서도 그날의 아픔을 잊지 못한 채 상처를 안고 살아갈 뿐만 아니라 그것에 대한 기억이 현재를 지배함으로써 과거와 현재 사이에서 갈등구조로 작용하고 있음을 알 수 있다. 이 소설 외에도 일제 강점이나 한국전쟁의 체험 등 역사적인 체험을 소재로 한 노년소설이 다수 있다.[6]

2) 환경적 갈등

60년대 중반 이후 우리 사회는 현대화, 산업화, 도시화에 박차를 가하기 시작했다. 그렇게 되면서 많은 변화가 생겨나게 되었다. 의식주의 변화는 물론이었고, 가족제도의 변화와 사고와 의식의 변화, 새로운 문물이 들어오면서 낡은 것에 대한 가치의 변화 등등 이러한 변화는 생활방식뿐 아니라 심리에까지 영향을 미치게 되었다. 그러면서 지난날의 생활방식과 의식을 그대로 답습하려는 부류와 새로운 것을 받아들여 그것을 따르려는 부류가 생겨났다. 그것은 낡음과 새로움 사이에 갈등을 가져오게 되었고, 구습을 무조건 무시하고 버리려는 의식이 새로움

---

6 이항열 「왕국」, 전상국 「고려장」, 박완서 「엄마의 말뚝·1」, 「엄마의 말뚝·2」, 「엄마의 말뚝·3」, 「家」, 윤정모 「누에는 왜 고치를 떠나지 않는가」, 최해군 「한 세월 지나고 보니」, 양영호 「혼백의 여행」, 이선 「이사」, 「뿌리 내리기」, 이청준 「흉터」, 이청해 「풍악소리」, 유재용 「귀향」, 김정한 「사밧재」

을 수용하지 못하는 의식과 상충됨으로써 노인의 소통 단절이나 소외 등 노인의 문제가 더욱 표면으로 떠오르게 되었다. 여기서는 문화적 차이에 대한 문제만 논의하기로 한다.

노인들이 정년퇴직을 하고 나면 정신적·신체적으로 갑자기 노쇠해진다고 한다. 박기원의 「노경(老境)」의 주인공 현치덕 교장에게도 그런 현상이 일어나자 부인 박여사는 일거리를 찾자고 제의하지만 현교장은 소극적인 태도를 보인다. 아들이 집을 팔아 병원을 내달라며, 대신 모시고 함께 살겠다고 하자 현교장 내외는 아들의 뜻에 따르기로 한다. 아들네와 합치기로 한 후 박여사는 많은 살림을 어떻게 처리해야 할지 고민하게 된다.

"어머니, 맨션은 광도 없고 다락도 없고 하니까 구질구질한 것은 모두 버리세요. 그리고 저희는 이번에 가구도 모두 바꾸고 응접실 세트도 모두 최고급품으로 갈았으니까, 어머니, 그런 구저분한 것은 놀데가 없어요."

박여사는 기가 찼다. 너무나 똑떨어지게 시원하게 말을 하는 며느리의 얼굴을 쳐다보다가

"어떻게 그렇게 몇 십 년 살던 살림살이를 헌 쓰레기같이 모두 버리니?"

그때 며느리는 명랑하게 웃으며

"어유, 어머니, 누가 모두 버리시래요? 고물장사한테 넘기시든지 이 동네 가난한 사람한테 노나주시죠 뭐! 참, 어머니 솜이불 같은 것도 필요 없어요."

"뭐 솜이불이 필요 없어? 늙은이들이 무얼 덮고 자라구."

"아유, 어머니도! 푹신한 침대에다 담요 한 장씩만 덮으시면 돼요. 무슨 걱정이세요. 스팀이 생생 나와, 오동지 섣달에도 집안에서 반팔

만 입는데요. 덮으시던 이부자리도 모두 이모댁에 드리시든지 하세요."[7]

　이렇듯 아들 며느리와 함께 살게 되자 생활방식과 사고방식의 차이로 갈등이 심화되는 것으로 드러난다. 박여사와 며느리는 생활방식과 그것을 수용하는 태도에서 갈등하고, 현교장은 아들이 일을 마음대로 다 해놓고 고하는 형식으로밖에 하지 않는다고 갈등하는 것이다. 그전에 처가살이를 했던 아들은 입맛까지 변했고 박여사의 음식 맛에서 아들은 이미 멀어져 있었다. 그 때문에 식탁에도 변화가 오게 되어 토스트와 커피 한 잔, 과일, 계란 삶은 것이 콩밥과 열무김치 그리고 아욱국을 대신해 자리를 차지하고 있었다. 즉, 의식주 모든 면에서 노인들은 아들 며느리와 갈등을 일으키는 것으로 나타난다. 결국 두 노년의 인물인 현교장은 맥이 빠지고 공허했으며 박여사는 생활방식이 며느리와 상충되어 고민스러움을 드러낸다. 판이하게 다른 생활에 적응하지 못한 두 노인의 행동은 여행 가려던 계획마저 무산되자 둘 만의 시간을 갖기로 한다. 그러나 그곳에서도 젊음과 대비되는 늙은 노인의 삶은 소외되고 초라하게만 비춰지는 것을 알 수 있다.

　새로운 문화에 적응하지 못하는 노인의 모습이 잘 그려진 작품으로 안정효의 「커피와 할머니」를 들 수 있다. 민교수네 집에 가정부로 들어온 할머니는, 일흔이 된 나이에 외모는 살아 있는 해골 같고, 무수한 주름살과 걸을 때마다 우둑거리는 뼈 소리를 낸다. 할머니는 한글이나 숫

7　박기원, 「老境」, 『현대문학』, 1973년 8월호, 55쪽.

자를 알지 못하고 나이 역시 정확하게 말해주지 않으며 전화도 받지 못한다.

그러던 할머니가 돌변한 태도를 보이는데 그것은 전화를 받기 시작한 것이다. 그러나 그 일로 인해 민교수와 할머니 사이에 문제가 발생하게 된다. 즉 전화를 받은 할머니가 '현암사'를 '호남선'으로, '을유문화사'를 '의류 문화 방송'으로 알아듣고 민교수에게 전해주었기 때문이다. 여기에서 문화적 차이가 극명하게 드러남을 볼 수 있다. '시골에서만 살던 할머니와 대학 교수의 생활 현실 사이에는 물론 커다란 차이가 있어서 뜻밖의 단절과 공백'이었던 것이다. 기계문명과 괴리된 삶을 살아온 할머니와 문화적 혜택을 누리는 교수 사이에는 넘을 수 없는 장벽이 가로막혀 있는 것처럼 보인다.

할머니는 그러한 새로운 문화에 익숙하지 못한 것을 인식하고 최선을 다해 육체적인 일을 감당하는 노인으로 그려진다. 그것은 무서울 정도로 열심히 집안일을 하는 것으로 나타난다. 그것은 모르는 것에 대한 보상이기도 했으며 그 집에서 쫓겨나지 않고 버틸 수 있는 유일한 방법인 것이다.

그 유일한 방법으로 부엌을 장악하고 있던 할머니에게 새로운 위기가 생긴다. 그것은 미국에서 살던 민교수의 막내 동생이 한 달 동안 머물 예정으로 집에 온 것이다. 막내 동생의 요리 솜씨는 훌륭해서 할머니는 뒷전으로 밀려나 버린다. 민교수가 며칠간 고향집에나 다녀오라고 했지만 할머니는 파출부 일을 잃게 될까봐 고향에 가지 않는다. 겨우 동생 집에 가서 이틀 머물고 온다던 할머니는 길을 잃었다가 간신히 집을 찾아온다. 민교수가 없을 때 어머니는 그 할머니를 내보낸다. 어머니는 시계도 못 보고 전화도 못 받아서 그랬다지만, 할머니는 커피를 못 끓여서 쫓겨난 줄로 착각하는 것이다.

> 가라고 말하니까 할머니가 순순히 가더냐고 민 교수가 물었을 때 어머니는 좀 미안해 하는 표정으로 말했었다.
> "밥도 안 먹고 몇 시간 동안이나 방에서 나오지도 않더구나. 그러더니 주섬주섬 짐을 싸면서 하기야 뭐 난 커피도 못 끓이니까 가라면 가야지 그랬어. 한 달치 월급을 더 주기는 했지만 사실 나도 미안하긴 했단다. 그렇지만 시계도 못 보고 전화도 못 받는 걸……."
> 커피도 못 끓이니까 가라면 가야지. 학생들을 인솔하고 청평으로 엠티를 갔다온 날 저녁에 '귀국'할 때 가지고 들어갈 옷감을 사려고 혜숙이가 어머니와 평화시장으로 가고 없어서 민 교수가 할머니더러 목이 칼칼하니까 냉커피를 한 잔 타달라고 했던 적이 있었다. 한참 기다려도 커피가 들어오지 않자 민 교수는 갑자기 아차 하는 생각이 들어 얼른 부엌으로 나가보았다. 민 교수가 걱정했던 대로 할머니는 어느 병에 담긴 것이 커피인지 몰라 찬장 앞에 그냥 우두커니 서 있었다.[8]

이 작품에서 파출부 할머니는 1910년대에 태어난 노인으로 설정돼 있다. 일제강점기와 한국전쟁을 거치면서 가난하고 고생스럽고 질기게 산 삶을 할머니의 삶에서 엿볼 수 있다. 할머니는 문명적인 것에 익숙하지 못하지만 부딪치면서도 열심히 살아가는 노인이다. 버스를 제대로 타지 못하고 초인종이나 전화에 익숙하지 못하고 커피를 타지 못하

---

8 안정효, 「할머니와 커피」, 『1992 김유정문학상 수상작품집』, 동서문학사, 1992, 74쪽.

는 노인, 그 노인에게 급변한 세상과 문화는 노인의 삶에 깊은 갈등요소로 작용한다. 이 작품에서 '커피'는 새로운 문화를 대표하는 상징성을 가진 사물이다. '교수'와 '할머니'는 객관적으로도 문화적 차이를 보이는 인물로 볼 수 있는데, 그런 할머니를 다시 데려오라는 민교수의 태도에서 휴머니티를 느끼게 한다. 새로운 문화에 쉽게 적응하지는 못하나, 할머니의 삶은 '건강하고 질긴' 삶으로 인정받아야 한다는 민교수의 말에서, 노인과 젊은이가 조화롭게 살 수 있는 방법을 읽을 수 있다.

한문영의 「우수(憂愁)의 강」에 나타나는 낡음과 새로움에 대한 갈등은 문화의 새로움을 뜻하는 '대교'와 낡음을 의미하는 '거룻배'로 나타난다. 서노인은 거룻배를 움직이는 사공이다. 일제강점기부터 잠실에서 지내던 서노인은 일본인의 집에서 일해주고 받은 돈으로 배를 사서 잠실나루에 둥지를 틀었다. 복례와 결혼하여 땅을 사고 행복하게 살다가 홍수가 일어나 복례를 잃었다. 그러나 용애와 용민 남매가 있어서 홀로 키우며 전쟁을 겪는다.

전쟁 후에도 서노인은 잠실나루에서 열심히 거룻배를 움직여 삯을 받으며 산다. 그런데 잠실대교와 영동대교가 들어서면서 사공 일을 못하게 된다. 배를 수리해야 하지만 엄두가 나지 않는다. 그것은 공사현장에서 들려오는 디젤 해머와 불도저의 엔진소리 때문이다. 그런데도 서노인은 새로운 변화에 발 빠르게 끼어들지 못하고 대적해오는 환경을 운명으로 받아들이는 태도를 보인다. 그리고 집 떠났던 아들 용민이 돌아온다는 전보를 받고 밤이 깊도록 잉어 낚시질을 한다.

이와 같이 노인들은 보수와 진보라고 하는 문화적 갈등을 적극적으로 해소하려는 노력을 하지 않고 지극히 소극적인 태도를 보이는 것이 일반적이다. 갈등을 마음속으로 삭이거나 운명론 내지는 숙명론적 사고 속에서 체념해버리는 경향을 보인다. 이러한 문화적인 갈등은 산업화, 도시화, 현대화가 시작되면서 심화되었음을 발견할 수 있다. 위에 논의 한 소설 이외의 작품으로는 안장환의 「동통」, 이규희의 「황홀한 여름의 소멸」, 이항열의 「왕국」 등이 있다.

3) 세대적 갈등

새로운 문화는 외적인 갈등뿐 아니라 정서적인 내적 갈등을 유발시킨 다. 문화를 이해하고 수용하는 태도에서 파생되는 정서적인 갈등은 구 세대와 신세대라는 이분법적인 사고로 인식되기도 한다. 이러한 구세 대와 신세대와의 정서적 차이는 노년소설에 자주 등장하는 갈등구조이 다.

죽음에 대한 정서적인 차이를 드러내고 있는 작품은 안장환의 「회색 일」이다. 이 작품에서 아내의 장례를 놓고 화장하느냐 매장하느냐의 문 제로 옥신각신하는 아들들의 모습을 보며, 김성두 노인은 어린 시절을 회상하는 것으로 그려진다. 그리고 아내에게 꽃상여를 태워주지 못하는 것을 미안해하는 순박한 노인으로 그려진다. 그런데 어머니의 죽음을 놓 고 그 주검을 처리하는 과정에 대하여 아들들의 의견이 각각 다르다.

그때 고등학교에 다니는 막내 재명이가 방문을 요란스럽게 열고 들어오더니 머리에 쓰고 있는 수질을 벗어 던지고 주저앉았다. 재호 가 그를 못마땅하게 쳐다보았다.

재명이가 책상 앞으로 기어가서 엎드리며 라디오의 스위치를 켰다. 요란스러운 음악이 쏟아져나왔다. 김성두는 고만 질겁을 하면서 일어나 앉았다. 가슴이 마구 뛰어서 호흡을 제대로 할 수가 없었다.

아랫방에서 재수가 튀어 올라왔다.

"야 이 새끼야, 너 정신 있냐?"

재수는 책상 앞에 엎드려 있는 재명이를 발길로 걷어찼다.

"나 피곤해 죽겠단 말야. 왜 야단이야, 음악 좀 듣는데!"

재명이가 악을 썼다.[9]

위의 인용문은 어머니의 주검을 앞에 놓고 상제 노릇하기 힘들다며 음악을 트는 막내아들 행위를 보고, 아들들끼리 다투는 장면이다. 막내아들의 이러한 행동과 아내의 장례를 치르는 과정에서 두 아들의 정서는 김성두 노인과 확연한 차이를 보인다. 이러한 모습을 통해 세대 간의 정서적 갈등이 심화된 것을 극명하게 드러내고 있음을 발견할 수 있다.

둘째아들이 먼저 화장하자고 이야기를 꺼내고, 첫째아들은 거부하다가 끝내 화장을 승낙하게 되는데, 이 과정에서 김성두는 먼저 화장을 하자고 한다. 이렇게 속마음과 겉으로 내놓은 말이 다를 수밖에 없는 것은 아들들의 생각을 거부할 수 없음을 김성두 노인은 인식하고 있기 때문이다. 결국 아내를 화장하러 화장터로 가고 그곳에서 아내의 유골을 안고 한강 하류로 가서 배를 타고 서해를 향해 가자고 한다.

이 작품에서 세대와 세대 간의 감정의 차이는 아내의 죽음과 장례를 지켜보는 김성두 노인과 아들들의 보이지 않는 갈등에서 드러나고 있

---

9 안장환, 「회색일」, 금성출판사 편, 『한국대표문학 18』, 금성출판사, 1996, 221쪽.

다. 현실적인 아들들의 행위에 대하여 노인은 아무 말도 하지 않는 것으로 나타난다. 그 못마땅함의 표현을 겨우 아내의 유골을 안고 서해쪽을 향해 가는, 소극적인 행동으로 처리되고 있다. 이처럼 노년의 모습은 쇠약하고 쓸쓸하며 외롭게 나타나고 있다.

세대와 세대 간의 감정적 갈등을 풍자적으로 제시하고 있는 작품이 오탁번의 「만화(寓話)의 집」이다. 이 소설에는 서술주체인 현기의 할아버지와 아버지, 두 노년의 인물이 등장한다. 80세 된 현기의 할아버지는 집안의 모든 행정과 경제를 관리한다. 현기의 아버지는 환갑을 넘은 노인인데 할아버지의 명령에 절대적으로 복종하며 그 권력 유지에 빈틈없이 뒷받침을 한다. 그런 아버지도 집 안에서는 눌려 있지만 아버지가 운영하는 한의원에 가보면 무척 호탕한 모습을 보인다. 현기 내외는 할아버지의 명령에 절대 복종하는 척하면서 조부님을 시골에 보내드리고 은퇴시키려 한다. 불만을 내색하지 못하고 다스림에 따르는 척하면서 다른 생각을 할 뿐이다. 그런데 문제는 현기의 아이들로, 증조할아버지의 그런 가부장적인 정서에 반항하는 것으로 나타난다.

이 작품에서 갈등은 가정에 대한 할아버지의 장기집권에 자유를 원하는 젊은 가족들의 반항에서 비롯된다고 볼 수 있다. 여기서도 노년의 쓸쓸함이나 소외감을 느낄 수는 없다. 지극히 당당하고 자신감 넘치는 노년을 보내고 있는 할아버지나 그런 상황을 조성하고 있는 아버지의 모습에서 진정한 효의 의미를 생각하게 한다. 결국 구세대와 신세대의 감정적인 갈등 양상은 이해와 화해를 통해 해소될 수 있음을 보여준다.

유승휴의 「농기(農旗)」는 이농 현상의 문제점과 현실을 둘러싸고 일어나는 구세대와 신세대의 시각 차이를 주제로 하는 소설이다. 농사를 짓는 윤호영감의 두 아들은 농사일을 팽개치고 도시로 나가 운전을 하거나 정원 일을 하는데, 농사지을 때보다 수입이 많다고 자랑한다. 윤호영감은 갈수록 몸이 쇠약해지는 것도 있지만 그보다 혼자서 농사일을 하기가 벅차다. 아들들이 볼 때 농사는 수지타산이 맞지 않는 일로 인식된다. 여기서 농사를 가장 중요하게 여기는 윤호영감과 현실에 대해 발 빠르게 대응하는 아들이 갈등구조를 형성하는 것으로 나타난다.

아들과 윤호영감의 정서적 갈등이 극명하게 드러나는 곳은 한식날 공회당에서 벌어진 농악놀이에 농기(農旗)로 가장하고 요상한 춤을 추는 아들을 발견한 윤호영감이 허탈한 웃음을 날리며 그곳을 떠나고 마는 장면에서이다. '천하지대본'이라고 쓰인 농기(農旗)가 무색해진 정경을 보며, 농촌을 떠나는 젊은이들로 인해 지금까지 가졌던 농사가 제일이라는 가치관이 무너지고 있음을 윤호영감은 인식한다.

노년기의 일반적인 특성은 내향성 및 수동성의 증가라고 볼 수 있다. 그것은 사회적인 활동이 감소하고 사물의 판단과 활동 방향을 외부보다는 내부로 돌리는 경향 때문이다. 즉 외부의 자극에 대한 반응보다는 자기 자신의 사고나 감정에 의해서 사물을 판단하게 되는 경향이 많아진다.[10] 이 작품의 윤호영감의 모습에서 이러한 노년기의 일반적인 특성이 나타나고 있다. 즉 현실의 문제를 나름대로의 경험과 지혜로 헤쳐 나가려는 태도를 보이나 변화하는 현실에 적극적으로 적응하지 못하고, 현실을 이해하려고 노력하는 소극적인 노인의 모습을 통해, 쇠약해진 '늙음'의 뒷모습을 보여준다고 할 수 있다.

---

10 김태현, 『노년학』, 교문사, 1998, 64쪽.

추식의 「나옹전(裸翁傳)」 주인공인 양만술은 '씨 받는 것'을 신성한 의무로 생각하는 전형적인 노인이다. 농사지을 곡식의 씨뿐이 아니라 인간이 후손을 남기는 것을 중요시 여긴다. 월남에 간 아들이 돌아오지 않자 손자 없는 것을 한탄하며 자신이라도 새장가를 들어 아들을 얻어야 한다고 생각하는 것에서 노인이 신성하게 생각하는 '씨 받는 것'에 대한 의식이 잘 드러나 있다고 볼 수 있다. 양만술의 그런 정서는 현대인의 정서와 많은 차이를 가진다. 결국 월남에 갔던 아들이 돌아왔지만 동행해 온 상사와 매일 술타령을 한다. 양만술 영감은 자식을 가지려는 노력을 하지 않고 술타령만 하는 아들의 행위를 못마땅해 한다. 후손을 남기고자 하는 노인의 순박한 의식이 해학적으로 드러나 있는 소설이라고 볼 수 있다.

한각수의 중편 「뿌리」에서는 마을의 환경이 달라져도 삶의 방식을 바꾸지 않고 꼿꼿하게 살아가는 최노인의 모습을 그려내고 있다. 최노인은 마을에 양송이 공장이 들어서고 환경이 바뀌면서 젊은이들과 다양한 갈등을 일으키지만 최후까지 자존심을 지키고 농촌을 지키려고 노력한다. 그러나 최노인은 며느리의 불륜 소식을 듣고 최후의 자존심과도 같은 짜던 돗자리를 태워버리고 파라치온을 먹고 자살하고 만다. 돗자리는 결혼하는 조카딸에게 주려던 것으로 지금까지 최노인이 살아온 삶의 총체적 모습을 보여주는 모티프다. 결국 세대 간의 사고와 정서의 차이를 극복하지 못하고 죽고 만 것이다.

이렇듯 세대 간의 감정적 차이로 인한 갈등은 한규성의 「수의(壽衣)」에서도 드러난다. 서노인은 죽은 아내의 궤연 설상 문제를 놓고 가족들의 반대에 부딪친다. 가족들은 '가정의례준칙이니 무슨 간소화니' 하면서 할아버지는 그냥 가만히 있으라고 윽박지르기만 한다. 서노인의 항변이나 의견을 노망이라며 무시해버리자, 서노인은 유일하게 서노인을 따르는 증손자 현기에게 수의를 꺼내오라고 한다. 그리고 수의를 불살라버리는 행동을 통해 울분이나 속상함 또 감정상의 갈등을 해소하는 모습을 그리고 있다.

이렇듯 감정적 갈등은 구세대로 상징되는 노인의 정서와 신세대적 사고를 가진 젊은이의 감정이 상충되어 나타나는 현상으로 볼 수 있다. 젊은이들에게 있어서 삶을 인식하는 태도는 지극히 현실적인 데 반해, 노인은 과거지향성을 가진다고 볼 수 있다. 노인에게 일생 동안 형성돼 온 가치관이나 감정은 현실적이지 못하지만 그것이 잘못된 것으로만 볼 수는 없을 것이다. 그러므로 자녀들의 의견이나 행동을 수용하면서도 소극적인 태도를 보이는 것으로 볼 수 있다. 꽃상여를 태워주고 매장하고 싶지만 자녀들의 의견에 따라 화장으로 아내의 장례를 치루고 마는 안장환의 「회색일」은 그러한 노인의 성향을 잘 드러내는 작품임을 알 수 있다.

2. 내적 갈등

인간의 삶은 단계에 따라 자아정체성을 획득해가는 여정이라고 볼 수 있다. 노년의 삶을 성숙하게 보내기 위해서는 노년기에 맞는 자아정체성을 가질 수 있어야 한다. 나를 안다는 것은 바로 그것의 확인이라고 볼 수 있다.

김원일의 중편 「나는 누구인가」에 나오는 한여사는 죽음 직전까지 자아정체성에 혼란을 일으키는 인물로 볼 수 있다. 한평생을 육체의 욕망대로 산 그녀는 육체가 소멸될 때 '나'는 누구인지 의문을 갖는다. 육체, 그것은 우리의 실존이 불완전한 존재임을 표징하는 가장 구체적인 증거이다. 육체는 쾌락과 편안을 통해서 제 몸을 유지하지만, 바로 그것을 통해서 동시에 소멸해간다.[11] 한여사가 방물장수를 따라 건빵공장에 들어가기 위해 집을 나설 때 아버지가 '대처는 촌구석과 다르니 몸이나 잘 챙겨'라고 말했지만 세상은 그녀를 내버려두지 않는 것으로 나타난다. 오히려 그 육체의 욕망대로 살 수밖에 없는 험악한 세월을 보내야 했던 것이다. 그녀가 할 수 있는 것은 육체를 이용해 삶을 유지하는 것뿐이었다. 그것은 슬픈 기억들과 함께 한여사의 삶 전체를 지배하는 것으로 나타난다. 결국 그녀는 과거에 대한 슬픈 기억과 그것이 초래한 자아정체성의 혼란을 죽음 직전까지 겪게 된다.

> 낮게 숨을 쉬던 한여사의 입술이 꼼지락거린다. 나,, 이, 제,, 가, 알, 테, 야. 거, 기,, 가, 아, 서,, 사, 알, 테, 야. 거, 기,, 거, 기, 로,, 보, 내, 주. 윤선생이 한여사 얼굴을 들여다보며 미소를 띠고 묻는다. 천당 말씀이에요? 한여사는 이 세상의 영욕을 두루 겪었으니, 나 진실로 승리하신 주님 앞에 자복합니다고 한마디만 하시면 주님 계신 그곳에 오를 수 있어요. 다른 누구보다도 한여사를 보시면 주님이, 내 딸아, 어서 오너라, 내 너를 기다렸다며 예뻐하실 겁니다. 그러나 윤선생 말이 귀를 통해 의식으로 들어오지 않는지 한여사의 굳은 표정에 변화가 없다. 한참 뒤, 그녀의 표정이 찌그러지더니 입술이 다

---

11 김주연, 「육체의 소멸과 죽음의 상상력」, 김원일, 『슬픈 시간의 기억』, 문학과지성사, 2003, 296쪽.

시 꼼지락거린다. 나, 주, 으, 며,, 가, 아, 데, 야. 거, 기, 로,, 다, 시,, 가, 아, 데, 야. 아, 무, 도,, 어, 으, 느,, 거, 기, 로,, 보, 내, 주, 으. 다, 시,, 오, 지,, 아, 흐,, 데, 야. 어, 마, 아,, 나, 느,, 누, 구, 야? 내, 가,, 도, 대, 체,, 누, 구, 지?[12]

이 작품의 주인공인 한여사는 외모 꾸미는 데에 강한 집착을 보여준다. 그녀가 화장을 하기 위해 화장대 앞에 앉으면 가장 먼저 하는 일이 마른 수건으로 거울의 먼지를 닦는 것이다. '거울에 티 한 점, 얼룩 하나 없어야 직성이 풀린다.' 이러한 한여사의 행동은 삶의 여정 속에서 더럽혀졌다고 생각하는 마음을 닦는 심리적인 것으로 볼 수 있다.

한여사는 화장을 정성스럽게 하고 옷을 차려 입은 다음 외출을 한다. 아름다운 시를 읽고 고상한 음악을 들으며 산책도 즐기는 자신을 놓고, 천덕꾸러기 늙은이가 아니라고 자위하는 것으로 한여사의 심중이 드러난다. 이렇듯 사설 양로원인 '한맥기로원'에서 노년을 보내고 있는 한여사는 시들어가고 있는 육체를 가꾸며 과거의 기억을 생각하며 하루하루를 사는 노인으로 그려지고 있다. 그녀의 삶은 과거의 기억을 현실 속에 그대로 옮겨다 놓은 듯 보인다. 어린이들이 노는 모습을 보면서 입양 보낸 아들 토미를 떠올리고, 탈곡기로 벼 베기 하는 장면을 보면서 참새를 쫓던 어린 시절을 생각하는 것으로 형상화된다.

할머닌 만화 영화에 나오는 요술 할멈 같아요. 난 귀부인일 따름이지 요술 같은 건 부릴 줄 모른단다. 그러자 아이들이 제각기 한마디씩 외친다. 만화영화에서 할머니 닮은 마귀할멈을 봤어요. 눈이 찢어

---

12 김원일, 「나는 누구인가」, 『슬픈 시간의 기억』, 문학과지성사, 2003, 68~69쪽.

지고 턱이 뾰쪽했어요. 요술 지팡이한테 주문을 외면 하늘을 날 수도 있어요? 할머닌 입으로 불을 뿜어낼 수 있어요? 로켓처럼 지팡이 타고 하늘을 날아보세요. 뭐든지 척척 해결주는 요술 지팡이는 왜 안 짚지요? 컴퓨터 지팡이는 어디 뒀어요? 아이들의 재잘거림에 한여사는 머리가 어지럽다.[13]

어린이 놀이터에서 만난 아이들은 화장을 짙게 한 한여사에게 만화영화에 나오는 요술 할멈 같다고 말한다. 솔직한 아이들의 행동과 한여사의 외모 꾸미기는 대조를 이루면서, 늙어버린 육체를 가꾸고 장식하는 것이 노년에 이른 한여사의 삶을 보여주는 것이라고 볼 수 있다.

결국 한여사는 아이들과 대화를 포기하고 아이들이 놀이터에 있을 땐 한걸음도 하지 않겠다고 다짐한다. 한여사의 머릿속에 그려진 아들은 젖도 떼지 못하고 입양을 보낸 사실과 다르게 나타난다. 금이야 옥이야 고이 키웠고 초등학교 시절부터 수석을 놓치지 않았으며 대학 졸업 후 미국으로 유학을 떠났다. 박사가 되었고 그곳 여자와 결혼하여 눌러앉았다. 한여사가 그리는 아들에 대한 환상은 현실과 다르다. 마찬가지로 한여사가 그려내는 본인의 모습도 현재와 다르다. 이렇게 혼돈된 의식은 작품 전체에서 나타나며, 한여사의 죽음 직전까지 계속된다.

한여사가 추구하는 육체의 쾌락과 아름다움은 죽음을 앞둔 시점에서 적나라하게 드러나는데, 정신이 오락가락하는 가운데 한여사는 성감을 확인하고 싶어 하는 것이다. 한여사는 육체의 존재와 기억을 찾으며 자아정체성을 찾으려 했음이 드러나고 있다. 이후 그녀는 말을 더듬게 될

---

13 김원일, 「나는 누구인가」, 앞의 책, 36쪽.

뿐 아니라 과거의 기억에 착란을 일으켜 타인과의 원활한 의사소통이
어렵게 됨을 알 수 있다.

> 이모님은 늘 꿈속에 사신 분이라, 말씀을 듣다 보면 당최 어디까지
> 가 진짜고 어디부터가 꾸며낸 건지 판단이 힘들어요. 그냥 그런가 보
> 다 하고 들어야지. 오십 프로도 믿을 수가 없죠. 나도 이제 나이가 들
> 어 이모님 말씀 들으면 진짜가 가짜 같고, 가짜가 진짜 같아, 놀이공
> 원 요지경열차를 타는 기분이 들거든요. 그러나 어쨌든 명색이 제가
> 이모님의 법적 보호자지만 이제 저마저 알아보지 못하니, 이거 낭패
> 로군요.[14]

이렇듯 조카 칠복이는 이모인 한여사의 재산만 탐한다. 한여사도 그
사실을 안다. 그렇기 때문에 죽어가면서까지 조카를 경계하며 물욕을
내비친다. '내 돈 빼내려 왔나' 보라며 화장품과 영양제를 사야 하기 때
문에 줄 수 없다고 하는 것에서 알 수 있다. 한여사에게 끝까지 남아 있
는 것은 물욕과 불신으로 드러난다. 죽음에 직면해 있을 때 기독교도인
윤선생이 전도를 하지만 거부하고 마는 것이다. 그녀의 참혹한 모습이
주변 사람들에게 거듭 알려질 따름이다. 결국 죽음에 이르러서 한여사
의 입을 통해 극명하게 드러나는 것은 자아정체성의 혼란이다. '나는 누
구인가'라는 물음을 죽는 순간까지도 하고 있기 때문이다.

한여사의 이런 자아정체성의 혼란은 그녀가 살아온 인생여정과 깊이
관련돼 있다고 볼 수 있다. 역사적 체험이 현재의 삶을 지배하는 요소

---

14 김원일, 「나는 누구인가」, 앞의 책, 63쪽.

로 작용하고 있으며, 그녀의 의식까지도 지배하고 있는 것이다. 육체적이고 물욕적인 삶을 지향해온 것은 삶을 유지하는 한 방법이었으며, 그러한 육체를 따라 산 삶은 육체가 소멸되면서 '나는 누구인가' 하는 물음을 하게 하는 것이다.

김원일의 「나는 존재하지 않았다」에 등장하는 노인은 '한맥기로원'의 사무장인 김중호이다. 김씨는 일제강점기에 태어나 일본 와세다 대학에 유학한 몸으로 학도병을 피해 중국으로 잠입한다. 거기서 임정의 일을 돕다가 귀국했으나 우울증에 시달린다. 연령 증가에 따른 우울증 경향의 증가는 일반적인 현상이다. 노년기 전반에 걸쳐 증가하는 우울증은 노령에 따른 스트레스에 원인이 있다. 즉 신체적 질병, 배우자의 죽음, 경제사정의 악화, 지나온 세월에 대한 회한, 노화로 인한 고독 및 소외감으로 우울증이 증가한다.[15]

김중호의 우울증은 고단한 인생여정에 대한 회한, 배우자의 죽음, 외로움 등으로 인한 증상으로 볼 수 있다. 아내를 놓고 월남한 김중호는 도서관의 사서로 공직생활을 하다가 도서관 식당에서 일하던 후처를 만나 여생을 산다. 그러나 여전히 북에 두고 온 아내 생각을 잊을 수 없다. 결국 유복자와 손자의 소식을 듣게 되고 평양에서 만나게 된다. 그럼에도 김중호는 슬픈 시간의 기억만을 한다. 그것은 그가 일제강점기와 분단의 현실에 대한 피해자이기 때문이다.

김중호는 수없이 많은 독서를 했고, 도서관 운영에 관심을 보였으며, 끊임없이 마음을 수양하는 인물이다. 그런 그가 조카 김형준이 지켜보

---

15 김태현, 앞의 책, 65쪽.

는 가운데 눈을 감으며 스스로 존재하지 않았다고 말한다. 죽어가면서까지 실존을 확인하는 모습을 통해, 슬픈 시간의 기억으로 통한의 인생을 산 노인의 모습을 엿볼 수 있다.

이와 같이 김원일의 「나는 누구인가」에 나오는 한여사가 죽음 직전에 '나는 누구인가'에 대한 물음을 던지는 것을 통해, 슬픈 시간의 기억들이 노인의 현재를 지배하고 있음을 발견할 수 있다. 그리고 현대사의 전개과정에서 겪은 역사적 체험과 고통이, 노인에게는 기억하고 싶지도 않고 돌아가고 싶지도 않은 아픈 시간의 기억임을 알 수 있다. 그것은 「나는 존재하지 않았다」의 김중호 노인에게서도 드러난다. 그러한 아픈 과거가 죽음을 앞둔 노인에게 자아정체성의 혼란을 초래하고 있음을 발견할 수 있다.

제5장

사회에의 적응, 그 양상

제5장

사회에의 적응, 그 양상

일반적으로 60세에서 65세 사이를 시작으로 노년기라고 볼 수 있는데, 근래에는 '인생은 60부터'라며 건강하고 활기차게 살아가는 노인들을 많이 볼 수 있다. 그러나 노년기 후반에 접어들면 극히 일부를 제외하고 대부분의 노인들은 신체 및 정신적 기능의 감퇴를 필연적으로 경험하게 된다. 한마디로 노화는 노년기 발달을 특징짓는 현상이다.[1]

노인은 인간의 노화과정에서 나타나는 생리적 · 심리적 · 환경적 행동의 변화가 상호 작용하는 복합 형태의 과정 중에 있는 사람, 즉 생리적 · 신체적 기능의 감퇴 및 심리적인 변화가 일어나 자기유지 기능과 사회적 기능이 약화되어 있는 사람이라고 규정하는 것이 일반적이다.[2] 이러한 현상은 외적으로는 노동생산성의 상실 및 사회적 역할과 경제

---

1   송명자, 『발달 심리학』, 학지사, 1999, 407쪽.

2   임춘식, 『현대사회와 노인문제』, 유풍출판사, 1991, 42~43쪽.

력의 상실을, 내적으로는 무력감, 소외, 단절 등의 어두운 정조(情調)를 당연히 수반하게 된다. 그러나 노년은 성숙한 일생을 정리하는 단계이며 인생발달의 통합단계에 해당된다고 볼 때 지난 시간들이 축적되어 형성한, 한 인생의 총체성이 완성되는 아름답고 의미 깊은 대단원이라고 할 수 있을 것이다.[3]

이렇게 볼 때, 노년의 현실 대응 양상은 크게 긍정적 적응과 부정적 적응으로 나타난다고 할 수 있다. 현실 대응 양상을 살펴봄으로써 노년의 삶을 보다 깊게 들여다보고 긍정적인 방향을 모색해 볼 수 있을 것이다.

1. 긍정적 적응

1) 적극적 삶의 태도

노년의 삶은 경험에 의하여 생긴 연륜으로 인하여 지혜롭게 살 수 있는 시기이기도 하다. 노년의 현실 적응 양상 가운데 노년기를 긍정적으로 인식하고 성숙한 모습으로 사는 것을 적극적 태도라고 할 수 있다. 이러한 삶을 보내는 노인을 바람직하게 늙어간다고 할 수 있을 것이다.

오유권의 「가을밤 이야기」는 육순이 된 노년의 인물인 시어머니와 서른이 갓 넘은 며느리가 김장 준비를 하기 위해 마른 고추를 다듬으며

---

3 변정화, 「죽은 노인의 사회, 그 징후들」, 문학을 생각하는 모임 엮음, 『한국노년문학 연구Ⅱ』, 국학자료원, 1998, 10쪽.

주고받는 이야기로 시작된다. 시어머니는 현재의 사람들이 얼마나 편리하게 사는지 지난날의 생활을 며느리에게 들려준다. 며느리는 이야기를 들으며 시어머니 세대의 고충을 이해하는 것으로 드러난다. 깊어가는 가을밤에 도란도란 정겹게 나누는 이야기로 훈훈한 가족애를 느끼게 하는 작품으로 볼 수 있다. 시어머니의 일하는 손이 재빠른 것을 인정하며 시어머니의 지나온 삶의 이야기를 듣는 며느리의 태도는 아름답게 보인다.

이 작품에서 제시되고 있는 과거의 회상 장면은 고춧가루 만들기의 애로점, 방아 찧기의 어려움, 옷감 짜기의 고단함, 장보기의 불편함 등 대부분 현대인의 삶의 방식과 다른 것들이다. 시어머니의 과거 이야기를 들으며 당시 삶의 어려움을 인정하고 현재의 편리함에 고마워하는 며느리의 태도를 통해, 노인과 함께 살 때 얻을 수 있는 지혜와 바람직한 삶의 형태를 보여준다고 할 수 있다. 특히 시어머니는 '자유라는 것은 씨도 없고 무조건 순종만 해야' 했던 시집살이 이야기를 하면서도, 까다로웠던 시조모님에 대하여 긍정적인 의식을 갖고 있는 것으로 나타난다. 긍정적인 삶의 태도는 연륜을 가진 성숙한 노인이 가질 수 있는 지혜로운 의식인 것이다.

시어머니의 지혜로운 한마디는 '아무리 불편한 점이 있어도 옛날 사람들게 대고 웃음 웃고들 살아라.'는 것이다. 그리고 다른 것은 다 변해도 변하지 않는 게 있는데, 그것은 김장하는 것이라며 '다 변해도 안 변할 것은 안 변해야' 한다고 말한다. 예나 지금이나 김장 담그는 것은 변하지 않는 일인 것처럼, 시부모에게 순종하는 며느리의 태도 역시 변하지 않는 것이어야 한다고 노인 인물을 통해 작가의 의도를 밝히고 있다.

가을밤에 김장에 쓸 양념인 고추를 다듬으며 시작된 시어머니와 며느리의 이야기는 따뜻한 가족의 사랑을 느끼게 한다. 이 작품에서는 흔히 보이는 고부간의 갈등을 볼 수 없으며 바람직한 고부간의 모습을 제시해주고 있다고 볼 수 있다. 그것은 노인이 적극적인 태도로 삶에 임하며 며느리의 입장을 이해하는 것 때문이기도 하지만, 여기서 돋보이는 것은 며느리의 태도라고 할 수 있다. 젊은이는 노인의 연륜과 지혜를 본받고 인정하며 노인은 젊은이를 이해하고 사랑으로 감싸줄 때 원만한 관계를 형성해갈 수 있다. 이 소설은 노년소설에서 보기 드문 가슴 따뜻한 느낌을 갖게 하는 작품이다.

노년을 자신감 있고 긍정적으로 보내는 인물은 이선의 「주인 노릇」에서 만날 수 있다. 이 작품에는 서술자 '나'의 어머니와 병도의 어머니 두 명의 노인 인물이 등장한다. 두 인물 모두 현실에 적극적으로 적응하며 성숙한 노년을 보내는 것으로 볼 수 있다.

먼저, 어머니는 시골에서 살다 서술자인 '나'와 합류한다. 농사짓던 땅과 집을 주고 온 병도네에 대해 깍듯이 주인 노릇을 한다. 서울에서 쓰던 물건이나 옷가지, 심지어 애들이 쓰던 공책까지 모아두었다가 병도네에게 주려고 한다. 어머니가 가장 신나는 때는 추수하러 시골에 내려갈 때로 나타난다. 어머니는 병도네가 '마님'이라고 부르는 것에 무척 만족해하며 병도네를 대하는 태도는 완벽한 주인의 모습으로 그려진다. 어머니의 '주인 노릇'은 추수하러 고향에 갈 때만이 아니고, 현재의 생활에서도 드러나고 있다. 즉, 어머니는 서울에서 '나'의 집에 살고 있지만 나와 아내를 쥐고 사는 것에서 알 수 있다. 이 작품에서 사실상 어머니는 시대착오적인 발상을 하고 있는 것처럼 보인다. 주인 노릇도 그렇고 농촌의 현실을 모르는 것도 그러하다. 그러나 어머니에게서 순박하고 아름다우며 지혜로운 노년을 보내고 있음도 발견하게 되는데, 그것은 병도 처가 농사를 더 이상 지을 수 없다고 하자, 그 의견을 거침없이 수용하는 태도에서 엿볼 수 있다.

병도네는 처지와 형편을 인식하고 현실을 그대로 인정하며 사는 지혜로운 노인으로 보인다. 평생 동안 일만 했어도 누구를 원망하거나 타박하지 않고 현실에 적극적으로 대응한다. 어머니와 병도네의 피붙이 같은 정은 오래전 옛날로 거슬러 올라간다. 어렵게 살던 지난날 병도네를 받아들인 어머니와 그날의 고마움을 잊지 않는 병도네는 둘 사이에 어떤 장애요소가 생겨도 달라지지 않는다. 이 작품에서 보이는 약간 희화적인 요소가 노인이 가지고 있는 비현실적인 의식과 맞물려 웃음을 유발하기도 한다. 그러나 연륜과 지혜로 성숙한 노년을 적극적으로 보내는 당당하고 기분 좋은 작품으로 볼 수 있다.

한길을 따라 소박하게 살아온 동요 작가인 이수원 선생이, 뜻하지 않게 당한 모욕적인 언사를 지혜롭게 견뎌내며, 성숙하고 적극적인 태도로 노년을 보내고 있는 모습을 그린 소설이 이청준의 「꽃동네의 합창」이다. 65세의 이수원 선생은 밤새 쓴 동시를 출판사에 넘기고 친구가 사장으로 있다는 '동보물산'에 찾아갔다가 수위에게 모욕을 당한다.

"사장님을 기다리시겠다고요? 그건 영감님 생각대로 하십시오. 하지만 나이깨나 드신 양반이 세상을 어떻게 살아오셨길래 아직 그만 경우도 분별이 안 가시오? 고집부리고 만나 보셔야 사장님께서도 그리 요긴한 용건은 있으실 것 같지가 않아 보이는데 말씀입니다."
사장이 안에 있더라도 당신에게 당장 그를 만나게 해주진 않겠다는 식의 말투였다. 노골적인 모욕이었다. 영감님이니 뭐니 하고 함부로 불순한 언사를 담고 있는 걸 보면 비에 젖은 옷매무새나 윤기 없이 늙어버린 선생의 얼굴에서 녀석은 처음부터 당신에게 사장을 만나게 해줄 생각을 하지 않고 있었던 게 분명했다. 게다가 녀석에게 그런 엉뚱한 나이 허물까지 당하고 보니 이수원 선생으로선 참으로 기분이 말이 아니었다.[4]

이수원 선생이 동보물산에 들른 것은 고향을 회상하고 그리워하는 마음과 친구를 그리워하는 마음이 있기 때문이다. 그런데 '나이 허물'을 당하니 의기소침해지고 심한 모욕감을 느끼는 것이다. 그러나 그 기분에 침잠해버리는 것이 아니다. 이수원 선생은 헛살아온 것처럼 허전하고 황량스런 가슴을 안고, 언제나 술값이 공짜라는 '꽃동네'라는 술집을 찾아 들어간다. 그리고 그곳에서 일하는 아가씨들과 손님들이 제창하는 '고향의 봄'을 듣는다. 전에는 이런 풍경이 어색했는데, 이제 이수원 선생도 자연스럽게 노래를 따라 부르는 것에서 삶의 적극적인 태도를 엿볼 수 있다.

수위의 말에 인생을 헛살아온 것 같아 의기소침한 가운데 늙어감을 인식하던 노년의 동요작가 이수원 선생은, 그 쓸쓸하고 고독한 정서에 함몰되지 않고, 성숙한 노년을 보내는 모습을 보여주고 있다. 즉, 환대해주고 자신의 노래를 불러주었을 때 느꼈던 어색함을 초월하여, 그들과 어우러져 함께 노래를 따라 부르기 시작한 것에서 알 수 있다.

안장환의 「이태백(李太白)이 놀던 달아」에도 당당하고 성숙하게 노년

---

4 이청준, 「꽃동네의 합창」, 『매잡이』, 민음사, 1996, 275~276쪽.

을 보내는 적극적인 노인의 모습이 그려지고 있다. 당구장을 운영하는 원노인은 아들이 소일거리로 차려준 당구장에 취미를 붙이며 아들의 그런 행위를 효자라며 만족해한다. 일거리를 가진 원노인은 생활에 적극성을 띠고 어른으로서의 정체성을 가지고 있는 노년의 인물이다. 원노인의 친구인 최영감은 전쟁통에 두 아들을 잃었다. 그리고 하나 남은 아들 민수는 아버지인 최영감과 오순도순 이야기를 하지 않으며 술만 마시고 인정도 없는 것으로 그려진다. 여기서 원노인과 최노인은 대조적인 노년의 인물로 드러난다. 그것은 원노인이 운영하는 당구장에 어린 학생들이 와서 어른은 안중에도 없다는 듯 무례하게 굴자 멱살을 잡고 혼내주는 장면에서 발견할 수 있다.

> "이봐요 학생들, 당구를 치러 왔으면 조용히들 재미있게 치다가 가야지, 그렇게 시끄럽게 하면 다른 손님들에게 방해가 되잖아……."
> 원노인은 치밀어 오르는 울화를 꾹꾹 참으며 조용히 타일렀다.
> "영감님, 이거 너무하잖아요. 우리는 손님취급을 안 하는 겁니까?"
> 한 녀석이 원노인을 빤히 쳐다보며 맞섰다. 이건 정말 어이가 없는 일이었다.
> "물론 다 같은 손님이지, 그러나 학생들은 너무 소란스럽게 놀잖아!"
> "어이구, 이거 정말 김샜는데!"
> 그 녀석은 들고 있던 큐우를 내동댕이쳤다. 원노인은 그만 질겁을 했다. 무서워서가 아니었다. 큐우가 부러질까봐 아찔했던 것이다.
> "이놈, 요 버르장머리 없는 놈아!"
> 원노인은 화가 머리끝까지 치밀었다. 그 녀석의 멱살을 잡아 나꾸었다.[5]

---

5   안장환, 「李太白이 놀던 달아」, 『현대문학』, 1971년 11월호, 58~59쪽.

이 장면에는 노인이 어른 노릇을 제대로 하는 태도가 드러난다. 원노인이 착한 며느리와 아들을 보면서 먼저 죽은 아내 생각을 하며 외로움을 느끼기도 하는 노년의 모습을 보이지만, 그것은 노인이라면 겪을 수밖에 없는 본질적인 외로움이라고 볼 수 있다. 그런 노인성을 제외한다면 이 작품에는 보기 드물게 적극적이고 성숙한 노년을 보내는 노인의 모습이 나타나고 있다. 잘못된 것이 있으면 연륜과 지혜로 깨우쳐주고 야단쳐서 알려주는 것이 당연하다고 생각하는 원노인의 모습은, 통쾌감마저 느끼게 하는 것이다. 원노인의 모습이야말로 진정한 노인이며 어른의 모습이라고 볼 수 있을 것이다.

작가가 '소외당하는 노인문제를 다루고자 했다'는 안장환의 「목마와 달빛」은 좀 더 적극적인 태도로 삶에 임하는 노년의 모습을 보여주고 있다. 과거에 사업가였으며 승마를 했던 경험이 있는 박순도 씨는 자녀들을 모두 출가시키고 아내가 세상을 뜨자, 큰아들의 집에 얹혀살게 된다. 경제적으로 어려움이 없는 박순도 씨는 표면적으로 아들 내외의 효도를 받는 복 많은 노인이지만, 노인 스스로는 노인정에서 하루하루를 보내는 것이 의미가 없다고 생각하여, 목마 장사를 하기로 한다.

박순도 씨는 아침에 잠깐 노인정에 얼굴만 보이고 아들 내외가 사는 아파트를 피해 목마 장사를 시작한다. 7개의 목마에 어린이를 태우고 동요를 틀어주는 노인에게는 한 가지 특기할 만한 것이 있다. 그것은 '백두산'이라고 이름을 붙여준 목마에는 절대로 손님을 태우지 않는 것이다. 그 목마에는 언제나 박순도 씨 본인이 타고 있다고 생각한다. 소일거리도 되지만 보람도 있으며 동심으로 돌아간 듯한 느낌을 주는 목마장사에 박순도 씨는 만족해한다.

21세기에 만난 한국 노년소설 연구

노인이 이런 일거리를 갖는 것에 며느리와 아들은 결사적으로 반대한다. 아들과 며느리는 노인에게 필요한 것이 돈과 성찬이면 다 되는 것으로 생각한다. 며느리가 박순도 씨에게 요구하는 것은 '집보기'이다. 아들은 바깥일을 하느라고 아버지의 외로움이나 일하고 싶어 하는 욕구를 이해하지도 알지도 못한다. 이것은 노인에 대한 몰이해에서 비롯된 것이다. 체면이나 겉치레보다 일하고 싶은 인간의 욕구를 인정하는 것이 중요함은 물론, 노년의 삶에 대한 전망을 이 작품에서 제시하고 있다.

이러한 점은 박순도 씨와 대조적 인물인 윤노인을 통해 심도 있게 그려내고 있는데, 윤노인은 이민간 아들이 자신을 데리러 오기만을 기다린다. 자식에게 의존적인 윤노인과 독립적인 박순도 씨의 대조를 통해, 자아정체성을 찾아 인생을 활기차게 살아가는 노인의 모습을 부각시키고 있다.

위에서 살펴본 바와 같이, 노년의 삶을 적극적인 태도로 살아가는 노인들의 모습은 성숙하고도 당당하다고 느끼게 한다. 어떠한 상황에도 적극적으로 대응하면서 삶의 마지막을 엮어가는 노인의 모습은, 젊은 이에게 귀감이 되는 것으로 볼 수 있다. 소설에 드러나고 있는 이러한 노인들의 모습이 노년소설에 빈번하게 나타나지 않는다. 그것은 노년이 갖고 있는 부정적인 요소들이 더 많고 그것을 문제화하여 소설적 형상화를 이루기 때문으로 볼 수 있다.

2) 자아정체성 획득

당당하게 노년을 인식하고 살아가는 노인은 아름답다고 볼 수 있다. 그것이 현실성과 조금은 동떨어졌다 해도 탓할 이유는 없는 것이다. 평생 동안 살아온 그 생활방식대로 사는 것은 당연한 것일 수 있다. 이선의 「티 타임을 위하여」에 나오는 서술자 '나'의 어머니가 그런 인물이라고 볼 수 있다.

'나'는 시골에 사는 어머니를 모시는 조건으로 형이 살던 아파트를 받게 된다. 아내와 '나'는 쾌히 승낙하고 어머니와 함께 '행촌아파트'로 이사한다. 자아정체성을 가진 어머니의 모습은 '이사 떡'을 만들고 돌리는 과정에서 드러난다. 어머니는 아내와 '나'의 만류에도 불구하고 엄청난 양의 떡을 한다. '떡'은 '나'와 아내에게 아파트 정서와 맞지 않는 음식으로 인식된다. 그러나 어머니는 이삿짐 푸는 것에는 신경도 쓰지 않고 떡 돌리는 것에만 신경을 썼다. 여기서 어머니의 정서와 젊은이들의 정서가 상반되는 것을 볼 수 있다. 결국 어머니의 예상과 달리 떡을 흔쾌히 받는 집이 드물었고 많은 양의 떡이 그대로 남게 된다. 그래도 어머니는 당당한 모습을 보인다. 이러한 모습은 자아정체성을 가진 어머니의 모습으로 볼 수 있다. 손 크게 많은 양의 떡을 하여 이웃과 나눠 먹던 어머니의 관습, 이것은 어머니 세대의 생활양식이었고, 그것을 당연시 여기고 실천함으로써 어머니는 할 일을 했다고 생각하는 것이다.

> 기왕지사 서울에 와서 아들하고 살 작정이면 나도 그 좋은 동네에 있는 아파트에 살란다. 그러니 네가 떠나기 전에 그 집을 막내 이름으로 해주거라. 아니면 기를 쓰고 너를 쫓아가 미국에 가서 살란다.

그러자 큰형은 선선히 도장을 내밀었다. 다시 못 볼지도 모르는 큰아들을 눈물 한 방울 흘리지 않고 떠나보낸 어머니는 찜찜한 낯빛으로 망설이는 나와 아내를 서둘러 몰아붙여 이사를 시켰다. 그리고 일 주일도 안 되어서 어머니는 갑자기 일어섰다. 서커스도 아닌데 공중에 붕 떠선 못 산다. 내 한 몸 운신할 수 있을 때까지는 시골 내 땅을 밟고 살란다. 내 몸 건사하기 어려울 때나 구박하지 말고 데리고 살아다오.[6]

인용문에서 보듯이 이사 후 어머니의 처신도 지혜롭고 자신감 있으며 용의주도한 것을 알 수 있다. 어머니는 미국으로 이민 가는 큰아들을 보내며 눈물 한 방울 흘리지 않았고, 막내아들인 '나'의 몫을 확실하게 챙겨준다. 어머니가 함께 사는 조건으로 형의 아파트를 '나'의 소유로 이전해주었던 것이다. 그렇게 일을 마무리 지어놓고 어머니는 아파트 생활이 공중에 붕 떠 있는 것 같아 싫다며 시골로 다시 내려간다. 어머니로서의 역할과 노인으로서의 역할을 당당하게 할 수 있는 모습이 아름답게 보인다.

자아정체성을 획득한 당당하고 자신감 있게 노년을 보내는 인물을 이선의 「원장과 촌장」에서 만날 수 있다. 행촌아파트 전역이 예전에는 촌장의 땅이었다고 한다. 촌장은 칠십 고개를 넘은 볼품없는 노인네로 묘사되는데 유별난 성격과 독특한 인상을 가지고 있다. 촌장은 건설회사에서 주는 40평짜리 아파트를 거절하고 25평짜리 1층집에 산다. 그 이유는 화단을 꾸밀 수 있기 때문이라는 것이다. 이 작품에서 서사구조는

---

6 이선, 「1월·티 타임을 위하여」, 『행촌 아파트』, 민음사, 1991, 13~14쪽.

행촌아파트 단지 내에 있는 유치원 원장과 촌장의 갈등을 구조로 진행된다.

촌장이 살고 있는 행촌아파트에서 유치원을 경영하고 있는 사영숙 원장은 촌장의 자투리땅을 빌려 유치원의 실습지로 쓰고 싶어 한다. 지난번에 스케이트장을 만들자고 빌려 달라고 했을 때 거절당한지라 순순히 빌려줄지 의문을 갖는다. 예전에 아파트 전체의 땅이 촌장의 소유였는데, 건설회사의 설득에 그것을 팔아 거부가 되었지만 아파트 근처의 자투리땅을 팔지 않고 남겨두었던 것이다. 촌장은 그것을 노인들에게 무료 임대하여 소일거리로 삼게 했는데, 원장은 그것을 빌려 어린이들의 실습지로 사용할 계략을 가지고 있다. 그렇게 함으로서 아파트 주민들에게 유치원을 홍보하는 효과를 얻을 수 있고 이익 또한 있을 것으로 생각한다. 여기서 원장의 의도가 드러난다고 볼 수 있다.

촌장은 원장의 요구를 허락하면서 하나의 제안을 한다. 농사짓는 법을 가르칠 교사로, 촌장의 친구인 노인들을 써달라는 것이다. 원장의 의도를 뒤집는 촌장의 제안에 원장은 거절할 생각을 한다. 그러나 촌장의 특이한 눈썹 때문에 못하고 만다. 원장의 계략에 넘어가지 않고 오히려 그것을 역이용할 줄 아는 촌장의 지혜로운 일처리가 돋보이는 것을 볼 수 있다.

　　"그 땅에서 애들 식물재배를 시킨다고 했지요?"
　　"네 분명히 그럴 겁니다."
　　"그럼 식물 재배를 누가 가르칩니까? 가르칠 선생이 있어요? 유치원 선생들이 그것도 가르칠거요?"
　　"글쎄요. 따로 교사를 구해야겠지요."

"당연히 그러시겠지. 그런데 좀 곤란한 것이, 여기 계신 분들과 벌써 이태 전에 계약하기를 이 동네를 떠나실 때까지 내 땅을 쓰기로 했단 말이오. 한데 원장선생께서 애들을 위해 꼭 필요하다고 했단 말이오. 그러니……."

그러니 어쩔 수 없이 하루만에 약속을 뒤집어야겠다는 말이군. 결국 여우같은 늙은이에게 감쪽같이 속은 거야. 이렇게 엑스트라까지 동원한 걸 보면 어지간히 으스대고 싶었던 게로군. 봐라. 내가 이렇게 유치원 원장한테도 떵떵거리는 사람이다……. 사원장의 얼굴이 점점 붉어지고 있었다.

"그것 참. 양쪽 다 거절할 형편이 못 된단 말씀이오. 그러니 원장선생, 이렇게 하면 어떻겠소? 어차피 원장선생께서는 식물재배를 가르칠 선생을 구해야 하는데 내가 가만히 보니 아직 마땅한 선생을 구하지 못한 것 같소. 그러니 여기 계신 분들이 식물재배 선생이 되면 어떻겠소? 그러면 나도 사용료 따위는 받지 않겠소. 그리고 여기 이분들도 월급을 안 받겠다고 하고, 내가 생각하기엔 원장선생에게 득이 되면 되었지 손해볼 일이 아닌 것 같은데."[7]

이렇듯 이 작품에서 촌장과 원장이 팽팽하게 맞서는 구조를 가지고 서사가 진행됨으로써, 즉물적이고 이해 타산적인 사고를 가진 원장과 달리, 지극히 순수하고 삶의 본질적인 면을 생각하며 변화하는 사회 속에서 자아정체성을 찾고자 하는 적극적인 노인의 모습이 확연하게 드러난다. 원장과 촌장은 생각 자체가 다르다는 것을 알 수 있다. 즉, 원장은 그 땅을 이용하여 이득을 보려고 했지만 촌장은 평생을 해온 농사짓는 법을 아이들에게 가르쳐주고자 했던 것이다. 노년의 삶을 사랑하고 현실의 물질적인 사고에 경도되지 않은 순수함을 지키며 자아정체성을 가지고 사

---

7 이선, 「2월·원장과 촌장」, 『행촌 아파트』, 민음사, 1991, 55~56쪽.

는 노년의 모습에서, 노인문제의 해결점을 전망해 볼 수 있다.

이 작품에 소품처럼 놓여 있는 아파트 주변의 '자투리땅'은 촌장이 가진 정체성의 상징물이며, 물질만능의 현대사회에서 휩쓸리지 않고 끝까지 소유하고자 하는 '가치'인 것이다. 그것을 놓고 원장과 줄다리기를 하면서도 마지막까지 지켜내는 것은, 현대화된 사회에 살면서도 정체성의 혼란을 겪지 않고 멋진 노년을 보내는 노인의 모습이다.

안정효의 「악부전(惡父傳)」에는 아버지에게 평생 동안 매를 맞고 살아온 어머니가 자녀들이 자라서 독립하자 아버지와 이혼하여 자아정체성을 찾는 모습을 그리고 있다. 현재의 어머니는 관광 다니는 것으로 소일한다. 그 일은 평생 동안 아버지에게 억압되어 살던 시간들에 대한 욕구불만의 표출로 볼 수 있다. 서술주체인 아들 현구의 시각을 통해 서술되는 이야기 속에서 어머니는 평생 동안 아버지에게 매를 맞고 살아왔음을 알 수 있다. 아버지는 그 이유를 가난 탓으로 돌렸지만 어머니는 자신의 불행이 교육을 받지 못했기 때문으로 인식한다. 그래서 어머니는 자식들 공부시키는 데 모든 힘을 쏟는 것으로 나타난다. 특히 공부 잘하는 현구에게 어머니는 승부를 거는 것으로 보인다.

　　어머니가 무엇인지 뚜렷한 희망을 걸고 미래를 위해서 한 가지 목표를 세워 악착 같은 투쟁을 벌이기로 결심한 것은 중학교에 들어간 큰아들이 머리가 좋아서 그 험악한 가정환경 속에서도 계속 우등을 한다는 사실을 깨달았기 때문이었다. 어머니는 온 가족의 장래를 놓고 현구에게 승부를 걸기로 했다.[8]

8　안정효, 「악부전」, 『1992 김유정문학상 수상작품집』, 동서문학사, 1992, 29쪽.

이러한 어머니는 현구가 공부를 마치고 은행에 취직하자 가출해버린다. 이 행동은 자아정체성을 찾아가는 어머니의 태도로 볼 수 있다. 그렇게 집을 나간 어머니는 육촌 오빠의 집에 자리를 잡고 육촌 오빠가 운영하는 예식장 일을 도우며 살아간다. 그리고 자녀들이 모두 독립해 버젓해지자 아버지를 찾아가 이혼서류를 내밀었고 기어이 이혼하는 것으로 그려진다. 늘 모진 매를 맞았던 어머니는 아들이 장성하자 그 삶의 질곡에서 빠져나온 것이다. 여기서 어머니의 태도는 무척 당당하게 나타난다. 매를 맞고 군소리 한마디 하지 못하던 예전의 어머니 모습과 다르게 그려진다.

> 드디어 현숙이도 대학에서 만난 미국 남자와 재혼해 샌디에이고에서 마음 편히 살고, 다섯 형제가 모두 버젓해진 다음 어머니는 어느 날 당당히, 동행하겠다는 오빠들과 현구의 제안도 물리치고, 이제는 말죽거리에서 혼자 궁상맞게 홀아비 살림을 하던 아버지를 당당하게 찾아가 해방과 독립을 공식화했다. 대서소에서 미리 작성해간 이혼서류를 아버지에게 내놓고 어머니는 거침없이 요구했다.
> "도장 찍어!"
> 혹시 또 얻어맞아 온몸에 멍이 들어 돌아오는 것이나 아닌가 해서 친척들이 조마조마하며 기다리고 있는 김포로 돌아온 어머니는 의기양양해서 말했다. 때리기는커녕 아버지가 꼼짝도 못하고 도장을 찍더라는 것이었다. 기어들어가는 듯 위축된 목소리로 궁색하게 이런 소리만 하면서.
> "하기야 그동안 내가 좀 심하게 하기는 했지."
> 이래서 어머니의 자유스럽고, 평화롭고, 풍요한 나날이 시작되었다.[9]

---

9 안정효, 「악부전」, 앞의 책, 34쪽.

이러한 연유로 아버지와 이혼한 어머니의 삶은 활기찼고 인생관이 달라진 듯 보인다. 영정과 수의까지 해놓은 어머니는 전국적으로 관광을 다니며 즐겁게 인생을 보내는 것이다. 그 후 어머니의 삶은 자녀들의 보호와 대우를 받으며 상승 곡선을 타고 아버지의 삶은 쇠락하여 양평으로 내려가 돼지 키우기를 하며 홀로 외롭게 살아가는 것으로 드러난다.

아버지가 혼자서 양평에서 죽음을 맞게 되었지만 '아무도 슬퍼하지 않는 슬픈 죽음'이었다. 아무도 상복을 입지 않은 상태에서 치러진 장례였는데 마을 사람들을 모두 불러 '성대한 장례식'을 치르고 마을회관에 복지후생기금까지 내놓았다. 아버지의 장례는 '장난 삼아 하는 장례식 같은' 분위기를 연출하고 있는 것이다. 아버지 사후에도 어머니는 달라진 것이 없었고, 어머니와 아버지의 화해는 끝까지 이루어지지 않을 듯 보인다. 그런데 얼마 전 미국에 있는 동생 집으로 여행을 가던 어머니가 아버지 산소에 가본 지 얼마 되었는지 현구에게 묻는다. 여기서 고통스러웠던 한 세상을 용서하고 덮어두겠다는, 성숙한 의지를 밝히는 어머니의 모습을 만날 수 있는 것이다. 어머니는 죽은 아버지와 막힌 것을 풀고 화해함으로써 진정한 자아정체성을 획득했다고 볼 수 있다.

박완서의 「지 알고 내 알고 하늘이 알건만」에는 중풍으로 누운 시아버지의 수발을 들지 않기 위해 어렵게 사는 노파 성남댁에게 병수발을 들어주면 시아버지 사후에 아파트를 주겠다고 제의했다가, 막상 시아버지가 죽고 나자 맨몸으로 내쫓는 이야기가 그려진다. 이 작품은 치사하고 파렴치한 가족들에게서 아파트를 포기하고 본래의 자기 삶으로 돌아가는 성남댁의 모습을 통해 자아정체성을 찾은 노인의 모습을 보여주고 있다.

성남댁은 시아버지의 수발을 들어주면 13평짜리 아파트를 준다는 진태 엄마의 꼬임에 넘어가 중풍으로 쓰러져 누운 영감의 후처로 들어간다. 최선을 다해 보살폈지만 3년을 넘기지 못하고 영감이 죽는다. 성남댁은 약조한 대로 아파트를 줄 것이라고 믿고 처분을 바랐지만, 영감이 죽자 지금까지 성남댁을 대하던 가족의 태도가 확연히 달라지는 것을 볼 수 있다. '성남댁 할머니'라는 호칭이 '성남댁'으로 바뀌고 부엌에는 얼씬도 못하게 했으며 성남댁에 대한 험담 때문에 얼굴이 화끈거릴 지경이었다. 그래도 생전의 영감과의 의리를 생각해서 화장터까지 상복을 입고 따라갔지만 가식적이고 겉치레적인 가족들의 행위에 진저리를 내고, 그동안 안 쓰고 모았던 돈만 챙긴 채 성남시로 향한다. 13평짜리 아파트를 포기하고 집으로 돌아가는 성남댁의 걸음걸이가 오히려 힘차게 묘사되고 있다.

영감이 병들자 병수발을 다른 사람에게 시키고 약조한 것을 주지 않은 영감의 자식들은 노인의 죽음을 한낱 쓰레기 처리처럼 간단하고 깨끗하게 화장으로 해버렸지만 성남댁은 끝까지 영감에 대한 의리를 지킨다. 13평짜리 아파트도 공짜로 얻는 것이 아니라 영감에게 최선을 다한 대가로 받으려고 했던 것인데, 결국에는 우롱 당하고 말았음을 인식한다. 그러나 성남댁은 용감하고 깨끗하게 아파트를 포기하고 집으로 돌아가는 모습을 보인다.

유승휴의 「뿌리와 老農」에 나타난 노인의 현실 적응 양상은 긍정적으로 나타난다. 세상이 변하고 사람들의 의식이 변해도 농사일을 소중하게 생각하는 노인이다. 이 작품의 한일도 영감은 60년이 넘도록 농사만 지은 사람이다. 그런데 어느 해부터 노인의 농토에서 작물이 잘 자라지 못한다. 자세히 살펴보다가 기막힌 상황을 발견한다. 그것은 아카시아 뿌리가 땅 속에 뿌리를 박고 있기 때문이다. 일도 영감은 식구들을 동원해 아카시아 뿌리를 캐기 시작한다. 거의 다 캤을 때 그 땅을 경매 처분한다는 통지서가 법원으로부터 날아온다. 그 밭은 이미 아들 철이가 저당 잡힌 것이다. 아들이 이미 땅을 처분하려고 한다는 것을 일도 영감은 알고 있었지만 그렇더라도 해야 할 일은 하고야 마는 인물의 성격을 통해 자아정체성을 찾는 노인의 모습을 형상화하고 있다. 어떤 일이 생기더라도 할 일은 해야 한다고 믿고 실천하는 노인의 모습에서 현실을 긍정적으로 바라보는 의식을 나타냄을 알 수 있다.

이런 인물형은 백우암의 「갯벌」에서도 만날 수 있다. 환갑을 넘긴 허노인은 배짱 있는 고집쟁이며, 낙지잡이를 주업으로 하는 자신만만한 노인이다. 이 노인은 마을 사람들의 놀림에도 아랑곳하지 않고 할 일을 고집스럽게 해 나가는 꿋꿋한 모습을 보이는 인물이다.

황영옥의 「황혼」은 소외당하거나 경제적으로 어려운 노인들이 그 난관을 극복하는 모습을 그리고 있는 작품이다. 아들의 집에 사는 송노인은 가족들의 무관심과 홀대로 소외감을 느낀다. 손자는 할아버지 송노인을 양로원에 보냈으면 좋겠다며 노골적으로 싫어하고, 며느리도 할아버지 때문에 아이의 성적이 오르지 않는다고 불만을 터뜨린다. 이런 상황에 있는 송노인의 목표는 고향까지 가는 차비를 모으는 것이다. 그러나 막상 목표에 도달하고 나면 돈을 털어서 술을 마시고 만다. 고향에 돌아간다 해도 그곳에서 정착해 살기는 쉽지 않기 때문이다. 차비를 모으고 나서 그 돈으로 술을 마시는 송노인의 행위는, 서울에 머물 수도 없고, 고향에 갈 수도 없는 처지에서 비롯된 심중의 허기를 달래는 방편일 수 있다. 그러나 송노인은 그것에 좌절만 하고 있지는 않는다.

송노인과 내기바둑을 즐기는 박노인은 딸과 함께 단칸방에서 산다. 박노인은 송노인에게서 딴 돈을 만화방에 지불하고 거기서 잔다. 송노인은 정신적인 고통을 겪지만 박노인은 경제적인 어려움으로 인한 육체적인 고통을 겪고 있음을 발견할 수 있다. 정신적으로 육체적으로 고통스러운 두 노인은 박노인의 당숙이 혼자 살고 있는 시골에 내려가서, 당숙의 시중을 들며 살자고 한다. '여생을 깨끗이 보내고 깨끗하게 죽는 게 늙은이의 마지막 보람'이라고 하는 두 노인의 결심을 통해, 소외와 경제적 어려움을 극복하며 자아정체성을 찾아가는 노인들의 모습을 보여주고 있다.

이 소설은 노인의 부적정인 삶의 단면인, 경제적 어려움과 소외감 때문에 정착하지 하고 떠도는 모습을 보여주면서, 노년의 마지막을 나름대로 보람 있게 보내고자 하는 모습 또한 보여주고 있는 작품이라고 할 수 있다.

안장환의 「아버지의 영토」에 등장하는 김홍수 노인도 큰아들이 사는 아파트에서 '집 지키기'와 '전화 받기'만 하며 하루를 소일한다. 노인은 그러한 현실이 답답하기만 하다. 손자에게 말을 걸어도 손자는 퉁명하게 대답하고, 시아버지와 함께 사는 것에 불만이 많은 큰며느리는 에어로빅을 배우고 취미생활을 한다며 밖으로만 나돈다. 그러나 그 며느리는 김노인이 지니고 있는 김포의 집을 팔아 가게를 차리고 싶어 하는 이중적인 심리를 드러낸다.

김홍수 노인에게 위안이 되는 것이 있다면 아직도 갖고 있는 김포에 있는 대지와 가옥문서이다. 김포집은 마지막 남은 아버지의 영토, 김홍

수 노인의 영토이다. 김홍수 노인은 답답하기만 한 큰아들의 집을 떠나 작은며느리가 살고 있는 김포집으로 간다. 김포공항 근처인 그곳은 비행기소리 때문에 시끄럽다. 그런데도 노인은 그곳에서 땅과 집을 지키다가 죽는 것이 마땅하다고 생각한다. 결국 땅문서를 작은며느리에게 물려주고 죽음을 맞는다.

외면적으로는 화려하고 편했지만 내면적으로는 소외되고 고독한 큰아들의 집을 떠나 아버지의 영토인 마지막 남은 집과 땅을 찾아가는 김홍수 노인의 모습을 통해, 노년의 삶을 포기하거나 체념하지 않고 노년으로서의 자아정체성을 찾아가는 모습을 보여주고 있다.

노년기에 있어 성을 통해 노년에 새롭게 자아를 인식하게 되는 것을 주제로 한 작품은 박완서의 「유실」이다. 잃어버린 건강을 되찾고 싶어하는 노인의 소망을 그리고 있는 이 작품을 통해 노인의 성문제를 표출시키고 있는데, 당뇨와 결핵에 걸린 작품 속의 '그'는 성불능자이다. 건강한 아내에게 민망해하면서도 현재의 '그'로서는 어쩔 수 없다. 규칙적인 운동과 식이요법을 하고 스스로 주사를 놓기도 하지만 밀려드는 허탄함과 공허함을 주체할 수 없다. '그'는 건강을 잃게 되자 모든 것에 자신이 없어진 것이다. 그러던 '그'가 노후대책에 대하여 아직 무방비 상태에 있는 친구 서병식을 만나 음식을 먹으면서 모처럼 왕성한 식욕을 느낀다.

친구와 헤어진 '그'가 잠이 들었다 깨어나 보니 여관이었고, 소지품이 없어진 것을 발견한다. '그'는 소지품의 행방을 추적하는 과정에서 지난밤에 '그'와 성관계를 했다는 여자를 찾아가지만 그 사실이 납득되지 않는다. 이미 성적 능력을 잃어버린 '그'에게 있을 수 없는 일이기 때문이다. 그런데도 '그'는 매일 그 여자를 찾아간다. 여자로부터 소지품을 돌려받은 후에도 여전히 여자를 찾아가는 '그'가 찾고자 하는 것은 잃어버린 건강이다. 그러나 여자는 모든 물품을 돌려줬으니 다시는 찾아오지 말라며 떠나버린다. 결국 유실된 물품과 어음을 찾았지만 실제로 '그'가 찾으려 했던 것은 유실돼버린 것이다. '그'는 기억이 끊어진 그날 밤, 건강한 성을 발휘했던 그날을 추억하며 자신의 존재를 인식하고 싶어 한다. 이것은 건강했던 지난날에 대한 그리움이며 회한이기도 하다.

김문수의 「살아나는 시신(屍身)들」은 억압된 삶을 박차고 나와 자아정체성을 찾는 세 노인의 모습을 새로운 각도에서 그려낸 작품이다. 관찰자이면서 화자인 '나'의 집에 세 명의 노인이 세를 들기 원한다. 그런데 흥미로운 것은 세 노인 중의 한 사람은 노파인데, 그 노파는 두 남자 노인이 짝사랑했던 사람이라는 것이다. 각자의 집에서 억압당하고 무시당하면서 살았던 세 노인은 그런 자식들에게 해방되는 방법으로 '가출'을 선택하고 셋이 모여서 살기로 한 것이다. 노인들이 얼마나 자식들에게 억압당했는가를 단적으로 보여주는 것은, 노인들이 '나'의 집으로 이사 들어오는 날을 '광복절'로 지칭하는 것이다.

그 세 노인이 한 방에서 살게 된 것에 '나'의 아내는 마땅치 않아 하지만 '나'는 묵인하기로 한다. 그런데 노인들이 이사 오던 날, '나'는 이상한 장면을 목격하게 된다. 처가에서 장인 제사를 지내고 술이 취한 '나'가 집에 들어왔을 때, 소리가 나는 노인들의 방을 들여다보니, 아이들이 벌거벗고 노는 것처럼 노인들 셋이 알몸으로 있는 모습이었다. 그것이 '나'에게 음란하게 느껴지지 않았고, 오히려 '여름 냇가에서 벌거숭이가 되어 세상 모르고 놀고 있는 아이들'의 모습과 다르지 않게 느껴진다.

이 작품에서 그려내고자 한 것은 세 노인이 자녀의 집에 얹혀 살 때는 지옥처럼 자유롭지 못했지만 해방되어 나온 후 자유로움을 누리고 있는 모습이다. 여기서 세 노인이 알몸으로 있었던 것은 자유를 만끽하는 모습으로 인식되며, 억압된 삶에서 풀려나 정체성을 획득해감으로써 이미 시들어 시체 같은 육체가 다시 살아나는 것을 상징적으로 보여준다고 할 수 있을 것이다.

한승원의 「태양의 집」 또한 노년의 자아정체성에 대하여 깊이 성찰하게 하는 작품으로 작가는 이 작품을 통해 노년의 삶에 대한 전망을 제시하고 있다. 화자 '나'는 선배인 안기철 선생이 외손자인 영후를 보살피는 것을 보며, 어린 시절의 할아버지를 떠올린다. 할아버지는 '나'의 생김이나 성격에 대하여 부정적으로 말했던 아버지와 다르게 '나'에게서 무한한 가능성을 발견하고 꿈을 심어주었다. '나'에 대한 아버지와 할아버지의 견해 차이는 '연'으로 상징되어 나타난다.

> 나에게 처음 연을 만들어 준 사람은 할아버지였다. 내가 처음 가져 본 것은 병어연이었다. 할아버지는 나에게 글을 읽히다가 연을 만들어 가지고 동산으로 가서 띄웠다. 반면 아버지는 연 띄우는 일이 백해무익한 일이라며 권하지 않고 꾸짖기만 했다. 쓸데없이 종이와 글 읽을 시간을 낭비할 뿐만 아니라 허황한 꿈을 허공에 띄우는 것이라고 했다.[10]

'나'는 이러한 할아버지의 격려에 힘입어 긍정적이며 자신감을 가진

---

10 한승원, 「태양의 집」, 김윤식 · 김미현 엮음, 『소설, 노년을 말하다』, 황금가지, 2004, 35쪽.

아이로 자라나 소설가가 된다. 할아버지는 '나'에게 꿈을 심어주고 미래에 가치를 두며 사는 삶을 가르쳐 주는 존재이다. 노년기에 이른 화자 '나'는 그 할아버지의 모습을 선배인 안기철 선생에게서 발견한다. 안기철 선생은 사업하다 망한 사위와 딸이 맡기고 사라진 외손자 영후를 키운다. 안기철 선생은 영후에게 어머니의 '자궁'과 같은 역할을 해주려고 한다. 어머니의 '자궁'이 생명을 잉태하고 자라게 하듯이 어머니가 부재인 영후에게 '자궁'의 역할을 스스로 맡는다. 어머니의 자궁은 창조의 사물이고, 하나의 소우주이다. 산이고 바다고 논이고 밭이고, 우리가 숨 쉬며 헤엄쳐 다니는 공간이다. 우리들의 원초적인 고향이다.

여기서 노년의 삶을 어떻게 살아야 할 것인가에 대한 작가의 전망을 드러내고 있다고 볼 수 있는데, 그것은 '노인들이 새로운 세대의 자궁 역할을' 할 수 있다고 작중 인물인 안기철 선생의 입을 통해 말해주고 있다. 여기서 안기철 선생이 옥호를 '태양의 집'으로 지은 것도 '자궁'의 역할과 무관하지 않음을 발견할 수 있다. 안기철 선생의 의도를 깨달은 '나'는 연꽃 이야기를 영후에게 해주며, 결손가정에서 자라는 영후가 자라서 아름다운 삶을 꽃피우기를 바란다. 결국 작가는 안기철 선생이나 화자인 '나' 두 노인을 통해 현대의 노인들이 새 생명을 기르는 '자궁'의 역할을 해야 한다는 것이다.

지금까지 논의한 바와 같이 노년의 현실 대응 양상 가운데 긍정적 적응의 하나로 자아정체성 획득 양상을 발견할 수 있었다. 인생에서 자신의 실체를 인식한다는 것이 삶의 질에 영향을 미친다고 볼 때, 황혼기의 삶에서 자아정체감을 갖는다는 것은 중요한 것의 하나로 볼 수 있다. 이에 노년소설 속에서 자아정체성을 획득한 노인의 모습을 발견하고 그 노인의 삶의 행적을 따라가 보는 것은 의미 있는 일이 되기도 한다. 위에 예를 들은 작품 속에 나오는 인물들을 통해, 나름대로의 생활 속에서 노인으로서의 품위를 잃지 않으면서, 비굴하지 않게 인생의 마지막을 살아가는 모습을 발견할 수 있었다.

3) 현실 순응적 태도

늙음에 자연스럽게 순응하며 그것을 받아들이는 의식은 노년의 삶을 멋스럽게 보낼 수 있을 것이다. 일생 동안 지녔던 무거운 짐을 벗어버리고 복잡한 대인관계와 사회활동에서도 해방되어 조용히 지내게 된 것을 다행스럽게 여기는 노인들이 있다. 이러한 노인들의 삶이 매우 수동적으로 보일지라도 그것은 자연스러움과 같은 맥락에서 볼 수도 있을 것이다. 현실 순응적 태도를 보이는 노인들은 삶의 공간이 자연친화적인 장소이거나 도시 한가운데이거나 상관없이, 늙음 그 자체를 자연스럽게 수용하는 것으로 나타난다.

박완서의 「저문 날의 삽화 5」에는 공직생활에서 정년퇴직한 노부부가 둘만의 공간에서 자연과 더불어 조용히 지내는 노년의 삶을 그려내고 있다. 이 노부부가 사는 집은 '서울의 매연을 벗어난 그린벨트 안'에 있다. 아내는 흙 주무르기를 좋아하고 영감도 산골생활에 즐거워하는 것으로 드러난다. 토박이 마을 사람들이 노부부의 실제 나이를 알면 도시에서 살았기 때문이라며 부러워하고 질투했지만 노부부는 전원생활이 회춘의 생기를 불어넣어 준다고 여긴다. 노부부는 손님이 와도 경치자랑을 하는 것으로 생활에 순응하는 모습을 보인다.

두 노인 모두 건강하고 경제력도 있다. 지급되고 있는 연금은 영감이 죽더라도 아내 살아생전까지 나올 것이다. 이들에게는 아무런 걱정도 욕심도 없다. 자녀들을 모두 결혼시키고 살 수 있도록 해주었기 때문에 자녀들에 대한 걱정도 없다. 아무런 걱정이 없다는 것은 그만큼 욕망도 없다는 것을 의미하기도 할 것이다. 이 노부부는 늙음을 그대로 수용하고 자연스럽게 받아들이는 의식을 보인다. 아내는 마당의 흙 주무르는 것에 취미를 붙이고 영감은 행락객이 두고 간 쓰레기 치우기를 자발적으로 하는 데에서 드러난다. 영감은 아내가 임종을 지켜줄 것이라고 생각하면 죽음이 두렵지 않다.

> 은퇴 후의 동반자는 아내 한 사람이면 족했다. 아내는 옆에 있어도 그의 자유를 방해하지 않는 유일한 사람이었다. 그는 부엌에서 아내를 도와 콩나물이나 파를 다듬는 일을 좋아했고 아내와 겨끔내기로 설거지를 하는 것 또한 좋아했다. 더 좋은 건 사랑방에 앉아서 미닫이문에 달린 손바닥만한 유리를 통해 채마밭이나 꽃밭을 돌보는 아내를 내다보는 일이었다. 산에서 약수물을 길어 나르고 행락 쓰레기를 치우는 일이 그만의 일이듯이 마당의 흙을 주무르는 건 아내의 일이었다. 그들은 서로의 일을 넘보거나 간섭하지 않는 대신 저만치서 바라보면서 은근히 아꼈다.[11]

노부부는 지금까지 남의 눈치를 보며 고단하게 살아왔던 삶에서 벗어나 둘만의 오붓하고 조용한 공간과 시간을 즐기며 살아가는 것이다. 더구나 자연과 더불어 살아가는 삶에 행복해한다. 아름다운 숲을 보고 즐

---

11 박완서, 「저문 날의 삽화 5」, 『가는 비 이슬비』, 문학동네, 2003, 11~112쪽.

기며 산자락의 경치를 만끽하고 산나물과 들꽃이 지천인 자연을 매일 보고 산다는 것에 행복감을 느끼는 것으로 그려진다.

영감이 사랑방을 사적인 방으로 쓰자 아내도 혼자만의 방을 갖고 싶어 한다. 이에 영감이 작은 방을 하나 만들어주자 아내는 그곳을 기도실로 꾸민다. 아내는 간절하게 기도하곤 한다. 현재의 삶이 만족스러운 아내에게 남아 있는 소원은 태어난 순서대로 죽게 해달라는 기도 하나뿐이다. 그것은 아내의 과거 경험과 관련 있는 것으로 나타난다. 그러하기에 아내는 욕심이 없는 것처럼 보인다.

아내는 옆집 아기 철우를 데려다 봐주기를 즐겨했는데, 그것은 마음대로 아기를 예뻐할 수 있기 때문이다. 아내가 친손자를 마음대로 예뻐하지 못하는 것은 며느리가 하도 유별나게 굴어서 주눅이 들었기 때문이다. 그런데 친손자가 아닌 이웃 아기 철우는 도시의 삶과 떨어져 자연 속에서 마음껏 평온하게 자연을 즐기며 살 듯, 마음껏 예뻐해줄 수 있는 대상인 것이다. 자연과 교감하듯 아내는 사탕이 묻은 철우의 손을 핥아준다. 그런 교감을 영감은 흐뭇하게 바라본다. 그들의 삶은 평온하고 자연스럽게 그려진다. 현재의 삶에 어떤 욕심이나 갈등도 없어 보인다.

백용운의 「고가(古家)」는 69세 생일을 맞아 자녀들이 찾아주기를 바라는 길노인 부부의 모습을 그려내고 있다. 이미 성장해서 각자의 삶을 꾸려가고 있는 자녀들에 대한 기다림과 기대는 까치 소리로 비유되어 나타나지만, 자녀들은 각자의 생활로 분주하여 길노인 부부를 찾지 않는다. '고가(古家)'가 된 집처럼 많은 자식들을 낳아 기른 노인의 몸과 마음은 빈 껍질과도 같다. 여기서 '낡은 집'과 '빈 껍질'은 노인이 살고 있는 집이며 노인 자신을 나타내는 것으로 보인다. 그래서 '낡은 집'과 '빈 껍질' 그리고 '낡은 문패'는 하나의 의미로 묶이면서 고적하고 쓸쓸한 분위기를 자아낸다.

기다리던 자식들은 오지 않고 편지와 소포만 배달되자 길노인은 '타인의 집 아들들의 편지가 잘못 배달된 그런 기분'이 든다. 노인에게 이러한 기분은 외로움과 소외감이기도 하다. 그것은 길노인만 느끼는 것이 아니다. 길노인의 아내는 아이들이 올까봐 많은 음식을 만들었고, 손자들에게 줄 절값도 새 돈으로 준비해놓았는데 오지 않자, '꼭 어떤 사막에서 길을 잃은 기분'이라고 한다. 노인들은 생일에 큰 의미를 두는 것으로 나타난다. 다른 때는 몰라도 생일에는 자식들이 꼭 찾아줄 것으로 믿기 때문이다. 그러나 자식들은 끝내 오지 않았고, 길노인과 그의 아내는 황량하고 고적한 기분을 느끼는 것으로 드러난다.

그렇지만 두 노인은 그런 기분에 함몰되어 좌절하지 않는 것으로 보인다. 길노인은 아내의 손을 쥐며 산업전선에서 바쁜 아이들에게 투정해서는 안 된다며 모든 것은 생각하기에 달렸다고 한다. 결국 현실에 순응하며 나름대로 의미를 찾아 나선다. 길노인 부부는 키우고 있는 벌통의 꿀을 뜨고 나서 여행을 떠나기로 한 것이다.

그럼에도 불구하고 길노인의 아내는 끝까지 자식들에 대한 미련을 떨쳐버리지 못함을 알 수 있다. 그것은 저녁때까지 계속 들려오는 까치 소리와 그 까치 소리에 기대를 걸고 있던 아내가 착각하는 것으로 나타난다. 웅성거리며 몰려오는 타인들을 보고 아내는 손자로 착각해 안으려고 했던 것이다. 까치 소리가 들리면 반가운 손님이 온다는 속설이 여지없이 무너지고, 자식들에게 가졌던 기대 역시 무너지고 만다. 자정까지 자식을 기다렸지만 오지 않는다. 자식에 대한 무한한 기다림, 그것은 까치 소리가 상징하는 의미와 함께 고조되다가 좌절됨으로써, 노인의 고적함과 쓸쓸함의 정서를 더욱 심층적으로 드러내 보이고 있다.

> "이만했으면 당신이나 나나 자식들에게 대한 성의는 다한 것으로 생각되오. 사랑이란 주는 것으로 족한 거야. 보답을 바란다는 건 욕심이지. 들어가 푹 자고 내일은 일찍 여행을 떠납시다. 달이 무척 밝군."
> "하긴 당신이 제 곁에 계신 걸 잊을 뻔했어요. 제겐 당신이 있을 뿐이에요."
> "내 곁엔 당신이 있고…… 우린 자연을 찾아 풍류나 즐기다가 하루 한시에 손을 꼭 잡고 세상을 마칩시다."[12]

여기서 노인들은 현실을 그대로 받아들이고 순응하는 것으로 나타난다. 그러면서 나름대로 극복해낼 수 있는 방법을 찾는데, 그것은 '여행'으로 나타난다. 그리고 자식들에게 주었던 사랑도 주는 것으로 족하자며 스스로 위로하는 것을 볼 수 있다.

박경수의 「감나무집 마나」는 자녀들에게 의지하지 않고 알뜰하게 노년을 보내는 노인을 그려내고 있다. 정에 굶주리고 사람이 그리운 감나무집 '마나'는 큰아들 친구인 서울에서 내려와 잠시 묵고 있는 청년에게 마음을 쏟아주며 친절하게 대한다. 큰아들 친구 역시 고장 난 마나네의 전기를 고쳐주고 마나에게 서커스 구경을 시켜주며 어머니처럼 돌봐준다. 이 작품에서 마나를 통해 시골에서 외롭게 살아가는 노인의 모습을

---

12 백용운, 「古家」, 『현대문학』 1985년 2월호, 145쪽.

보여줌과 동시에, 자식을 그리워하면서도 자식과 떨어져 살 수밖에 없는 현실에 순응적 태도를 가진 노인의 모습도 그리고 있다.

지금까지 살펴본 바와 같이 노년의 삶을 긍정적으로 살아가며 인생을 정리하는 노인들의 모습도 발견할 수 있다. 미국의 노인학 의사인 랜싱 씨는 노화를 보통 시간의 흐름과 관계 깊으며 성숙기 이후 뚜렷해져서 마침내는 확고부동하게 죽음에 이르는 불리한 변화의 과정[13]이라고 한다. 하지만 불리한 변화의 과정을 불리하게만 받아들이지 않는 노인도 존재함을 작품을 통해 알 수 있다. 일생 동안 축적된 연륜과 지혜로 적극적 삶의 태도를 갖고 노년을 보내는 노인, 노년기를 맞이한 노인으로서의 정체성을 획득해 가는 노인, 늙음 자체를 자연스럽게 받아들이며 현실에 순응하는 노인의 삶에서, 여생을 긍정적으로 인식하는 모습을 발견할 수 있다.

2. 부정적 적응

노년소설에 나타나는 현실 대응 양상을 크게 긍정적 적응 양상과 부정적 적응 양상으로 나누어 볼 때 본 장에서 논의할 대상은 부정적 적응 양상이다. 노년소설에는 긍정적 적응 양상보다 부정적 적응 양상이 더 많이 그려지고 있음을 알 수 있다. 부정적 적응 양상을 신체적인 요인에 의한 쇠약과 병고, 환경적인 요인에 의한 고독과 종말, 경제적인 요인에 의한 실직과 궁핍, 심리적인 요인에 의한 소외와 단절로 분류하

---

13 시몬 드 보부아르, 홍상희 · 박혜영 역, 『노년』, 책세상, 2002, 20쪽.

여 살펴볼 것이다.

1) 쇠약과 병고

　노년기에는 노화로 인한 쇠약과 질병으로 심신 기능에 여러 가지 변화를 일으키게 되고 이러한 변화가 노인의 성격이나 행동에 여러 가지 영향을 끼치게 될 뿐 아니라 그 때문에 현실에 적응하지 못하고 신체적인 고통과 함께 정신적인 아픔을 겪게 된다. 그것은 노년의 환자 자신만이 아니라 온 가족에게도 극복하기 힘든 고통을 주게 된다. 박완서의 「환각의 나비」는 치매를 앓고 있는 노인과 그 가족들의 고통을 주제로 하면서, 노인이 꿈꾸는 이상 속의 세상과 삶이 무엇인지 생각하게 하는 작품이다.

　영주의 어머니는 노인성 치매 시초이다. 결혼 후에도 어머니와 함께 사는 영주는 어머니의 건망증과 심상치 않은 행동이 아들과 함께 살고 싶어 하는 어머니의 욕망에서 비롯된 것으로 인식되어, 어머니를 남동생의 집으로 보내기로 한다. 이 과정에서도 아들인 남동생 영탁은 어머니 모시는 문제를 흔쾌히 대답하지 않는다. 결국 어머니는 아들의 집에서 지내게 되는데, 잦은 가출로 인해 결국 갇혀 지내다시피 한다.

　　그래도 어머니의 탈출이 시도가 계속되자 영탁이네 현관문엔 자물쇠가 하나 더 달리게 되었다. 보통 아파트 현관문은 밖에서 잠가도 안에서 여는 데는 지장이 없이 돼 있건만 그 집에는 나가는 사람이 밖에서만 잠그고 열 수 있는 장치가 추가된 것이다. 영주가 그걸 보고 언짢아하자 식구들이 다들 외출할 때는 그럼 어쩌란 말이냐고, 영탁이 처는 유리알처럼 정없이 빠안한 시선으로 대드는 것이었다. 하긴 노인네를 지킬 사람을 따로 고용하지 않는 한 그런 장치는 불가피할지도 몰랐다. 영주 보기에 영탁이 처가 하는 일은 나무랄 데 없이 완벽했다. 영주는 그녀의 완벽함이 무서웠고, 영주보다 몇배 더 무서워하며 왜소하고 황폐해지는 어머니의 비명이 들리는 듯하여 섬뜩해지곤 했다.[14]

이에 영주는 다시 어머니를 자신의 집으로 모시고 오게 된다. 그러나 얼마 지나지 않아 가족의 방심을 틈타 어머니는 가출을 하고 만다. 영주는 어머니를 찾기 위해 광고지를 붙이고 다닌 지 반년 만에 어머니를 찾게 된다. 점을 치고 있는 마금이네에서 마금이와 어머니는 손녀와 할머니처럼 지내고 있었던 것이다. 영주는 승복 차림으로 마금이와 앉아 더덕껍질을 벗기고 있는 어머니의 모습을 환상처럼 느낀다. 살아온 무게나 잔재를 털어버린 그 가벼움, 그것이 자유로움 때문이라는 것을 알게 된다.

이 작품에서 어머니의 치매를 이해하는 자녀들의 모습은 다양하게 나타난다. 영주는 예전의 어머니를 생각하며 끝까지 모시려고 하나, 남동생댁은 어머니가 가출하지 못하도록 자물통을 이용해 방에 가둔다. 이모는 어머니가 딸인 영주의 집에 사는 것에 못마땅해 하는 것으로 나타난다. 결국 어느 곳에도 머물 수 없는 어머니는 자식들의 집이 아닌 마금이의 집으로 가서 자연스럽고 평안한 모습으로 사는 것으로 그려진다. 어머니가 편히 머무는 공간인 마금이네 집은 영주가 살고 있는 아

---

14 박완서, 「환각의 나비」, 『너무도 쓸쓸한 당신』, 창작과비평사, 1998, 66~67쪽.

파트 옆에 있었다. 도심 가운데 이런 집이 있을까 싶을 정도로 허름하고 누추했지만 어머니는 그곳에서 무척 평안한 모습으로 기거하고 있는 것이다. 이해타산을 따질 줄 모르는 마금이와 함께 살고 있는 어머니의 모습은 무척 자연스럽게 나타난다. 어머니의 지난 삶 속에서 가장 아름다웠던 것은 그런 자연스러움이었을 것이라고 영주는 생각한다. 어머니가 진정으로 바라고 꿈꾸는 삶을 그 자연스러움으로 형상화하고 있는 것이다. 노인의 질병을 그렇게 자연스러운 과정으로 받아들이고 이해하기를 바라는 작가의 의식을 엿볼 수 있다.

김수남의 「望八」은 홀로된 남자 노인의 위축되는 심리를 묘사하고 있는 작품이다. '나'는 괄약근이 약해져 '변'을 참을 수 없는 것이 안타깝다. 풀려버린 괄약근 때문에 옷에 '똥칠'을 하게 되면서, 며느리 볼 면목이 없다. 버린 옷을 내놓거나 그 상황에 대하여 며느리에게 말하지 못하는 것에서 '나'의 위축된 심리를 보여준다고 볼 수 있다. '나'는 그런 실수를 할 때마다 힘 좋고 배짱 있고 건강하던 시절을 떠올린다. 과거에는 결벽성이 있을 정도로 깔끔했는데, 옷을 자꾸 더럽힌다는 것은 그렇게 건장하고 힘이 좋았던 신체의 쇠락을 간접적으로 드러내는 것으로 볼 수 있다.

이 작품의 갈등구조는 나와 나 자신, 나와 가족, 늙음과 젊음으로 나타나는데, 이러한 갈등 양상을 노인 주인공 화자인 '나'를 중심으로 세밀하게 그려내고 있다. 쓸쓸하고 외로운 노인의 삶은 신체적 요인에 의한 부정적 양상으로 나타난다. 당당했던 나의 꼴을 망친 것은 약해진 괄약근 때문에 옷에 '똥칠'을 하는 것이다. 신체가 위축되면 심리도 위축되게 마련인데, 그러한 노인의 상황을 위축된 심리를 중심으로 나타내고 있다.

신체적으로 병들고 쇠약해지면 몸에 여러 가지 이상증상이 나타난다. 치매 현상을 보일 수도 있고, 변실금증을 보이기도 한다. 이러한 증상을 받아들이고 수용하는 대상이 자녀들인데 대부분 부정적으로 받아들인다. 「환각의 나비」에서의 며느리처럼 어머니를 밖에 나갈 수 없도록 문을 잠그는 태도가 극단적으로 보일 수 있으나, 그 상황에 처해보지 않으면 그 행위를 이해할 수 없을 것이다. 그러나 어떠한 방식으로도 치매노인을 돌볼 수 없는 마지막 행동임을 알 수 있다. 또한 「망팔(望八)」의 주인공 김수남 노인은 변실금증을 통해 위축된 노인의 심리를 드러내고 있다. 통제되지 않는 가장 기본적인 신체적인 증상은 노년의 삶을 우울하게 함을 발견할 수 있다.

2) 고독과 종말

어디서 누구와 함께 어떻게 살고 있느냐에 따라 노년의 삶을 보람차고 즐겁게 보낼 수도 있고, 그렇지 않을 수도 있다. 환경적 요인에 따른 부적응 양상은 이민노인이거나 이민을 계획하고 있는 노인, 독거노인, 노인요양원에 사는 노인, 이웃과 멀리 떨어져 사는 노인인 경우에 두드러지게 나타난다.

김지원의 「물이 물 속으로 흐르듯」에는 이민노인의 무력감과 소외감 등 우울한 정조가 잘 드러나고 있다. 이 작품의 공간적 배경은 미국 버지니아 해변가로, 김윤수의 어머니는 이민 와서 성공한 아들 내외와 산다. 어머니는 노망이 든 상태로 대소변을 가리지 못한다. 어머니와 가족들의 단절된 모습은 '부저'로 상징화되어 나타난다. 어머니가 있는 위층과 아래층은 단절되어 있으며 연결고리는 '부저'이다. 부저를 통해서만이 가족들이 살고 있는 아래층과 연결된다.

어머니가 있는 위층은 우울하고 죽은 듯 활기 없는 공간이고 아들 내외와 손자녀가 사는 아래층은 활기차고 화기애애한 공간이듯, 현재의 어머니와 과거의 어머니는 전혀 상반된 모습으로 그려진다. 현재의 어머니는 부저를 눌러야만 사람이 찾아오는 밀폐되고 암울한 삶을 살아가고 있다. 그러나 왕년의 어머니는 동양극장의 배우였고 전문학교를 나온 인텔리로, 아름다웠고 재주가 많았으며 늘 사람들의 관심을 끌었다. 그러나 현재의 어머니는 주변 사람들로부터 관심을 잃게 될까봐 전전긍긍하는 것으로 그려진다.

> 아이가 온 것이 반가워 춥다 하고 즉시 불평을 하였다. 할머니는 자기가 편안하고 잘 있다고 사람들이 생각하면 사람들이 정말 잘 있는 줄 알고 안 돌볼 것 같아서 사람의 그림자만 보면 불편을 호소하였다.
> 식구들은 할머니의 말을 잘 들으려고 하지 않았다. 귀를 대고 들어 보았자 그녀가 하는 말들은 쓸데없는 걱정이 아니면 상처를 입히는 말들이었다. 그녀는 자식들이 그녀의 것을 훔친다고 생각했으며 자기를 잘 안 돌본다고 하였다. 자식들이 노모의 것을 훔치지는 않았으나 잘 안 돌본다는 것은 맞는 말이었다. 노모가 불평을 하면 뜻은 대강 알면서도 가족들은 그녀의 말을 못 알아 듣는 척하였다. 그녀는 점점 당황했다. 방문하는 사람을 만나면 고적한 자신의 심정을 호소하고 이 집에서 자기를 구출하여 양로원으로 보내달라고 졸랐다.[15]

---

15 김지원, 「물이 물 속으로 흐르듯」, 『1991년 이상문학상 수상작품집』, 문학사상사, 1991, 139쪽.

이렇듯 혼자 위층에 누워 있는 어머니가 자녀들과 소통하는 도구는 '부저'로 나타난다. 부저 소리를 듣고 아이가 할머니의 시중을 들기 위해 올라가자, 아래층에서는 아들 윤수와 윤수 처제, 딸 윤하가 미래에 고령화 사회가 되는 것에 대하여 우려하며 대화를 나눈다. 어머니의 현재 삶에 대하여 가족들은 특별한 관심을 보이지 않고, 그저 할 만큼만 하고 있는 것으로 묘사된다. 결혼 전에 윤수의 방에 들어와본 윤수의 아내는 '물이 물 속을 흐르듯 평화롭고 남달리 행복한 결혼생활을 할 수 있을 것 같은 예감을' 가지고 있었다. 윤수의 아내가 노모의 시중을 드는 것 또한 넘치지도 모자라지도 않는 정도로 나타난다. 그러나 어머니가 바라는 것은 가족의 애정 어린 관심으로 볼 수 있다.

이국생활은 김윤수와 가족들에게 서구적인 사고를 하게 했고, 그것은 어머니의 생각과 상충되어 나타난다. 어머니와 윤수 가족의 단절된 모습은 마지막에 심화되어 드러난다. 산책을 다녀온 윤수는 오는 길에 주운 나뭇가지를 가져다 벽난로에 불을 붙이며, 아내와 생각나는 모든 것에 대하여 이야기를 나누면서도 이층에 누워 있는 어머니의 이야기는 하지 않는다. 결국 어머니라는 존재는 그들의 대화에 언급되지 않고 철저하게 소외된다.

이민생활의 애환과 타국에서 새롭게 인지되는 문화의 차이를 극복하지 못하는 노인의 삶에 천착한 소설은 박완서의 「꽃잎 속의 가시」이다. '나'는 미국에 살고 있는 언니의 부음을 들으며, 두 달 전에 손자의 결혼식에 왔던 언니를 떠올린다. 손자의 결혼식에 온 언니는 미국으로 돌아가고 싶지 않다고 한다. 그러나 며느리는 시어머니에게 곱지 않은 시선을 보내며 어떻게든 돌려보내고 싶어 한다.

미국 이민 초기에 언니는 불란서 여자가 하는 양장점에서 일을 했다. 늦게까지 남아 일을 하던 언니는 만들어놓은 야외복을 걸쳐보곤 했는데 나중에 알고 보니 그 옷은 수의였다는 것이다. 결국 언니는 극복할 수 없는 문화임을 깨닫고 그 양장점을 그만두었다고 한다. 이렇게 송장에 대한 금기가 유별난 우리의 문화로는 수의 만드는 양장점에서 일하기가 힘들었음을 알 수 있다.

죽음을 눈앞에 둔 노인이 된 언니처럼, 언니의 며느리인 질부도 이미 노년의 시기에 접어든 인물이다. 그러나 다른 환경에서 살아온 며느리와 언니 사이에 이미 넘을 수 없는 경계선이 생긴 것이다. 언니는 미국으로 가기 전에 예단으로 받은 천을 꽃 모양으로 오려 수의 속에 넣었고 그것을 보고 놀란 가족들이 언니를 설득하여 미국으로 다시 보낸다. 환경적 요인에서 오는 주거 형태의 변화로 시어머니와 며느리는 전혀 다른 문화적 차이를 가질 수밖에 없는 것이다. 그러므로 고국에서 죽고 싶다는 언니의 소망은 이루어지지 못했고, 미국으로 간 지 2개월 후 정신을 잃어버린 노인들이 지내는 양로원에서 숨을 거둔다.

노인에게 이민생활은 외롭고 고단한 삶이다. 30년 만에 귀국한 언니는 아직도 정체성을 찾지 못하고 혼란한 의식을 드러낸다. 즉 언니가 새 가방 속에 넣고 온 것은 안동포로 만든 수의였다. 그런데 예단으로 받은 분홍색 옷감으로 수의를 짓고 싶어 한다. '안동포로 만든 수의'와 '분홍색 옷감의 수의'는 확실히 대조적이며 이해되지 않는 문화의 대비라고 볼 수 있다. 더구나 미국으로 가기 전에는 예단 옷감을 꽃 모양으로 오려 수의 속에 넣는 모습에서 혼란된 심리적인 모습을 보여주고 있다.

이청해의 「웬 아임 식스티포」에서는 '나'의 집에서 살다가 큰외삼촌네로 간 외할머니가 여기저기 떠돌다 시설로 보내지고 그곳에서 외롭게 죽어가는 모습을 그리고 있다. '나'가 외할머니에 대한 회상을 하게 되는 것은 외할머니가 지녔던 비닐봉지 속에서 발견된 할머니의 소지품과 '나'의 여고시절 사진을 보면서부터 시작된다. '나'의 집에서 살던 외할머니는 어머니의 예측대로 큰외삼촌댁으로 옮겨가고 얼마 되지 않아 시설로 보내진다. 그 후 외할머니는 자식들과 '나'에게서 잊혀져 가는 존재가 되고 만다.

외할머니의 소지품을 발견한 '나'는 불현듯 외할머니를 찾아보기로 하고, 친구인 '호수'와 함께 구파발에 있는 노인요양원으로 간다. 외할머니는 요양원에 시체처럼 누워 있다. 할머니는 '나'를 알아보지도 못했고 아무런 이야기도 나눌 수 없었다. 외할머니가 외롭게 죽어가고 있는 모습을 보고 돌아오는 길에 '나'는 호수에게 '나'와 결혼할 것인지, 오래도록 사랑해줄 것인지 묻는다. 버림당한 외할머니의 모습을 떠올리며, 돈도 벌지 말고 욕심내며 살지도 말 것을 호수에게 이야기한다. 거기에는 외할머니를 애처로워하는 정서가 투영된 것이다.

이 작품에서는 '나'의 집에서 살다 아들인 외삼촌의 집으로 간 외할머니가 철저하게 버림당하고, 노인요양원에서 외롭게 죽어가는 모습을 통해, 노인에게 환경이 얼마나 노인의 건강한 삶에 영향을 미치는지 보여주고 있다. 그것은 이미 어머니가 예측했던 사실이기도 한 것이다.

김현숙의 「삼베 팬티」에서는 아무도 모르게 죽어간 노부부의 참혹한 삶을 그려내고 있다. 노모를 모시고 농사를 지으며 사는 익수는 젊은이가 다 떠난 농촌에서 혼기까지 놓치고 만다. 마을의 일을 보면서 친구 부모인 형식의 부모님을 보살펴 드리던 익수는 결혼을 하기 위해 선을 보던 날, 형식의 부모가 사는 집을 방문한다.

옆집에 살았던 형식이네는 마을에서 떨어진 건너 마을에 개량주택을 짓고 이사를 했다. 형식의 부모가 거처하는 집에 가스가 샌다는 말을 오래전에 들었던 익수의 어머니는 선을 보고 오는 길에 들러보라고 이른다. 모처럼 마음에 맞는 상대를 만난 익수는 기분 좋은 상태로 형식 부모의 집으로 간다. 이른 저녁인데 벌써 불이 켜져 있는 그 집에 들어서자마자 하얀 구더기 떼가 우글거린다. 방문을 열어본 익수는 경악하고 만다. 나란히 누운 형식의 부모 시체는 이미 반이나 육탈이 된 상태로 구더기 떼에 덮여 있었기 때문이다.

형식의 부모가 가스 사고로 죽은 이면에는, 자식들과 동거하지 않고 노부부만 살고 있었다는 것과 마을과 멀리 떨어진 주택이라는 것이 문제로 작용한다. 이것은 주거와 동거 형태에 따른 부정적인 양상으로 나타난 노인문제이다. 노인들은 평생 동안 살아온 생활방식이나 환경에서 이탈되면 적응하기가 쉽지 않은 것이다.

이 작품에서 노인의 고착된 의식이나 삶의 형태로 인식되는 모티프는 '삼베 팬티'이다. 익수의 어머니가 16세 때 익수에게 만들어준 삼베 팬티는 변하지 않는 '그 무엇'을 상징한다. 16세 때 그 삼베 팬티를 입고 수영장에 갔다가 창피를 당했던 익수는 그 후로 입지 않고 버리라고 한다. 그러나 어머니는 몇 년이 지나도 버리지 않고 간수한다. 농촌에서 살고 싶다는 처녀와 선을 본 후 익수는 어머니에게 전화를 걸어 삼베 팬티를 버리지 말라고 한다. 변할 수 없는 '그 무엇'을 내포하고 있는 것은 윤리나 관습일 수 있다. 이 작품은 현대적이나 도시적인 것을 따라 잃어버렸던 고유한 전통이나 의식에 대하여 생각하게 하는 것이다.

안장환의 「향수」도 주거환경의 변화에 적응하지 못하는 노인의 모습을 그리고 있는 작품이다. '나'는 결혼 후 홀로된 아버지를 모시고자 했지만 서울이 싫다며 아버지가 시골에 살기를 원했다. '나'는 까다로운 아내를 떠올리며 다행스럽게 생각한다. 그러나 시골에서 농사를 지으며 동생 진호의 집에 살던 아버지가 서울로 오게 된다. 그것은 동생 부부의 불만 때문이다. '나'는 동생 부부의 불만을 듣고 76세의 아버지를 서울로 모시고 왔지만 아버지는 땅 냄새를 맡으며 고향에서 살기를 원한다.

아내는 시아버지를 모시는 것에 불만이다. 아버지가 계시니까 집이 어둡고 아이들 공부에 지장을 준다며 신경질적인 모습을 보인다. 서울에 올라온 후 우울증과 실어증을 앓던 아버지는 계단에서 넘어진 후, 이상한 말을 하기 시작한다. 거기다 가출까지 했던 아버지는 가출 이유가 고향에 가려고 했다는 것이다. 아버지 생신을 맞아 당숙과 함께 '나'의 집을 방문한 동생을 본 아버지는 시골로 내려가자며 벌떡 일어선다.

시골에서는 농사일을 거들고 땅 냄새를 맡으며 살았던 노인이 도시로 주거환경이 옮겨지면서 적응하지 못하는 모습을 이 작품에서 보여주고 있다고 볼 수 있다. 문화적인 차이가 있는 도시와 농촌이라는 공간적 요인뿐 아니라, 생활습관이나 의식 자체를 고수하는 노인의 삶은 쉽게 변화될 수 없음을 나타낸다. 이러한 것은 시장에 나가 조와 수수 이삭을 사들고 온 아버지가 고향을 생각하는 모습에서 엿볼 수 있다.

은미희의 「갈대는 갈 데가 없다」의 주 인물 '어머니'는 여동생의 집에서 보호받으며 비교적 편안한 일상을 보내고 있다. 좋은 환경에서 딸의 시중을 받는 어머니는 불만이라곤 없을 듯한데, 어머니는 의외로 혼자 살고 싶어 한다. 아들 경식은 어머니를 만나고 돌아오는 길에 어머니를 자신의 집으로 모셔오기로 결정하고 아내에게 통고하듯 말한다.

어머니의 소망은 아들인 경식이와 함께 살다가 죽는 것이다. 어머니는 영정사진까지 찍어놓고 죽을 준비를 마친다. 경식은 아들 혁이와 딸을 생각한다. 그 아이들은 이미 경식과 단절된 것처럼, 방문을 닫고 들어가면 말 한마디 하지 않고 지낸다. 그 아이들과 경식을 이어주는 연결의 시점은 어머니라고 경식은 생각한다. 이렇듯 자식과 고리를 맺어주는 역할을 어머니만이 할 수 있다고 생각한 경식은 어머니를 집으로 모시기로 한다.

이 작품은 현대인들에게 노인문제 해결에 대한 답을 제시한다고 볼 수 있다. 노인에게 물리적인 환경이 어떠하냐는 것은 중요하지 않다. 사랑하는 가족들과 그리고 살고 싶은 자녀들과 동거하게 될 때 노인은 행복을 느낀다. 여동생의 집에서 아무런 부족함 없이 사는 어머니가 선택한 곳은 고향이었다. 아들 경식의 집에서 살 수 없다는 것을 안 어머니는 고향으로 돌아가는 길이 오히려 편했을 것이다.

김지원의 「물이 물 속을 흐르듯」에서 가족들의 대화에 화제가 되지 못할 정도로 소외되고 단절된 윤수 어머니와, 박완서의 「꽃잎 속의 가시」에 나오는 언니가 살고 있는 공간적 배경은 이국이다. 윤수 어머니가 현실에 적응하지 못하여 늘 과거를 회상하며 그것을 그리워하듯, 언니 역시 현실에 적응하지 못한다. 그래서 고국에서 죽고 싶었던 것이다. 이청해의 「웬 아임 식스티포」에서는 딸과 함께 살다가 그것이 여

의치 않아 결국엔 노인요양원에서 죽음을 기다리는 노인의 모습을 형상화하고 있으며, 김현숙의 「삼베 팬티」는 마을에서 고립돼 살아가는 노부부의 비참한 종말을 그려내고 있다. 또한 은미희의 「갈대는 갈 데가 없다」와 안장환의 「향수」에 등장하는 노인은 편안하지 않은 주거공간에서 갈등을 느끼며 인생의 종말을 맞이해야 하는 입장에 놓이는 것으로 나타난다. 결국 노인에게 있어서 현재 살고 있는 주거공간이나 동거가족의 형태가 삶의 만족도와 관계가 깊음을 작품 속에서 발견할 수 있다.

3) 실직과 궁핍

정년퇴직과 건강의 약화로 노동력을 상실한 노년은 그와 비례적으로 삶의 질이 저하될 수밖에 없는 입장에 놓이게 되는 경우가 대부분이다. 박완서의 「지렁이 울음소리」는 평탄한 중년의 삶을 살고 있는 '나'가 여고 때 국어선생님이던 이태우를 만나 노년의 인물인 그의 삶을 이야기하고 있는 작품이다. '그'는 욕쟁이라는 별명을 들을 정도로 패기와 용기가 있던 사람이었고, 친일적인 행위나 물질화되어 가는 그 당시의 삶에도 분노를 터뜨리곤 했다. 그에게서 예전의 그런 욕과 패기를 맛보고 싶었던 '나'는 그의 변해버린 현재의 모습에도 아랑곳하지 않고 꾸준히 기다린다. 그러나 그는 불운과 손을 잡았다며 현실의 삶에 회의를 느끼고 흐트러진 모습을 보일 뿐이다. 결국 그는 '나'에게 한 장의 유서 같은 편지를 남기고 사라진다. 현재 노년의 삶을 살고 있는 그에게서 패기라곤 찾을 수 없고, 그는 굴절된 현대사 속에서 어렵게 맞서며 살아가는 노인일 뿐이다. 그는 늙고 추레해졌으며 낄낄대며 웃는 그의 능글맞은 웃음은 비굴해 보이기까지 한다.

이 작품에서 경제력을 잃은 노년의 선생님은 '불운과 손을 잡았다'는 표현으로 얼버무리고 말지만, 현실에 제대로 적응하지 못하는 노인의 모습을 '나'는 발견한다. 지난날의 국어선생인 이태우 노인은 변했던 것이다. 친일적 행위에 대하여 분노를 터뜨리던 그는 일본말을 거침없이 쓰고, 예전의 욕쟁이가 아닌 풀이 죽은 모습으로 나타난다. 아내가 버는 돈으로 겨우 살아가는 그는 욕쟁이를 기대하지 말라는 유서를 써놓고 사라진다. 여기서 '욕'은 패기와 힘, 분노가 있을 때 할 수 있는 것으로, 이 작품에서 '욕'을 하지 못하는 것은 힘없는 노인의 삶을 반영하고 있다고 볼 수 있다.

김영진의 「박老人의 죽음」에서는 자식들에게 효도를 받고 있다고 자랑하던 75세의 박노인의 자살을 통해, 경제력을 잃고 자녀들에게서 소외된 노인의 비극적인 삶을 보여주고 있다. 이 작품에는 세 명의 노인, 박노인과 안노인 그리고 황노인이 등장한다. 그 가운데 황노인은 박노인의 실상을 드러내는 인물이고, 안노인은 박노인의 자살과 그 이유를 듣고 자아정체성을 찾는 인물이다. 여기서 박노인과 안노인은 경제적인 요인에 의해 질적으로 저하된 삶을 사는데, 그것이 박노인에게는 '목발'로 안노인에게는 '틀니'로 상징화되어 나타난다.

젊은 시절 공사판에서 일하다 사고로 발목을 잘리게 된 박노인은 목발을 사용한다. 여기서 '목발'은 이 작품에서 서사를 이끌어가는 모티프로 작용하는데, 박노인에게 '목발'은 세상과 만나는 유일한 도구이다. 아들이 여섯이나 되지만 큰아들 집에서 쫓겨나 이 집 저 집을 떠돌다 막내아들의 집에 거주한다. 그러나 막내아들 내외 역시 박노인이 큰아들 집으로 가기를 바란다. 어느 자식의 집에서도 환영받지 못하고 배척당하는 박노인의 모습을 '목발'이 잘 대변해준다. 술에 취해 '목발'을 잃은 박노인에게 자식들은 다시 목발을 마련해주지 않는다. 그 이유는 '목발을 다시 사주면 애비가 뻘뻘 자기네 집으로 찾아올까봐 지레 겁을 집어먹고 안 사준 것'이라는 친구 황노인의 말에서 잘 드러나고 있다.

아들들이 목발을 마련해주지 않자, 경로당에 있는 노인들이 조금씩 돈을 모아서 박노인에게 목발을 다시 사준다. 그때까지도 박노인은 언젠가는 자식들이 마음을 고쳐먹고 효도할 것을 기대한다. 그런 믿음은 박노인이 건강관리를 위해 '요가'를 하는 것으로 나타난다. 용돈이 궁해진 박노인은 노인들이 마련해준 목발을 짚고 셋째 아들에게 찾아가는데, 며느리로부터 목발을 어떻게 마련했냐는 추궁과 함께, 노인들에게 욕하는 것을 듣게 된다. 박노인은 그제야 아들들이 목발을 마련해주지 않았던 진실을 알게 되고, 심한 절망감에 빠져 자살하고 만다.

박노인이 자살한 사건을 놓고 안노인은 정작 자살해야 할 사람은 자신이라고 생각한다. 안노인은 이가 다 빠져서 잇몸만 남아 음식을 먹을 수 없으므로 '틀니'를 하고 싶은 소원이 있다. 그러나 며느리는 대답만 하고 실제로 해주지 않는다. 젊은 시절에는 안노인의 말이라면 안 되는 것이 없었는데, 현재의 안노인의 모습은 '종이 호랑이'로 비유되어 그려진다. 박노인에게 필요한 '목발'이나, 안노인의 소원인 '틀니'는, 자식들에게 '낭비'로 인식되고 있다. 이러한 자식들의 내심을 알게 된 안노인은 자기가 죽기만 기다리는 자식들이 있는 집이 음산하여 싫어하는 것으로 나타난다.

박노인의 죽음과 그 실상을 알고 자아정체성을 찾으려는 인물은 안노인이다. 즉 비관적인 사고를 가졌던 안노인은 예전의 '호랑이 시아버지'로 돌아갈 것을 결심하는 것으로 나타나기 때문이다. 이 부분에서 노인들이 좀 더 당당하고 적극적으로 살아가야 하는 것에 당위성을 부여하는 작가의 의도를 엿볼 수 있다.

이 작품에서 박노인이 어느 아들의 집에도 안주하지 못하는 것이나, 세상으로 나가는 유일한 수단인 '목발'을 잃어버리고도 마련하지 못해 좌절하는 것은, 경제적인 문제로 인해 삶의 질이 저하된 것을 원인으로 볼 수 있다. 그러한 요인으로 인해 무시당하고 소외당하는 삶을 살 수밖에 없는 박 노인은 결국 자살로 삶을 마감하고 만 것이다. 경제적인 여유가 없어 자식에게 무시당하기는 안노인도 마찬가지이다. 안노인에게 꼭 필요한 '틀니'를 자식들은 '낭비'라고 인식하기 때문이다. 경제적으로 풍족하지 못한 박노인이나 안노인은 자식들에게 죽을 날만 기다리는 존재로 추락했던 것이다.

김용운의 「孫영감의 어느날」의 손영감은 암으로 입원한 아내의 병원비 마련이 어려울 정도로 궁색한 형편이다. 15평짜리 아파트에 사는 손영감에게 아내의 병원비는 큰돈인데도 아들들에게도 손을 벌릴 수 없다. 할 수 없이 은행에서 대출을 받기로 한다. 아내를 병원에 두고 나온 어느 날 하루 동안 손영감은 많은 일을 겪게 된다. 아내 없는 안방에 누워 고생만 한 아내를 생각하며 눈물을 흘리고, 친구에게 다른 친구가 죽었다는 소식을 듣고, 병원에 들러 아내를 보살피고, 은행에 가서 대출을 받기 위해 인감도장을 여러 번 찍고, 병원에서 많은 상황을 목격하고, 죽은 친구를 문상한다.

이 작품은 아내의 질병으로 정신적 고통과 물질적 고통을 함께 당하는 노인의 삶을 그리고 있다. 자식들에게 손을 내밀 수 없는 손영감이 아내의 병환으로 더 위축될 수밖에 없는 것은 경제적인 궁핍 때문이다. 손영감의 음울한 모습은 작품의 분위기를 어둡게 하면서 노년의 삶을 상징적으로 보여주고 있다.

이렇듯 우울하고 위축된 노년의 삶은 경제적인 요인과 깊은 관련이 있다. 경제적으로 궁핍한 삶은 무엇보다 자녀들의 양육과 교육을 위해 노년의 삶을 준비하지 못한 것에 기인한다. 그러나 불행하게도 자녀들은 그것을 절실하게 인식하지 않는다. 노년소설에 나타나는 경제적 요인에 의해 삶의 질이 저하되는 것은 대부분 이러한 경우에 속한다. 경제적으로 궁핍함으로써 수반되는 것은 소외감과 고독이며, 그러한 것은 노년의 삶을 더욱 비참하게 만들고 만다.

4) 소외와 단절

나이가 들어가면서 사람에게는 여러 가지 스트레스가 가중된다. 건강 수준이 하락하고 배우자의 사망으로 인한 가족관계의 변화가 일어날 수 있으며, 은퇴와 함께 가정의 경제권이 이양되어 경제적 능력이 상실되기도 한다. 이렇게 사회적 역할이 상실되어 사회와 가족으로부터 소외되고 단절되며 그 때문에 우울증에 시달리기도 한다. 이러한 모든 요인들이 통합되어 심리적으로 위축되기 쉽다.

김문수의 「종말(終末)」은 심리적 요인에 의한 소외와 단절을 통해 외로움을 느끼는 노인의 심리를 드러내고 있는 작품이다. 이 작품에서 주인공 노인은 그 외로움 때문에 술집 여인의 아들에게 친절을 베풀다가 지갑 속에 든 돈을 들키게 되고, 돈을 노리는 청년에게 생명을 잃고 종말을 맞게 된다. 이로써 기력이 부족할 뿐만 아니라 남을 잘 믿는 노인의 단순한 성격적 특성을 이용한 청년에게 죽임 당하는 노인의 모습을 통해, 변화된 현실을 인식하지 못하는 노인의 순진한 면을 반영해주고 있음을 발견할 수 있다.

> 아내의 코는 개발코였다. 완고한 집안의 장남인 그는 부모가 정해준 색시를 아내로 맞아들였다. 맞선이나 약혼 따위의 절차도 없었다. 혼례를 올리고 뒷채에서 신접살림을 시작했다. 그런 생활이 보름쯤 지난 후, 그는 아내의 코가 마치 개발을 떼다 붙인 것 같다는 사실을 알게 되었다. 그 후부터 그는 되도록이면 아내의 코를 보지 않으려 애를 썼다. 그러나 그것은 허사였다. 그런 맘을 먹으면 먹을수록 오히려 아내의 코만이 돋보이게 되었다. 날이 갈수록 아내의 코는 점점 더 커지는 듯했다. 드디어 그는 아내의 코가 보기 싫어 단 하루도 같이 살 수가 없게 되었다.[16]

이렇듯 보기 싫은 아내는 아들이 사는 미국에 가서 살고 있다. 여기서 노인이 지난날의 생활을 회상하게 해주는 모티프는 '개발코'와 '맑은 눈동자'로 나타난다. 이 모티프는 노인의 과거 삶과 현재의 삶을 설명해주고 이어주는 역할을 하면서, 외로운 노인의 특성을 말해주고 있다. 갑작스럽게 내리는 비를 피해 들어간 술집에서, 그 주인여자의 '개발코'라는 독특한 코의 생김새를 보고 그런 코를 가졌던 아내를 떠올리는 것이

---

16 김문수, 「終末」, 『현대문학』, 1986년 6월호, 59쪽.

다. 신혼 초에 그 코가 싫어서 소박을 놓았던 아내를 회상하는 것으로 시작하여 아들을 따라 미국에 들어간 아내 때문에 혼자 남게 된 현재에 이르는 삶이 서술되고 있다. 여기서 노인은 혼자 남게 되자 비로소 외로움을 느끼는 것으로 나타난다.

그때 껌을 팔러 들어온 소년에게 노인은 먹다만 수육접시를 내미는데, 노인이 그 소년에게 친절을 베풀게 된 원인은 소년이 가지고 있는 '맑은 눈동자' 때문이다. 소년의 '맑은 눈동자' 속에서 노인은 휴전 후 기차에서 보았던 소년을 회상한다. '개발코'를 가진 술집 주인여자에게서 아내를 회상하는 것이나, 껌팔이 소년의 '맑은 눈동자'에서 과거에 기차 안에서 보았던 소년을 회상하는 것은, 노인이 현재 안고 있는 외로움을 드러내는 역할을 한다. 아내는 미국으로 가고 없는 존재이며, 기차에서 만난 소년 역시 과거의 인물이다. 과거의 삶을 회상하고 그것에 애착을 가지는 것은 노인의 특성 가운데 하나이다.

이런 지난날의 이야기를 주인여자와 나누고 있을 때 여자의 아들이 들어오고, 비가 그쳤다는 사실을 안 노인은 자리에서 일어나 지갑을 열어 음식 값을 계산하다가 지갑의 안을 술집 주인여자의 아들에게 들키고 만다. 그 청년은 노인에게 호의를 베풀지만 그 호의에 내포된 흑심을 노인은 알지 못하는 것으로 나타난다. 친절한 청년이라고 고마워하는 사이에 지갑을 노린 청년에게 돈과 목숨을 빼앗긴 노인은 종말을 맞는다.

이청해의 「풍악소리」는 남편이 인민군에게 죽임을 당한 과거의 기억을 안고 있는 한순분 노인을 통해, 노년이 안고 있는 소외와 고독 죽음의 문제에 접근한다고 볼 수 있다. 한순분 노인은 백화점 세일기간을 알리는 전화상담자의 목소리를 듣고 백화점으로 간다. 다정하고 상냥한 말씨 그리고 한순분이라는 이름을 불러줬다는 것만으로도 감지덕지한다. 소외와 고독이 크니까 매장 아가씨의 홍보에 마음을 다 빼앗겨버린 것이다. 그러나 백화점에 간 노인은 자기를 알고 있는 사람이 없음을 알고, 집으로 돌아온다. 그리고 대낮에 자신이 살고 있는 아파트에서 자살하고 만다. 한순분 노인의 자살은 소외와 고독 때문인 것으로 볼 수 있다.

권채운의 「겨울 선인장」은 소외당하고 외로운 노인의 심리를 이용하여, 노인들에게 고가의 물품을 팔며 사기행각을 벌이는 장사꾼들의 행태를 고발하는 작품이다. 그러나 노인들은 자녀들이 준 용돈을 사기꾼들에게 다 털리고도, 자기들에게 그렇게 다정하고 따뜻하게 대해주는 사람이 없다며, 오히려 그 사기꾼들이 철수하는 것을 아쉬워하는 것으로 그려진다.

이 작품의 주인공 '노파'는 며느리와 두 손녀와 산다. '노파'의 아들은 죽었고 남편은 50년 전에 월북했다. '노파'는 307호 노인의 문상을 다녀왔다. 307호 노인은, '제일 아스트라' 매장에서 물건을 산 후 자녀들에게 핀잔을 듣자, 곡기를 끊고 죽음을 선택한 것이다. 그 매장은 노인을 현혹해서 물건을 파는 곳인데, 판매인들이 친절하고 다정하게 굴기 때문에 노인들은 돈을 다 털리게 되어도 아깝지 않다고 한다. 그만큼 노인들이 외롭고 쓸쓸하다는 것을 단적으로 보여주고 있다.

'노파'는 문상을 다녀오면서 307호 할머니가 준 '선인장'을 생각한다. 여기서 '선인장'은 노인의 희망을 상징한다고 볼 수 있는데, 선인장은 꿋꿋하게 살아남아 꽃을 피운다. '노파'는 며느리가 매장 사람과 껴

안듯이 하고 지나가는 것을 보았다는 친구의 말을 듣지만 아무런 말도 할 수 없다. 이 소설에서는 외롭고 쓸쓸한 노년의 삶을 '선인장'처럼 꿋꿋하게 걸어가고자 하는 의지가 엿보이기는 하지만 위축되고 단절되어 소외된 노인의 심리를 더욱 드러내는 것으로 볼 수 있다.

이렇듯 노인에게 있어서 소외와 단절은 심리적인 외로움을 유발한다. 사람들과 심리적으로 단절되어 있다고 느끼는 삶 또한 그것을 견뎌내는 데 있어서 많은 고통을 감당해야 하는 것임을 알 수 있다. 이에 「풍악소리」의 한순분 노인은 자살로 생을 마치게 되는 극단적 방법으로까지 가게 되는 것을 발견할 수 있다.

지금까지 노년의 현실 적응 양상을 부정적인 부분에서 살펴보았다. 부정적인 양상은 이렇듯 심리적인 소외와 고독, 신체적인 쇠약과 병고, 환경에 의해 인식되는 고독과 종말, 그리고 경제적 빈곤에 의한 궁핍으로 나타나고 있음을 발견할 수 있다. 노인의 삶이 긍정적인 부분보다 부정적인 부분이 많은 것은 '늙음'이라는 자체가 고독하고 외롭기 때문일 것이다. 쇠잔해가는 신체와 함께 정신까지도 쇠잔해가는 것이, 그리고 서서히 소멸해가는 것이 인생의 여정이라고 볼 때, 노년의 삶이 현실 적응 양상에서 부정적 요소가 많은 것으로 나타나는 것은 어쩌면 당연한 결과일 것이다. 그러나 본 연구를 통해서 '늙음'을 자연스러운 인생여정으로 이해하고 노년을 바라보는 시각이나 의식이 변화하여, '늙음'과 '젊음'이 조화를 이루어 더불어 살아가는 사회로 나아가길 기대해 본다.

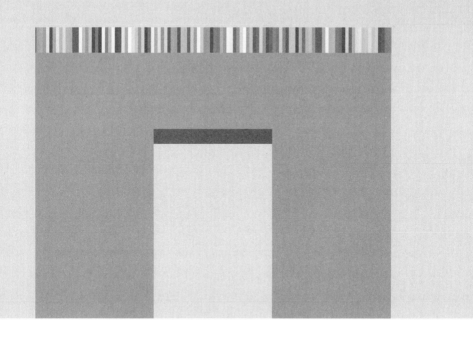

제6장

노년소설의 탐색과 의미

제6장

노년소설의 탐색과 의미

　현대사회의 구조적 특성은 과거의 경험을 더 이상 쓸모없는 것으로 전락시키고, 노인의 위상 역시 하락하게 하였다. 과거 농경사회에서의 노인들은 농사경험에서 비롯된 지혜의 전달자로서 역할을 수행하기에 부족함이 없었으나, 급속하게 변화하는 현대사회에서는 그것에 대한 필요성이나 적합성에 의문을 갖게 되었다. 이에 권위와 존경의 대상이던 노인은 그 의미를 상실하고 반면에 비생산활동자 · 부양 부담자 · 보호 대상자로 인식되기에 이르고,[1] 사회적 부적응 상태에서 사회와 가족들에게 소외되면서 심리적 불안감과 박탈감을 갖게 되었다. 이것은 1970년대의 급격한 산업화와 도시화의 과정에서 생겨난 현상으로 볼 수 있으며, 이와 함께 1970년대 초부터 노인의 문제에 사회적인 관심이 대두되면서 노인을 주인공으로 하여 노인의 삶을 반영하거나 노인이

1　건강 · 생활과학연구소 편, 『현대 노년학』, 숙명여자대학교 출판부, 1999, 12쪽.

안고 있는 문제를 드러내는 소설이 발표되기 시작하였다.

처음에는 도시소설의 하위 장르로 인식됐던 노년소설은 도시생활에 적응하지 못하는 노인들의 문제뿐만 아니라, 노년기 전반에서 일어나고 있는 다양한 문제에 천착하게 되었다. 이로써 변화된 사회에 적응하지 못하는 노인의 삶을 반영하는 노년소설과 성숙한 노년을 긍정적으로 살아가는 노인의 삶을 반영하는 소설과 함께 고령화 사회로 진입한 현재, 노인문제를 사회적 차원에서의 해결을 촉구하는 소설이 보이기 시작했다. 본서에서는 이러한 노인들의 삶과 의식 그리고 노년의 문제가 투영된 노년소설을 다양한 각도로 연구해보았다.

본서의 연구 대상은 산업화와 도시화로 나아가는 1970년부터 시작하여 2004년까지 발표된 노년소설을 대상으로 하였다. 1970년대 이전의 소설에서도 노인이 주인공으로 나오는 작품이 많다. 그러나 1970년대 이전의 작품은 대부분 노인이 갖고 있는 보편성을 지닌 심리적인 국면이나 의식을 드러내고 있는 작품들이라고 볼 수 있으며, 현대사회에서 흔히 볼 수 있는 궁극적으로 노인이 안고 있는 문제를 드러내고 있는 작품은 대체적으로 보이지 않는다. 이에 현대적 의미에서의 노인문제나 노인의 삶을 구체적으로 그려내고 있는 작품은 1970년대 이후의 소설이라고 볼 수 있다.

문학사적 견지에서 노년소설을 살펴볼 때, 1920년대의 작품으로는 현진건의 「할머니의 죽음」을 들 수 있다. 이 작품은 연로하여 돌아가실 때가 다 된 할머니의 임종을 둘러싸고 일어나는 소동을 그린 소설이다. 할머니의 임종을 보기 위해 찾아온 자손들이 각자의 집으로 돌아간 다음에 할머니가 죽음을 맞는 이야기로, 노망든 노인의 정신 상태와 노인이 평생 동안 가졌던 신앙을 부정하는 심리를 그리고 있다. 이처럼 이 시기의 노년소설은 노인 개인의 심리적인 부분을 드러내거나, 노인이 부 인물로 등장하는 경우가 대부분이다.

1930년대 노년소설의 특징은 전통사회와 변화된 사회에서 적응하지 못하고 고뇌하는 노인의 모습으로 드러내고 있다. 이태준의 「복덕방」에는 구한말에 훈련원 참의를 지낸 서참의와 전에는 넉넉했으나 현재는 궁색하게 살아가고 있는 안초시, 복덕방에 자주 놀러오는 박희완, 이 세 노인이 30년대 서울의 한복판에서 살아가는 이야기를 담고 있다. 변화하고 있는 시대에 적응하려는 서참의와 경제적인 재기만이 관심사가 된 안초시의 태도가 드러나고 있다. 여기에서 안초시는 부동산 투기에 끼어들지만 실패하고 그 충격으로 자살하고 만다. 이것은 물질화되어가고 있는 현대사회의 한 단면을 보여주는 것이라고 볼 수 있으며 그것이 노인으로 하여금 자살하게 만드는 것임을 드러내고 있다. 이렇듯 1930년대 노인이 주인공으로 나오는 소설에서는 시대의 흐름을 통찰하지 못하고 신속하게 대처하지 못하는 노인의 모습을 담고 있다고 볼 수 있다. 이러한 것은 그 시대나 현대사회에서 노인이 가지고 있는 보편적인 성향이며 현대적 의미에서의 노인문제를 안고 있다고 볼 수는 없다.

이와 같은 경향은 1940년대의 노인을 주인공으로 하는 소설에도 드러나는데, 김동리의 「화랑의 후예」에 나오는 인물 황진사는 몰락한 양반가의 후예로 시대의 변화에 대처하는 능력을 상실하여 끝내는 기이하고 모순된 성격을 갖게 되는 노인이다. 이 인물을 통해 시대의 변화에 적응하지 못하는 노인이나 양반의 후예로 자존심을 잃지 않는 모습을 그려내고 있다고 볼 수 있다. 이러한 작품으로는 황순원의 「황노인」,

「독 짓는 늙은이」, 「병든 나비」, 죽음 직전까지도 삶에 대한 의욕을 가지고 있는 노인의 심경을 나타내는 염상섭의 「임종」, 아들이 죽고 없는 가난한 며느리에게 얹혀 살면서도 현실을 제대로 인식하지 못하는 노인의 모습을 그린 임서하의 「노년」을 들 수 있다.

황순원의 「황노인」은 육체적으로 쇠약해진 노인이 겪는 심리적인 괴리감과 소외를 그리고 있으며, 「병든 나비」는 죽음에 대한 순응의식을 드러내고 있다. 「독 짓는 늙은이」는 붕괴되어 가는 전통적 사회 질서 속에서 갈등하고 고뇌하는 모습을 보여주고 있다고 볼 수 있다. 회갑을 맞은 황노인은 떠들썩한 분위기에 쉽게 동화되지 못한다. 그것은 아내 없이 홀로 회갑을 맞기 때문이다. 아내의 부재는 황노인의 쓸쓸하고 허전한 정서를 부각시키고 있음을 알 수 있다. 북적거리는 친지들의 모습과 대조적으로 그려지는 황노인의 심리는 노경을 잘 드러내고 있다고 볼 수 있다.

「병든 나비」에 나오는 주인공 정노인은 70세에 가까운 나이로 손자들이 매달리는 것이 귀찮아 아들 내외에게 살림을 따로 내주고 식모와 함께 산다. 젊은 날의 정노인은 '관'을 두려워했고 터부시했는데 어머니의 입관과 아내의 입관을 본 다음부터 관 속이 편안할 것으로 상상되었다. 세상사에 대한 번거로움과 부담감에서 벗어나고 싶은 욕망은 나비로 상징되는 정노인으로 볼 수 있다. 이렇듯 이 작품에는 늙음이라는 현실을 놓고 죽음을 동경하다가 그대로 죽고 마는, 죽음을 동경하는 정노인의 내면적 풍경이 드러나 있다.

「독 짓는 늙은이」는 일생을 독 굽는 일에 바쳐온 한 노인의 좌절을 그리고 있는데, 이 소설의 갈등은 주인공인 송영감의 늙음에서 기인한 아내에 대한 배신감, 좌절감과 장인(匠人)으로서의 집념 사이에서 전개되고 있다. 젊은 아내는 송영감을 버리고 조수와 도망을 친다. 송영감은 독을 구워도 깨져버려 좌절하고 만다. 그래서 자신의 전 생애를 바쳐온 독가마 속으로 기어들어가며 비장한 최후를 마친다. 이 작품에서는 '젊음'과 '늙음'이 '빼앗음'과 '빼앗김'으로 갈등구조를 이루며, 우리의 전통적 장인의 모습의 하나인 독 짓는 늙은이가, 붕괴되어 가는 전통적 사회질서 속에서 갈등하고 고뇌하는 모습을 보여주고 있다고 볼 수 있다.

이렇듯 1940년대의 노년소설의 특징은 서서히 변화되어 가는 현실에 적응하지 못하고 갈등하는 모습이 미약하게 드러나고 있으며, 죽음에 순응하는 노인의 의식과 외로움과 쓸쓸함의 정서, 현실을 제대로 읽지 못해 가족과 불화하는 모습 등으로 나타난다. 이것은 노인이 안고 있는 보편적인 변화와 의식으로 볼 수 있으며, 대사회적인 관계나 대타적인 관계에서의 갈등이 아닌 지극히 자연스럽고 보편적인 갈등으로 그려지고 있다.

1950년대의 노년소설은 전쟁으로 인한 아픔을 특징적으로 드러낸다고 볼 수 있다. 최정희의 「정적일순」에는 70대 노파가 겪은 한국전쟁을 소재로 하고 있다. 노파는 자녀들이 잡혀가고 월북한 소용돌이 속에서도 집을 지킨다. 노파가 집을 지키는 것은 자식이 집으로 돌아온다고 믿기 때문이다. 이렇듯 전쟁 속에서도 생명의 끈을 놓지 않는 어머니의 모습이 드러나고 있다. 이 시기의 소설은 전후라는 시대적 배경 때문에 노년의 삶을 다룬 소설을 발견하기 어려웠다.

1960년대 최상규의 「건곤」은 병으로 무기력하게 누워 죽어가는 노인의 모습을 그리고 있으며, 박영준의 「추정」은 다가오는 죽음을 두려워하는 정노인의 모습을 통해 인간의 외로움을 이야기하고 있다. 이러한 작품들에서는 노인의 심리나 병고로 인한 단절과 소외 등이 나타나 있다. 이러한 단절과 소외감, 그리고 허전하고 쓸쓸한 심경은 노인이 노년기에 보편적으로 느낄 수 있는 심리적인 국면을 나타내고 있을 뿐이며, 1970년대 이후의 노년소설에서 보이고 있는 대타적인 관계에서의 긍정적이거나 부정적인 모습은 현저하게 드러나지 않는 것을 발견할 수 있다.

이처럼 1970년대 이전의 작품에서는 현대적 의미에서의 노인문제나 노년의 현실 대응 양상에서 부정적으로 대응하는 모습은 나타나지 않는다. 작품에 나타나는 노인의 모습은 노년기에 보편적으로 가지고 있는 노인의 특성을 그려내고 있으며, 변화하는 사회와의 관계 속에서 갈등하는 모습이 드러나고 있다. 그러나 그것이 노인을 소외시키거나 노인의 위상을 하락시키지 않는 것을 알 수 있다. 그것은 잔존하고 있는 경로효친사상의 영향과 농경사회였기 때문에 노인이 생산자 혹은 지혜의 전달자로서의 역할을 수행할 수 있었기 때문으로 볼 수 있다. 이러한 것들은 노인의 위상을 유지하는 데에 영향을 미쳤다고 할 수 있다.

이에 비하여 1970년대 이후에는 본서에서 논의한 바와 같이, 위상이 하락한 노인의 모습과 그와 더불어 발생한 노인의 문제를 드러낸 작품이 현저하게 나타나기 시작했다. 그것은 도시화·산업화·현대화가 초래한 서구적 개인주의 또는 핵가족화로 인한 의식의 변화로, 노인이나 노년의 삶에 대한 인식이 변화하였음을 드러냈다고 볼 수 있다. 대부분의 노년소설에서 현실의 상황이나 젊은 세대와 부조화 또는 부적응관계에 놓인 노인의 부정적인 모습을 그리고 있다. 즉, 노인은 젊은 세대와 갈등의 관계에 놓여 있음을 발견할 수 있다. 신체적으로는 병들어 쇠약하고, 환경적으로는 고독한 상황에 놓여 있으며, 경제활동에서 소외되거나 퇴직으로 인해 궁핍하게 살아가는 모습을 보이고 있다. 이러한 것들이 총체적으로 작용하여 심리적인 소외와 단절을 야기시킬 뿐 아니라 삶의 질을 저하시키고 있음이 드러나고 있다. 물론 긍정적인 삶의 양상을 보이는 노인들의 모습도 나타나고 있으나 역시 두드러진 것은 부정적 양상이라고 볼 수 있다.

'늙음'과 '젊음'이라는 이분법적 사고와 그것의 가치를 '비생산'과 '생산'이라는 것에 두고, 경제적인 가치로만 환산한다면, 노년의 삶은 확실히 무가치한 것으로 인식될 수밖에 없을 것이다. 그러나 '늙음' 또한 인간이라면 누구도 피해갈 수 없는 자연의 섭리라고 볼 때, 노년에 대한 인식을 새롭게 가질 필요성이 있다고 볼 수 있다. 그리고 무엇보다 노년은 인생을 정리하고 그때까지 형성된 지적, 경험적 자산을 펼쳐볼 수 있는 기회라고 한다면 소홀하게 취급될 수는 없을 것이다.

일제강점기와 한국전쟁, 산업화와 도시화의 노정을 겪으면서 한국현대사의 주역이 되었던 오늘날의 노인은 다시 고령화 사회와 맞물린 서구 문명의 물결과 합리적 사고에 경도된 젊은 세대와 많은 부분에서 갈등에 놓이게 되었다. 그러한 갈등의 골이 깊어짐으로 해서 가족들 간에는 화목하지 못하고, 나아가서는 사회의 문제로까지 확대되어 이제는 노인 부양을 국가적 차원에서 해결해야 할 지경에 이르게 되었다. 그래서 신체적으로도 노년기에 이르면 여러 가지 생리적 변화에 의해 우울하고 고독하며 쇠약해지는데, 심리적인 소외로 인한 상실감까지 팽배하게 되었던 것이다.

　1970년대 이후의 노년소설에 나타난 노인의 현실 대응 양상에 있어서 부정적인 적응 모습을 통해, 가족들의 냉대를 견디지 못한 노인들의 가출과 자살이 빈번해지고, 젊은 세대와의 부조화로 삶의 활력을 잃고 정신적으로 유리하는 노인의 모습을 볼 수 있었다. 그리고 외로움과 고독으로 쓸쓸히 생을 마감하는 노인의 모습이 그려지고 있는 것도 발견할 수 있었다. 윤택하고 따뜻한 보호 속에서 노년의 삶을 보내는 노인들 또한 없지 않으나 많은 부분에서 그들도 정신적으로 유기되거나 방기된 삶을 사는 현실로 드러난다. 이러한 시점에서 노인의 문제가 드러나고 있는 소설을 고찰해보며 그것에 대한 문제를 제기하고 타당한 해결점을 찾아보는 것은 의미 있는 일일 것이다.

　이렇듯 산업화 물결과 더불어 농경사회에서 산업사회로 가는 길목에서, 이농과 도시화로 이어지는 과정에 생겨난 사회적 병리 현상의 하나인, 노인문제를 다룬 소설 속에 나타나는 노년 인물을 연구하게 된 것은 문학사적인 의의가 있고, 노인의 문제를 고찰하고 그에 대한 전망을 해보는 것은 의미 있는 일로 보인다. 앞으로 평균수명의 증가와 노년인구의 확대로 노인문제는 많이 발생할 것이며 다양한 노년소설이 창작될 것으로 보이는 이 시점에서 노인의 삶에 대하여 연구하고, 부각되고 있는 노인문제를 소설 속에서 발견하여 전망하는 노년소설에 대한 논의는, 문학사에서 그 위상이 고조될 것으로 기대된다.

제7장

노년을 준비하는 길목에서

제7장
노년을 준비하는 길목에서

노년기는 성숙한 인생을 정리하는 시기이며, 지금까지 살아온 시간들이 모여 형성된 인생의 총체성이 완성되는 삶의 마지막 단계라고 할 수 있다. 그러나 의미 있는 삶의 단계인 노년기가 산업화와 도시화로 인해 병리적 현상인 노인문제가 야기되면서, 아름다운 노년을 보내기보다는 어둡고 소외된 노년을 보내는 노인들이 더 많이 나타나게 되었다. 고령화 사회로 진입하여 고령사회로 가는 현실적인 상황으로 볼 때, 앞으로 노인의 문제는 더 많이 생겨나게 될 것이고, 그것에 대한 문제를 해결하기 위한 방법을 강구하기 위해 부단한 노력을 경주해야 할 것으로 보인다.

본서에서는 정치, 경제, 사회, 문화적으로 격변기에 수난의 역사를 살았던 노인들의 삶을 담은, 1970년부터 2004년 현재까지 발표된 노년소설 가운데, 120편을 선별하여 분석하면서 노년소설의 개념을 정리해보았다. 그리고 노년소설에서 발견되는 특성을 주요 모티프와 초점화자연구, 임종의 공간과 노인 언어의 특징으로 분류하여 살펴보았다. 노년 소설에 나타난 갈등구조는 외적 갈등과 내적 갈등으로 나누어 연구하였다. 또 노년의 현실 대응 양상은 긍정적 적응과 부정적 적응으로 분류하여 노인이 현실에 어떻게 대응하고 있는지 면밀하게 살펴보았다.

노년소설을 연구함에 있어서 먼저 노인의 연령선을 정하는 것이 문제가 되었다. 그래서 대한노인회 가입이 60세부터 가능한 점과 노인복지법상의 노인 규정이 65세 이상으로 되어 있는 점을 고려하여 노인의 연령을 정하였다. 노령선을 설정하는 것은 인위적일 수도 있으나, 사회측정 기준의 필요에 의해 역연령(曆年齡)으로 60세 이상, 65세 이하를 최저 노령선으로 규정하는 것이 일반적이다.

현재까지 노년소설에 대하여 논의한 기존의 연구를 염두에 두고, 소설을 면밀히 읽고 분석하면서 노년소설의 개념을 구체적으로 정리해보았다. 본서에서 연구한 바에 의하면, 먼저 노년소설은 노인 인물이 주인공으로 나오거나 노인의 문제를 다루고 있는 소설로 다음과 같은 세부요건을 갖는다. 즉 노년의 인물이 주요인물로 나타나야 할 것, 노인이 당면하고 있는 제반 문제와 갈등이 서사골격을 이루고 있을 것, 노인만이 가질 수 있는 심리와 의식의 고유한 국면에 대한 천착이 있어야 할 것, 노인문제를 서사적 주제나 소재로 선택하되 해결방안이나 대안을 제시할 수 있는 것 등으로 세분화할 수도 있다. 이러한 세부요건 가운데 한 가지만이라도 충족될 수 있는 소설이라면 노년소설의 범주 안에 둘 수 있다고 본다.

노년의 삶을 탐색하는 방법으로서, 노년소설의 특성의 하나인 노년소설에 나타나는 주요 모티프 연구에서는 노인의 삶이 세월의 더께만큼이나 굴곡이 있고 아직도 갖고 있는 소망이나 의식이 있음을 알 수 있었다. 그것은 소설 속에서 여러 가지 모티프로 나타난다. 지금까지 연구한 바에 의하면, 노년소설에 나타나는 모티프는 노년의 삶과 의식을 드러내고 있었다. 전상국의 「고려장」, 송하춘의 「청량리역」, 박순녀의 「끝내기」, 이순원의 「거미의 집」 등의 작품에서 발견되는 '유기' 모티프를 통해서는, 유기되고 소외되는 노인이 죽음이나 가출에 이르고 있음을 알 수 있으며, 그것은 경제력이나 생산력 없는 노인을 짐으로 느껴 부양의무의 전가와 불효로 이어짐을 발견할 수 있었다.

손소희의 「갈가마귀 그 소리」, 이청준의 「눈길」, 이봉순의 「당나귀 등짐」 등을 통해 '죽음' 모티프를 발견할 수 있었다. '죽음' 모티프는 늙고 병들고 죽어가는 현실에 대하여 노인이 순응하는 것으로 나타난다. 조용만의 「아버지의 재혼」, 홍상화의 「동백꽃」 등을 통해 발견되는 '재혼' 모티프는 노년에게 있어서 노년의 사랑과 희망을 상징한다면, 자식에게는 이기심에 의해 재혼을 방해하는 것으로 나타난다. 박완서 「길고 재미없는 영화가 끝나갈 때」, 「엄마의 말뚝·3」, 김수남의 「望八」을 통해서는 '자존심' 모티프를 발견할 수 있었다. 이 모티프에는 늙음으로 인해 자연적으로 오는 신체적 쇠약을 나름대로 견뎌보려고 하는 노인의 의식이 드러나 있으며, 이청준의 「흉터」를 통해 나타나는 '흉터' 모티프에는 인생의 경험과 삶의 흔적이 상징적으로 그려진다. 이동하의 「문 앞에서」, 최일남의 「흐르는 북」, 이명랑의 「어머니의 무릎」을 통해 나타나는 '대물림' 모티프는 존재성의 인식과 종족보존의 욕망이 드러나며, 이선의 「동상이몽」, 「흉몽과 길몽」에 나타나는 '꿈' 모티프에는 간절한 소망과 욕망이 나타남을 발견할 수 있다. 이 외에 '고향' 모티프,

'회상' 모티프, '자살' 모티프, '냄새' 모티프, '변신' 모티프가 있으며, 노년소설 속에서 소재와 주제와 유기적 관계를 갖는 모티프는 노년의 삶을 상징적으로 드러내고 있음을 발견할 수 있었다.

초점화자의 다양성과 노년 인식 연구를 통해서는 주인공 노인이 자신에 대하여 이해하는 관점과 가족구성원이 노인의 삶과 문제를 인식하는 관점, 가족 외의 타인이 노년의 문제를 사회적이고 객관적인 관점에서 인식하는 것으로 분류하여 논의해보았다. 가족구성원이 화자인 경우는 아내와 동생, 아들과 딸, 며느리와 사위, 손자녀로 분류하여 심층적으로 분석해보았다. 그것을 통해 노년의 삶을 다각도로 볼 수 있었으며, 노인의 삶이나 문제를 바라봄에 있어서 노년기의 신체적 심리적 특성을 이해하는 것이 필요함을 알 수 있었다. 노년소설에 등장하는 화자는 다양하고 그 다양성을 가진 화자를 통해 노년 인식에 대하여도 다양한 견해를 내보이고 있음을 발견하였다.

'주인공 노인'이 화자인 경우는 안장환의 「동통」, 「밤으로의 긴 여행」, 오정희의 「적요」, 김의정의 「풍경 A」를 중심으로 논의해보았다. 이를 통해 노인 주인공이 현재 처한 상황이나 심리적 갈등의 문제를 주관적인 입장에서 솔직하게 서술함으로써, 노인에 대한 이해를 높이는 효과를 가져온다는 것을 발견하였다. 그러나 실제 작품 속에서는 주인공이 화자가 되는 경우는 많지 않았고, 오히려 가족들 중의 한 인물에 의해 관찰되는 노인 인물이 많았다.

'가족구성원' 중의 한 인물이 화자인 경우는 노인과 서술화자 간의 관계가 중요한 역할을 하고 있음을 발견할 수 있었다. 그것은 가족관계에 있어서 심리적으로 밀착돼 있는 정도에 따라 노인을 바라보는 시각이

다를 수 있기 때문이다. 가족 가운데 한 인물이 화자인 경우는 다양하게 나타나며, 그 가족 간의 관계는 노인의 삶을 이해하고 분석하는 데 다르게 나타나는 것을 볼 수 있다. 노인을 관찰하는 서술화자가 '딸'이나 '아들' 또는 '동생' '손자' 등 혈연관계에 있게 되면 그려내고 있는 노인 주인공에 대하여 애정을 갖고 밀착된 관계를 형성하여 주인공에게 애정과 연민을 갖고 있음을 알 수 있다. 그러나 '며느리'나 '사위'인 경우에는 애정보다 의무가 앞서기 때문에 노인 주인공과 적당한 거리를 유지하면서 관조적이고 냉소적으로 노인을 바라본다. 그럼으로써 소설적 형상화에서는 감정의 노출이 배제되고 객관적으로 노인의 문제를 그려냈음을 발견할 수 있었다. 이와 같은 것들은 박완서의 「너무도 쓸쓸한 당신」, 송기원의 「사람의 향기」, 최상규의 「푸른 미소」, 이동하의 「문 앞에서」, 문순태의 「늙은 어머니의 향기」, 우선덕의 「실감기」, 양영호의 「혼백의 여행」, 정찬주의 「遺産」, 전상국의 「잊고 사는 세월」, 이선의 「이사」, 강무창의 「외할머니의 끈」 등의 작품을 통해 알 수 있었다.

화자가 '가족 외'의 인물 중의 한 사람인 경우에는, 화자가 타인이기 때문에 노인 인물에 대하여 객관적이고 적절한 거리를 유지한 상태에서 서술된다. 여기서는 이규희의 「황홀한 여름의 소멸」, 김영진의 「박老人의 죽음」, 이봉순의 「당나귀 등짐」, 이형덕의 「까마귀와 사과」 등을 중심으로 고찰하였다. 이를 통해 노년의 삶이 안고 있는 소외나 단절의 문제가 더 드러남을 발견하였다. 다양한 화자에 의해 서술됨으로써, 노인이나 노인문제를 바라보는 시각이 다양함을 알 수 있었다. 이러한 가족 외의 화자를 통해 서술되는 노년 인물의 삶은 쓸쓸함과 고독함의 정서를 더욱 두드러지게 보여주며, 노인 인물을 둘러싸고 있는 타인의 심리와 행동이 지극히 절제되어 그려진다. 이렇게 노년이 안고 있는 문제를 객관화시키고 적절한 거리를 유지하는 서술방법은, 노년의 쓸쓸함과 소외, 단절, 외로움 등 노년의 특성을 더욱 극명하게 나타내는 데 기여하고 있음을 알 수 있었다.

임종공간에 대한 연구는 안장환의 「밤으로의 긴 여행」, 「회색일」, 박완서의 「꽃잎의 가시」, 이청준의 「눈길」, 최일남의 「사진」 등의 작품을 중심으로 살펴보았다. 이를 통해 노인이 선호하는 임종공간은 '집' 또는 고향 혹은 모국으로 드러남을 발견할 수 있었다. 그러나 현대인들은 편리에 따라서 노인의 임종공간을 선택한다. 대부분의 유가족들은 병원을 선호하는 것으로 드러났다. 장례 역시 집에서 매장으로 치르기를 바라는 노인과 병원에서 화장으로 하기를 원하는 유가족 간에 간극이 생긴다. 그러나 노인은 의중을 표출하지 않거나 표출하더라도 소극적이고 위축된 모습을 보이는 것으로 나타남을 발견할 수 있었다.

노인의 언어는 노년의 삶을 드러내는 것과 밀접한 관계를 가지고 있음을 알 수 있었다. 우선덕의 「秘法」, 「생일」, 「작은 평화」, 이선의 「5월·종소리 울리는 저녁 식탁」 등을 중심으로 살펴보았다. 이를 통해 과장된 언어를 통해 허세 부리기와 할 말을 하지 못하는 생략의 언어, 수다와 독백은 소심하고 위축된 노년의 삶을 보여주고 있음을 발견하였다. 이처럼 노인의 언어는 노년의 삶을 투영시키고 있음을 발견할 수 있다. 소외와 단절로 자신 없는 노인의 입을 통해 나오는 언어는 바로 노년의 삶을 보여주는 것으로 볼 수 있다.

또한 현실과의 부딪침인 갈등구조에서는 외적인 갈등과 내적인 갈등으로 나누어 분석해보았으며, 외적인 갈등구조를 체험적 갈등과 환경적 갈등 그리고 세대적 갈등으로 나누어 살펴보았고, 그 가운데 체험적 갈등은 과거의 역사적 체험이 노인의 삶을 평생 동안 지배하고 있음을 알 수 있었다. 일제 강점이나 한국전쟁의 체험은 과거의 삶을 지배한 것에 그치지 않고 현재의 삶까지도 지배하며 현실 속에서 갈등구조를 형성하고 있음을 알 수 있었다. 이에 민족의 수난사 저편에 아직도 그 수난의 역사를 짊어지고 고된 현실을 살아가는 노인들이 있음을 발견할 수 있었다. 환경적 갈등은 구습과 진보의 문화적인 관계 속에서의 갈등으로, 대부분의 노인들은 생활양식이나 문명의 변화에 쉽게 적응하지 못하고 상충되는 것을 알 수 있었다. 이렇게 상충되는 의식은 구세대와 신세대로 대비되는 세대적인 갈등을 야기하고 있음도 발견할 수 있었다. 이러한 외적인 갈등뿐 아니라 노인 인물의 내부에서 일어나는 내적인 갈등 양상도 발견할 수 있었다. 이는 조갑상의 「사라진 사흘」, 박완서의 「그 여자네 집」, 윤정모의 「누에는 왜 고치를 떠나지 않는가」, 윤항묵의 「人間的」, 박기원의 「老境」, 안정효의 「커피와 할머니」, 오탁번의 「寓話의 집」, 유승휴의 「農旗」, 김원일의 「나는 누구인가」, 「나는 존재하지 않았다」 등을 고찰함으로써 알 수 있었다.

사회에의 적응, 그 양상에서는 현실을 긍정적으로 인식하여 성숙하게 노년을 보내거나 자연스럽게 순응하는 노인이 있는가 하면, 그렇지 못한 노인들도 있음을 발견할 수 있었다. 문화적·정신적으로 그리고 질적·양적으로 급변한 사회에서, 그들의 의식 속에서 평생 동안 고착된 것이 노인들로 하여금 설 땅을 잃게 한 것이다. 그리하여 그들은 과거의 의식에도 현재의 새로운 의식에도 편입되지 못한 채 혼란한 의식 속에서 삶을 마무리해야 하는 것이다.

이렇게 많은 부분에서 갈등하게 되는 노년기를 노인이 어떻게 현실에 적응하고 있는지 현실 대응 양상으로 나누어 살펴보았다. 이것은 크게 긍정적인 양상과 부정적인 양상으로 나타났다. 오유권의 「가을밤 이야기」, 이선의 「주인 노릇」, 이청준의 「꽃동네의 합창」, 안장환의 「李太白이 놀던 달아」, 「목마와 달빛」, 이선의 「티 타임을 위하여」, 「원장과 촌장」, 박완서의 「지 알고 내 알고 하늘이 알건만」, 안정효의 「惡父傳」, 한승원의 「태양의 집」, 백용운의 「古家」 등을 중심으로 노인의 현실 대응 양상 가운데 긍정적인 양상을 살펴보았다. 이를 통해 생애 동안 축적되고 형성된 물질적 정신적 자산을 가지고 노년기를 즐겁고 의미 있게 보내는 성숙한 노인이 있고, 노년기의 정체성을 획득하여 활기차게 노년기를 보내는 노인도 있으며, 노년의 삶에 순응하며 평안하게 인생의 황혼기를 보내는 순응적 태도를 보이는 노인의 모습이 나타나고 있음을 발견하였다. 부정적 양상으로는 노인문제의 근원적 요소인 소외와 단절, 쇠약과 질병, 동거 형태, 경제력 상실 등으로 현실의 삶에 적응하지 못해 다양한 노인문제와 연결되는 양상이다. 이는 박완서의 「환각의 나비」, 김지원의 「물이 물 속으로 흐르듯」, 이청해의 「웬 아임 식스티포」, 김현숙의 「삼베 팬티」, 안장환의 「향수」, 김영진의 「박老人의 죽음」, 김용운의 「孫영감의 어느날」, 김문수의 「終末」, 권채운의 「겨울 선인장」 등을 중심으로 살펴보았다.

고령화 사회가 된 현재의 시점에서 현대 노년소설 속에 나타난 사회적 병리 현상의 하나인 노인문제를 규명하고, 노년소설에 대한 본격적인 논의의 전개는 물론 노년의 삶에 대한 관심을 촉구하는 것은 의미 있는 일이다. 본서는 이 연구를 통해 노인의 삶과 노년기의 특성을 이해하고 사회 곳곳에서 발생되고 있는 노인문제에 관심을 기울일 뿐 아니라, 인생의 대단원 단계인 노년기를 성숙하고 의미 있게 보낼 수 있는 대안에 대하여 전망해보고자 하였다. 그것은 '늙음' 자체를 자연적인 현상으로 받아들이고 노인의 속성을 이해하고 노년을 바라보는 시각 또한 긍정적이어야 할 필요성을 발견하였다. 그뿐 아니라 사회제도적인 측면에서 적극적인 노인복지 정책의 발전을 기대하고 부응해야 하는 책임감도 가질 수 있었다.

아쉬운 점은, 1970년부터 2004년까지 35년간에 발표된 노년소설 가운데 300여 편을 찾아내고 그 가운데 120편을 대상으로 연구하는 과정에서, 미처 자세하게 다루지 못한 부분들이 있다는 것이다. 이 점을 염두에 두면서 앞으로 기회가 되는 대로 보완해 나가고자 하며, 이를 기점으로 노년소설에 대한 활발한 연구를 기대해본다.

■■■ 참고문헌

1. 기본 자료 - ( ) 부분은 작품 발표 연대

강무창, 「외할머니의 끈」, 『현대문학』, 1988년 4월호.

권채운, 「겨울 선인장」, 『창작과 비평』, 2001년 겨울호.

권태웅, 「이별」, 『현대문학』, 1970년 2월호.

김문수, 「終末」, 『현대문학』, 1986년 2월호.

_____, 「살아나는 屍身들」, 『가출』, 답게, 1997.

김별아, 「끝나지 않은 노래」, 『창작과 비평』, 1993년 가을호.

김수남, 「望八」, 『현대문학』, 1974년 6월호.

김영진, 「朴老人의 죽음」, 『현대문학』, 1979년 8월호.

김용운, 「孫영감의 어느날」, 『문학사상』, 1983년 5월호.

김원우, 「망가진 動體」, 『문학사상』, 1983년 5월호.

김원일, 「나는 누구인가」, 『슬픈 시간의 기억』, 문학과지성사, 2003.

_____, 「나는 존재하지 않았다」, 『슬픈 시간의 기억』, 문학과지성사, 2003.

김의정, 「풍경 A」, 『흔들리는 배』, 성바오로 출판사, 1991.(1988)

김정한, 「사밧재」, 『현대문학』, 1971년 4월호.

김지원, 「물이 물 속으로 흐르듯」, 『1991년 이상문학상 수상작품집』, 문학사상
　　　사, 1991.

김현숙, 「삼베 팬티」, 『현대문학』, 1993년 8월호.

김희지, 「꿀방귀」, 『현대문학』, 1996년 9월호.

문순태, 「늙은 어머니의 향기」, 『문학사상』, 2003년 1월호.

박경수, 「감나무집 마나」, 『현대문학』, 1991년 10월호.

_____, 「대마실 老人의 따뜻한 날」, 『문학사상』, 1973년 1월호.

박기원, 「老境」, 『현대문학』, 1973년 8월호.

박명희, 「아주 작은 소원 하나」, 『문학사상』, 1994년 10월호.

박순녀, 「끝내기」, 『현대문학』, 1990년 4월호.

박완서, 「유실」, 『문학사상』, 1982년 5월호.

_____, 「家」, 『현대문학』, 1989년 12월호.

_____, 「지렁이 울음소리」, 『부끄러움을 가르칩니다』, 한양출판, 1994.(1973)

_____, 「겨울 나들이」, 『부끄러움을 가르칩니다』, 한양출판, 1994.(1975)

_____, 「지 알고 내 알고 하늘이 알건만」, 『1985년 이상문학상 수상작품집』,
        문학사상사, 1985.

_____, 「부처님 근처」, 『부끄러움을 가르칩니다』, 한양출판, 1994.(1973)

_____, 「이별의 김포공항」, 『부끄러움을 가르칩니다』, 한양출판, 1994.(1974)

_____, 「카메라와 워커」, 『부끄러움을 가르칩니다』, 한양출판, 1994.(1975)

_____, 「엄마의 말뚝·1」, 『엄마의 말뚝』(박완서 소설전집 7권), 세계사, 1994.
        (1981)

_____, 「엄마의 말뚝·2」, 『엄마의 말뚝』(박완서 소설전집 7권), 세계사, 1994.
        (1981)

_____, 「엄마의 말뚝·3」, 『엄마의 말뚝』(박완서 소설전집 7권), 세계사, 1994.
        (1981)

_____, 「환각과 나비」, 『너무도 쓸쓸한 당신』, 창작과비평사, 1998.

_____, 「공놀이하는 여자」, 『너무도 쓸쓸한 당신』, 창작과비평사, 1998.

_____, 「그 여자의 집」, 『너무도 쓸쓸한 당신』, 창작과비평사, 1998.

_____, 「길고 재미없는 영화가 끝나갈 때」, 『너무도 쓸쓸한 당신』, 창작과비
        평사, 1998.

_____, 「꽃잎 속의 가시」, 『너무도 쓸쓸한 당신』, 창작과비평사, 1998.

_____, 「너무도 쓸쓸한 당신」, 『너무도 쓸쓸한 당신』, 창작과비평사, 1998.

_____, 「마른 꽃」, 『너무도 쓸쓸한 당신』, 창작과비평사, 1998.

_____, 「저문 날의 삽화 5」, 『가는 비 이슬비』, 문학동네, 2003.(1988)

박용숙, 「밀감 두 개」, 『창작과 비평』, 1974년 봄호.

박정란, 「당신의 자리」, 『현대문학』, 1999년 4월호.

방영웅, 「고서방과 방영감」, 『현대문학』, 1974년 3월호.

백용운, 「古家」, 『현대문학』, 1985년 2월호.

백우암, 「갯벌」, 『창작과 비평』, 1974년 겨울호.

손소희, 「갈가마귀 소리」, 『현대문학』, 1970년 11월호.

송기원, 「사람의 향기」, 『창작과 비평』, 1994년 가을호.

송하춘, 「청량리역」, 『1993년 현대문학상 수상작품집』, 현대문학, 1993.

안장환, 「李太白이 놀던 달아」, 『현대문학』, 1971년 11월호.

_____, 「밤으로의 긴 여행」, 『현대문학』, 1986년 9월호.

_____, 「목마와 달빛」, 『문학사상』, 1988년 3월호.

_____, 「아버지의 영토」, 『현대문학』, 1992년 7월호.

_____, 「향수」, 『문학사상』, 1993년 10월호.

_____, 「회색일」, 금성출판사 편, 『한국대표문학 18』, 금성출판사, 1996.(1973)

_____, 「동통」, 금성출판사 편, 『한국대표문학 18』, 금성출판사, 1996.(1975)

안정효, 「惡父傳」, 『김유정문학상 수상작품집』, 동서문학사, 1992.

_____, 「커피와 할머니」, 『김유정문학상 수상작품집』, 동서문학사, 1992.

양영호, 「혼백의 여행」, 『현대문학』, 1990년 8월호.

오유권, 「가을밤 이야기」, 『문학사상』, 1976년 9월호.

오정희, 「銅鏡」, 『현대문학』, 1982년 4월호.

_____, 「적요」, 금성출판사 편, 『한국대표문학 23』, 금성출판사, 1996.(1976)

오탁번, 「寓話의 집」, 『현대문학』, 1974년 2월호.

_____, 「아버지와 치악산」, 금성출판사 편, 『한국대표문학 24』, 금성출판사, 1996.(1979)

우선덕, 「비법」, 『굿바이 정순씨』, 서당, 1989.

_____, 「생일」, 『굿바이 정순씨』, 서당, 1989.

_____, 「실감기」, 『굿바이 정순씨』, 서당, 1989.

_____, 「작은 평화」, 『굿바이 정순씨』, 서당, 1989.

유승휴, 「農旗」, 『현대문학』, 1970년 1월호.

_____, 「뿌리와 老農」, 『현대문학』, 1976년 2월호.

유우희, 「밤바다에 내리는」, 『현대문학』, 1971년 6월호.

유재용, 「귀향」, 『동서문학』, 1985년 12월호.

윤정모, 「누에는 왜 고치를 떠나지 않는가」, 『1986년 이상문학상 작품집』 1986.

윤항묵, 「人間的」, 『현대문학』, 1974년 3월호.

은미희, 「갈대는 갈 데가 없다」, 『문학사상』, 2001년 12월호.

이규희, 「황홀한 여름의 소멸」, 금성출판사 편, 『한국대표문학 18』, 금성출판
　　　사, 1996.(1977)

이동하, 「문 앞에서」, 『1992년 현대문학상 수상작품집』, 현대문학, 1992.

_____, 「짧은 황혼」, 『현대문학』, 1994년 5월호.

이명랑, 「엄마의 무릎」, 김윤식·김미현 엮음, 『소설, 노년을 말하다』, 황금가
　　　지, 2004.

이봉순, 「당나귀 등짐」, 『문학과 창작』, 2004년 여름호.

이　선, 「동상이몽」, 『배꽃』, 민음사, 1993.

_____, 「뿌리내리기」, 『기억의 장례』, 민음사, 1990.

_____, 「원장과 촌장」, 『행촌 아파트』, 민음사, 1991.

_____, 「종소리 울리는 저녁 식탁」, 『행촌 아파트』, 민음사, 1991.

_____, 「티 타임을 위하여」, 『행촌 아파트』, 민음사, 1991.

_____, 「흉몽과 길몽」, 『행촌 아파트』, 민음사, 1991.

_____, 「이사」, 『배꽃』, 민음사, 1993.(1990)

_____, 「주인 노릇」, 『배꽃』, 민음사, 1993.(1992)

이순원, 「거미의 집」, 김윤식·김미현 엮음, 『소설, 노년을 말하다』, 황금가지,

　　　　2004.

이어령, 「홍동백서(紅東白西)」, 『문학사상』, 2002년 3월호.

이철호, 「죽음을 훔친 노인」, 『현대문학』, 1989년 12월호.

이청준, 「꽃동네의 합창」, 『매잡이』, 민음사, 1996.(1976)

＿＿＿, 「눈길」, 『매잡이』, 민음사, 1996.(1977)

＿＿＿, 「흉터」, 『1992년 이상문학상 수상작품집』, 문학사상사, 1992.

이청해, 「웬 아임 식스티포」, 김윤식 · 김미현 엮음, 『소설, 노년을 말하다』, 황
　　　　금가지, 2004.

＿＿＿, 「풍악소리」, 『문학사상』, 1992년 3월호.

이항열, 「왕국」, 『현대문학』, 1972년 12월호.

이형덕, 「까마귀와 사과」, 『현대문학』, 1993년 5월호.

장한길, 「불효자」, 『현대문학』, 1991년 7월호.

전상국, 「고려장」, 금성출판사 편, 『한국대표문학 18』, 금성출판사, 1996.(1978)

＿＿＿, 「잊고 사는 세월」, 금성출판사 편, 『한국대표문학 18』, 금성출판사,
　　　　1996.(1979)

정찬주, 「遺産」, 『문학사상』, 1990년 4월호.

조갑상, 「사라진 사흘」, 『현대문학』, 1985년 1월호.

조용만, 「아버지의 再婚」, 『현대문학』, 1977년 6월호.

차현숙, 「메시지를 남겨주세요…」, 『현대문학』, 2002년 7월호.

천운영, 「명랑」, 『창작과 비평』, 2003년 봄호.

최상규, 「푸른 미소」, 『신동아』, 1973년 5월호.

최일남, 「흐르는 북」, 『1986년 이상문학상 작품집』, 문학사상사, 1986.

＿＿＿, 「사진」, 『아주 느린 시간』, 문학동네, 2000.

최　학, 「뿌리」, 『문학사상』, 1990년 3월호.

최해군, 「한세월 지나고 보니」, 『현대문학』, 1980년 8월호.

추　식, 「나웅전」, 『현대문학』, 1970년 2월호.

하성란, 「712호 환자」, 김윤식 · 김미현 엮음, 『소설, 노년을 말하다』, 황금가

　　　지, 2004.

한각수, 「뿌리」, 『창작과 비평』, 1975년 여름호.

한규성, 「수의」, 『현대문학』, 1977년 3월호

한문영, 「憂愁의 강」, 『현대문학』, 1971년 4월.

한수영, 「벽」, 김윤식 · 김미현 엮음, 『소설, 노년을 말하다』, 황금가지, 2004.

한승원, 「태양의 집」, 김윤식 · 김미현 엮음, 『소설, 노년을 말하다』, 황금가지, 2004.

한정희, 「산수유 열매」, 김윤식 · 김미현 엮음, 『소설, 노년을 말하다』, 황금가지, 2004.

홍상화, 「동백꽃」, 김윤식 · 김미현 엮음, 『소설, 노년을 말하다』, 황금가지, 2004.

황영옥, 「黃昏」, 『현대문학』, 1986년 12월호.

2. 국내 논저 및 서평

김미현, 「웬 아임 올드」, 김윤식 · 김미현 엮음, 『소설, 노년을 말하다』, 황금가지, 2004.

김병익, 「노년소설 · 침묵 끝의 소설」, 『한국문학』, 1974년 4월호.

김승옥, 「빛 바랜 삶들」, 『문학사상』, 1983년 6월호.

김윤식, 「한국문학 속의 노인성 문학」, 김윤식 · 김미현 엮음, 『소설, 노년을 말하다』, 황금가지, 2004.

김주연, 「육체의 소멸과 죽음의 상상력」, 김원일, 『슬픈 시간의 기억』, 문학과지성사, 2003년.

문학을 생각하는 모임, 『한국문학에 나타난 노인의식』, 백남문화사, 1996.

　　　　　　　　　　, 『한국노년문학연구Ⅱ』, 국학자료원, 1998.

　　　　　　　　　　, 『한국노년문학연구Ⅲ』, 푸른사상, 2002.

　　　　　　　　　　, 『한국노년문학연구Ⅳ』, 이회문화사, 2004.

우찬제, 「리얼리즘의 혁신과 새로운 리얼리티」, 『문화예술지』, 2001년 4월호.

이어령, 「현대문명과 노인」, 『신상』, 1970년 가을호.

천이두, 「圓熟과 覇氣」, 『문학과 지성』, 1976년 6월호.

한승원, 「어머니, 그 영원한 생명력의 표상」, 『문학사상』, 1985년 5월호.

3. 국내 저서

丘仁煥, 『소설론』, 삼지원, 1997.

_____ 외, 『韓國 戰後文學 硏究』, 삼지원, 1995.

권영민, 『한국 현대문학사』, 민음사, 1994.

_____ 편, 『한국의 문학 비평』 2, 민음사, 1995.

金炳旭 편, 최상규 역, 『現代小說의 理論』, 대방출판사, 1986.

金鵬九, 『作家와 社會』, 일조각, 1993.

김상태 편, 『한국 현대 소설론』, 학연사, 1993.

김성순, 『생활 노년학』, 도서출판 운산문화, 1994.

김양희, 『한국가족의 갈등연구』, 중앙대학교 출판부, 1993.

김영곤, 『인간은 어떻게 늙어갈까』, 아카데미 서적, 2000년.

김윤식, 『우리 소설을 위한 변명』, 고려원, 1990.

_____, 『한국 현대 문학사』, 서울대학교 출판부, 1993.

_____, 『현대 소설과의 대화』, 현대소설사, 1992.

_____, 『90년대 한국소설의 표정』, 서울대학교 출판부, 1994.

김종회, 『文學과 社會』, 집문당, 1997.

_____, 『문학과 전환기의 시대정신』, 민음사, 1997.

김태현, 『노년학』, 교문사, 1994.

김 현 · 김주연 편, 『문학이란 무엇인가』, 문학과지성사, 1987.

박덕은 편역, 『소설의 이론』, 새문사, 1989.

박혜란, 『나이듦에 대하여』, 웅진닷컴, 2001.

서병숙,『노인연구』, 교문사, 1994.

송명희,『문학과 성의 이데올로기』, 새미, 1994.

申午鉉,『자아의 철학』, 문학과지성사, 1996.

安秉煜,『휴우머니즘』, 삼육출판사, 1986.

윤　진,『노인 · 성인 심리학』, 중앙적성출판사, 1993.

이광규,『한국의 가족과 종족』, 민음사, 1990.

이재선,『문학 주제학이란 무엇인가』, 민음사, 1996.

＿＿＿,『韓國文學 主題論』, 서강대학교 출판부, 1989.

＿＿＿,『한국현대소설사』, 민음사, 1991.

임춘식,『현대사회와 노인문제』, 유풍출판사, 1991.

任軒永,『韓國現代文學思想史』, 한길사, 1992.

장현숙,『황순원 문학 연구』, 푸른사상, 2005.

전혜자,『한국 도시소설과 비교문학』, 새미, 2005.

정대현 외,『감성의 철학』, 민음사, 1996.

정동호 외 2人 공편,『죽음의 철학』, 도서출판 청람, 1997.

鄭文吉,『疎外論 硏究』, 문학과지성사, 1994.

＿＿＿ 편,『疎外』, 문학과지성사, 1984.

정옥분,『발달심리학』, 학지사, 2004.

정한숙,『현대 한국 소설론』, 고려대학교 출판부, 1986.

조남현,『소설 원론』, 고려원, 1985.

＿＿＿,『우리소설의 판과 틀』, 서울대학교 출판부, 1991.

＿＿＿,『한국 문학의 저변』, 도서출판 새미, 1995.

＿＿＿,『한국 소설과 갈등』, 문학과비평사, 1990.

＿＿＿,『한국 현대 소설 연구』, 민음사, 1987.

＿＿＿,『한국 현대 소설의 해부』, 문예출판사, 1993.

조혜정,『한국의 여성과 남성』, 문학과지성사, 1989.

최외선 편저,『가족 상담의 이론과 실제』, 성원사, 1992.

최유찬 · 오성호,『문학과 사회』, 실천문학사, 1994.

한승옥, 『한국 현대 소설과 사상』, 집문당, 1995.

4. 국외 저서

Aristotle, 천병희 역, *De Arte Poetica*, 문예출판사, 1987.

Byuno Hillebrand, 박병화, 원당희 옮김, *Theorie de romans*, 현대소설사, 1993.

Béla weissmahr, 허재윤 역, *Ontologie*, 서광사, 1991.

Charles E.May 편, 최상규 역, 『단편 소설의 이론』, 정음사, 1983.

Colin Wilson, *Outsider*, 범우사, 1997.

D.미킨, 이동하 역, 『인간과 노동』, 한길사, 1982.

E.M.Forster, 이성호 역, *Aspects of the Novel*, 문예문고, 1975.

Edwin Muir, 안용철 역, *The Structure of the Novel*, 정음사, 1981.

Emile Durkheim, 김충선 역, *Le Suicide*, 청아 출판사, 1997.

E.카네티, 강두식 역, 『군중과 권력』, 주우, 1982.

에리히 프롬, 박갑성 · 최현철 역, 『자기를 찾는 인간』, 종로서적, 1986.

_____, 김제 역, 『사랑의 기술』, 두풍출판사, 1995.

F.K. Stanzel, 김정신 역, *Theorie des Eryählens*, 문학과비평사, 1990.

S.프로이트, 『꿈의 해석』, 선영사, 2002.

Fritz Pappenheim, 황문수 역, *The Alienation of Modern Man*, 문예출판사, 1978.

Georg Lukàcs, 반성완 역, *Die Theorie des Romans*, 심설당, 1985.

Gerald Prince, *Narratology: The Form and Functioning of Narrative*, 문학과지성사, 1988.

Johan Goudsblom, 천형균 역, *Nihilism and Culture*, 문학과지성사, 1992.

Ian Reid, 김종운 역, 『단편소설』, 서울대학교 출판부, 1980.

L.골드만, 조경숙 역, 『소설사회학을 위하여』, 청하, 1982.

루이스 알론스 세겔, 박영식 역, 『노년, 희망이 있습니다』, 카톨릭출판사, 2000.

Maurice Blanchot, 박혜영 역, *L'espace Litténaire*, 도서출판 책세상, 1991.

Michel Zerrafa, 이동렬 역, *Roman et societe*, 문학과지성사, 1987.

Raman Selden, 윤홍로 외 역, 『현대 문학 이론』, 도서출판 백의, 1995.

Raymond Aron, 이택휘 역, *Marxism and the Existentialists*, 도서출판 한벗, 1982.

René Wellek & Austin Warren, 김병철 역, *Theory of Literature*, 을유문화사, 1983.

Rollo May, 백상창 역, *Man's Search for Himself*, 문예출판사, 1996.

로버트 니스베트, 이종수 역, 『사회학과 예술의 만남』, 한벗, 1981.

롤랑 부르뇌프 · 레알 월레 공저, 김화영 편역, 『현대소설론』, 문학사상사,
        1990.

R. Williams, 임순희 역, 『현대비극론』, 학민사, 1985.

Simone de Beauvoir, 홍상희 · 박혜영 역, 『노년 1』, 책세상, 1994.

_____, 『노년 2』, 책세상, 1994.

_____, 『노년』, 책세상, 2002.

Wayne C. Booth, *The Rhetoric of Fiction*, 이경우, 최재석 역, 한신문화사, 1990.

Z. 바르부, 임철규 역, 『역사심리학』, 창작과비평사, 1983.

노년소설 목록 (1970년~2004년) 발표순 - ( )는 발표연대

유승휴, 「農旗」, 『현대문학』, 1970년 1월호.

권태웅, 「이별」, 『현대문학』, 1970년 2월호.

추 식, 「나웅전」, 『현대문학』, 1970년 2월호.

이정호, 「舞臺의 앞뒤」, 『현대문학』, 1970년 11월호.

손소희, 「갈가마귀 소리」, 『현대문학』, 1970년 11월호.

김정한, 「사밧재」, 『현대문학』, 1971년 4월호.

한문영, 「憂愁의 강」, 『현대문학』, 1971년 4월.

유우희, 「밤바다에 내리는」, 『현대문학』, 1971년 6월호.

안장환, 「李太白이 놀던 달아」, 『현대문학』, 1971년 11월호.

윤흥길, 「건널목 이야기」, 『현대문학』, 1971년 11월호.

이항열, 「왕국」, 『현대문학』, 1972년 12월호.

박경수, 「대마실 老人의 따뜻한 날」, 『문학사상』, 1973년 1월호.

최상규, 「푸른 미소」, 『신동아』, 1973년 5월호.

박기원, 「老境」, 『현대문학』, 1973년 8월호.

박완서, 「지렁이 울음소리」, 『부끄러움을 가르칩니다』, 한양출판, 1994.(1973)

_____, 「부처님 근처」, 『부끄러움을 가르칩니다』, 한양출판, 1994.(1973)

안장환, 「회색일」, 금성출판사 편, 『한국대표문학 18』, 금성출판사, 1996.(1973)

오탁번, 「寓話의 집」, 『현대문학』, 1974년 2월호.

윤항묵, 「人間的」, 『현대문학』, 1974년 3월호.

이광숙, 「荷役」, 『현대문학』, 1974년 3월호.

방영웅, 「고서방과 방영감」, 『현대문학』, 1974년 3월호.

박용숙, 「밀감 두 개」, 『창작과 비평』, 1974년 봄호.

김수남, 「望八」, 『현대문학』, 1974년 6월호.

백우암, 「갯벌」, 『창작과 비평』, 1974년 겨울호.

최태웅, 「金老人이 돌았다」, 『문학사상』, 1974년 12월호.

박완서, 「이별의 김포공항」, 『부끄러움을 가르칩니다』, 한양출판, 1994.(1974)

손춘익, 「죽음의 길」, 『현대문학』, 1975년 4월호.

한각수, 「뿌리」, 『창작과 비평』, 1975년 여름호.

송기숙, 「追跡」, 『창작과 비평』, 1975년 가을호.

안장환, 「동통」, 금성출판사 편, 『한국대표문학 18』, 금성출판사, 1996.(1975)

박완서, 「카메라와 워커」, 『부끄러움을 가르칩니다』, 한양출판, 1994.(1975)

_____, 「겨울 나들이」, 『부끄러움을 가르칩니다』, 한양출판, 1994.(1975)

고 은, 「晩秋」, 『문학사상』, 1976년 1월호.

정을병, 「죽음」, 『문학사상』, 1976년 2월호.

오영수, 「珊瑚 물부리」, 『창작과 비평』, 1976년 봄호.

유승휴, 「뿌리와 老農」, 『현대문학』, 1976년 2월호.

한규성, 「還甲 날」, 『현대문학』, 1976년 4월호.

백우암, 「堂祭」, 『현대문학』, 1976년 7월호.

정청일, 「두 老人」, 『현대문학』, 1976년 7월호.

이주홍, 「老人圖」, 『현대문학』, 1976년 9월호.

오유권, 「가을밤 이야기」, 『문학사상』, 1976년 9월호.

박완서, 「泡沫의 집」, 『한국문학』, 1976년 10월호.

안장환, 「廢村」, 『현대문학』, 1976년 10월호.

이정호, 「江界 叔母」, 『현대문학』, 1976년 10월호.

문순태, 「무너지는 소리」, 『한국문학』, 1976년 11월호.

오정희, 「적요」, 금성출판사 편, 『한국대표문학 23』, 금성출판사, 1996.(1976)

이청준, 「꽃동네의 합창」, 『매잡이』, 민음사, 1996.(1976)

김의정, 「구도 B」, 『흔들리는 배』, 성바오로 출판사, 1991.(1976)

오유권, 「두 老母」, 『현대문학』, 1977년 1월.

최해군, 「흔들리는 孤島」, 『현대문학』, 1977년 2월호.

최태응, 「못사는 理由」, 『현대문학』, 1977년 3월호.

한규성, 「壽衣」, 『현대문학』, 1977년 3월호.

승지행, 「老夫婦」, 『현대문학』, 1977년 4월호.

이항열, 「다리 위의 다리」, 『현대문학』, 1977년 6월호.

조용만, 「아버지의 再婚」, 『현대문학』, 1977년. 6월호.

정구창, 「쑥과 늑대」, 『현대문학』, 1977년 7월호.

손춘익, 「방영감의 罪」, 『창작과 비평』, 1977년 가을호.

백두성, 「膳物」, 『현대문학』, 1977년 12월호.

이규희, 「황홀한 여름의 소멸」, 금성출판사 편, 『한국대표문학 18』, 금성출판
    사, 1996.(1977)

이청준, 「눈길」, 『매잡이』, 민음사, 1996.(1977)

윤흥렬, 「내 잘못은 없어」, 『현대문학』, 1978년 1월호.

윤정규, 「恨江」, 『현대문학』, 1978년 4월호.

전상국, 「고려장」, 『현대문학』, 1978년 6월호.

강용준, 「장수만세」, 『현대문학』, 1978년 6월호.

박성중, 「딱지날개」, 『문학사상』, 1978년 7월호.

안장환, 「멀어져가는 소리」, 『현대문학』, 1978년 7월호.

백용운, 「상두놀이」, 『현대문학』, 1978년 8월호.

신현근, 「갈치배미」, 『현대문학』, 1979년 2월호.

이석배, 「香煙」, 『현대문학』, 1979년 4월호.

주 창, 「故鄕」, 『현대문학』, 1979년 4월호.

김일주, 「喪廳」, 『현대문학』, 1979년 6월호.

박성중, 「이승의 플랫홈」, 『문학사상』, 1979년 6월호.

한승원, 「가을 찬바람」, 『문학사상』, 1979년 7월호.

김영진, 「朴老人의 죽음」, 『현대문학』, 1979년 8월호.

이길호, 「汚染地帶」, 『현대문학』, 1979년 11월호.

김원일, 「母子」, 『현대문학』, 1979년 12월호.

오탁번, 「아버지와 치악산」, 금성출판사 편, 『한국대표문학 24』, 금성출판사, 1996.(1979)

전상국, 「잊고 사는 세월」, 금성출판사 편, 『한국대표문학 18』, 금성출판사, 1996.(1979)

이성훈, 「不孝의 辨」, 『현대문학』, 1980년 5월호.

최상규, 「뒤로 가기」, 『문학사상』, 1980년 6월호.

최해군, 「한세월 지나고 보니」, 『현대문학』, 1980년 8월호.

백용운, 「遊戲」, 『현대문학』, 1980년 9월호.

김익하, 「浮黃의 땅」, 『현대문학』, 1980년 11월호.

채정운, 「우물」, 『현대문학』, 1980년 11월호.

강인수, 「선산에 내리는 눈」, 『현대문학』, 1981년 1월호.

오유권, 「가을 기러기」, 『현대문학』, 1981년 1월호.

안장환, 「소문의 섬」, 『현대문학』, 1981년 4월호.

유만상, 「風景」, 『현대문학』, 1981년 5월호.

전상국, 「외딴길」, 『문학사상』, 1981년 5월호.

최창학, 「學者의 황혼」, 『문학사상』, 1981년 7월호.

윤정규, 「人生流轉」, 『현대문학』, 1981년 7월호.

최해군, 「한림강의 북소리」, 『현대문학』, 1981년 8월호.

박순녀, 「나는 믿싸옵니다」, 『문학사상』, 1981년 8월호.

최미나, 「紛亂 그 이후」, 『현대문학』, 1981년 10월호.

박완서, 「엄마의 말뚝·1」, 『엄마의 말뚝』(박완서 소설전집 7권), 세계사, 1994.(1981)

_____, 「엄마의 말뚝·2」, 『엄마의 말뚝』(박완서 소설전집 7권), 세계사, 1994.
　　(1981)

_____, 「엄마의 말뚝·3」, 『엄마의 말뚝』(박완서 소설전집 7권), 세계사, 1994.
　　(1981)

유홍종, 「아침의 죽음」, 『현대문학』, 1982년 3월호.

김중태, 「실성한 늙은이」, 『현대문학』, 1982년 5월호.

박완서, 「유실」, 『문학사상』, 1982년 5월호.

오정희, 「銅鏡」, 『현대문학』, 1982년 4월호.

이덕재, 「遺失物」, 『현대문학』, 1982년 7월호.

문순태, 「어머니의 땅」, 『문학사상』, 1982년 9월호.

이동하, 「日沒을 보며」, 『문학사상』, 1982년 10월호.

김의정, 「빛과 나비」, 『흔들리는 배』, 성바오로 출판사, 1991.(1982)

김의정, 「낙조(落照)」, 『흔들리는 배』, 성바오로 출판사, 1991.(1980)

최우식, 「용천탕 揷話」, 『현대문학』, 1983년 2월호.

유무하, 「사슴꿈」, 『현대문학』, 1983년 4월호.

박양호, 「참빗」, 『문학사상』, 1983년 5월호.

김용운, 「孫영감의 어느날」, 『문학사상』, 1983년 5월호.

박완서, 「아저씨의 勳章」, 『현대문학』, 1983년 5월호.

김원우, 「망가진 胴體」, 『문학사상』, 1983년 6월호.

최해군, 「獨白」, 『현대문학』, 1983년 6월호.

백우암, 「시아버지와 며느리의 계약」, 『현대문학』, 1983년 10월호.

현길언, 「列傳·Ⅱ」, 『현대문학』, 1983년 11월호.

문순태, 「숨어사는 그림자」, 『현대문학』, 1983년 12월호.

유홍종, 「他人의 열쇠」, 『현대문학』, 1984년 6월호.

조건상, 「떠도는 魂」, 『현대문학』, 1984년 8월호.

이 언, 「어디서나 아이들은 자란다」, 『문학사상』, 1984년 7월호.

양귀자, 「덩굴풀」, 『문학사상』, 1984년 9월호.

김호운, 「堂祭」, 『현대문학』, 1984년 11월호.

문순태, 「끈」, 『문학사상』, 1985년 1월호.

조갑상, 「사라진 사흘」, 『현대문학』, 1985년 1월호.

이채형, 「忍冬」, 『현대문학』, 1985년 2월호.

백용운, 「古家」, 『현대문학』, 1985년 2월호.

문순태, 「대추나무가시」, 『문학사상』, 1985년 2월호.

유재용, 「귀향」, 『동서문학』, 1985년 12월호.

백우암, 「사는 연습」, 『동서문학』, 1985년 12월호.

박완서, 「애보기가 쉽다고?」, 『동서문학』, 1985년 12월호.

_____, 「지 알고 내 알고 하늘이 알건만」, 『1985년 이상문학상 수상작품집』, 문학과 사상사, 1985.

정한숙, 「들장미 뿌리」, 『문학사상』, 1986년 1월호.

김문수, 「終末」, 『현대문학』, 1986년 2월호.

오유권, 「農婦」, 『현대문학』, 1986년 7월호.

김원우, 「투명한 숨결」, 『현대문학』, 1986년 8월호.

이 린, 「낮달」, 『현대문학』, 1986년 8월호.

최 학, 「개」, 『현대문학』, 1986년 8월호.

윤정모, 「누에는 왜 고치를 떠나지 않는가」, 『문학사상』, 1986년 8월호.

김영진, 「北部의 겨울」, 『현대문학』, 1986년 9월호.

안장환, 「밤으로의 긴 여행」, 『현대문학』, 1986년 9월호.

김지원, 「다리(橋)」, 『문학사상』, 1986년 9월호.

심형준, 「어떤 선물」, 『현대문학』, 1986년 10월호.

김정하, 「낮달이 뜨는 자리」, 『문학사상』, 1986년 11월호.

황영옥, 「黃昏」, 『현대문학』, 1986년 12월호.

최일남, 「흐르는 북」, 『1986년 이상문학상 작품집』, 문학사상사, 1986.

정한숙, 「출발이 다른 사람들」, 『현대문학』, 1988년 1월호.

오경훈, 「당신의 작은 촛불」, 『현대문학』, 1988년 2월호.

안장환, 「목마와 달빛」, 『문학사상』, 1988년 3월호.

강무창, 「외할머니의 끈」, 『현대문학』, 1988년 4월호.

이원규, 「바디소리」, 『현대문학』, 1988년 7월호.

정찬주, 「쥐방울꽃」, 『문학사상』, 1988년 9월호.

김의정, 「풍경 A」, 『흔들리는 배』, 성바오로 출판사, 1991.(1988)

박완서, 「저문 날의 삽화 1」, 전예원『분노의 메아리』, 1987년 1월호.

_____, 「저문 날의 삽화 2」, 『또하나의 문화』, 1987년 4월호.

_____, 「저문 날의 삽화 3」, 『현대문학』, 1987년 6월호.

_____, 「저문 날의 삽화 4」, 『창작과 비평』, 1987년 7월호.

_____, 「저문 날의 삽화 5」, 『소설문학』, 1988년 1월호.

서동익, 「모습」, 『현대문학』, 1989년 1월호.

강호영, 「돌묏골 윤노인」, 『현대문학』, 1989년 2월호.

이철호, 「죽음을 훔친 노인」, 『현대문학』, 1989년 12월호.

우선덕, 「실감기」, 『굿바이 정순씨』, 서당, 1989.

_____, 「작은 평화」, 『굿바이 정순씨』, 서당, 1989.

_____, 「비법」, 『굿바이 정순씨』, 서당, 1989.

_____, 「생일」, 『굿바이 정순씨』, 서당, 1989.

_____, 「彎月」, 『굿바이 정순씨』, 서당, 1989.

_____, 「굿바이 정순씨」, 『굿바이 정순씨』, 서당, 1989.

박완서, 「家」, 『현대문학』, 1989년 11월호.

이원규, 「身熱」, 『창작과 비평』, 1990년 봄호.

손춘익, 「살구나무 이야기」, 『창작과 비평』, 1990년 봄호.

최 학, 「뿌리」, 『문학사상』, 1990년 3월호.

이영돈, 「農者」, 『문학사상』, 1990년 4월호.

박순녀, 「끝내기」, 『현대문학』, 1990년 4월호.

우선덕, 「그대 가슴에 들꽃 가득하고」, 『문학사상』, 1990년 4월호.

정찬주, 「遺産」, 『문학사상』, 1990년 4월호.

정구창, 「移葬打令」, 『문학사상』, 1990년 6월호.

양영호, 「혼백의 여행」, 『현대문학』, 1990년 8월호.

이 선, 「뿌리내리기」, 『기억의 장례』, 민음사, 1990.

_____, 「이사」, 『배꽃』, 민음사, 1993. (1990)

김중태, 「기적」, 『현대문학』, 1991년 5월호.

박완서, 「여덟 개의 모자로 남은 당신」, 『여성동아문집』, 1991년 봄호.

장한길, 「불효자」, 『현대문학』, 1991년 7월호.

김주영, 「십오일의 他殺」, 『창작과 비평』, 1991년 여름호.

이순원, 「매듭을 이은 자리」, 『현대문학』, 1991년 8월호.

윤명혜, 「마지막 재」, 『현대문학』, 1991년 9월호.

박경수, 「감나무집 마나」, 『현대문학』, 1991년 10월호.

김지원, 「물이 물 속으로 흐르듯」, 『1991년 이상문학상 수상작품집』, 문학사상
사, 1991.

이 선, 「흉몽과 길몽」, 『행촌 아파트』, 민음사, 1991.

_____, 「티 타임을 위하여」, 『행촌 아파트』, 민음사, 1991.

_____, 「종소리 울리는 저녁 식탁」, 『행촌 아파트』, 민음사, 1991.

_____, 「원장과 촌장」, 『행촌 아파트』, 민음사, 1991.

_____, 「질서 있는 하루」, 『행촌 아파트』, 민음사, 1991.

이청해, 「풍악소리」, 『문학사상』, 1992년 3월호.

박완서, 「오동의 숨은 소리여」, 『현대소설』, 1992년 봄호.

안장환, 「아버지의 영토」, 『현대문학』, 1992년 7월호.

이 선, 「바람 불어 좋은 날」, 『샘이 깊은 물』, 1992년 8월호.

유시춘, 「안개 너머 청진항 2」, 『창작과 비평』, 1992년 가을호.

안정효, 「커피와 할머니」, 『김유정문학상 수상작품집』, 동서문학사, 1992.

_____, 「惡父傳」, 『김유정문학상 수상작품집』, 동서문학사, 1992.

이동하, 「문 앞에서」, 『1992년 현대문학상 수상작품집』, 현대문학, 1992.

이 선, 「주인 노릇」, 『배꽃』, 민음사, 1993.(1992)

이청준, 「흉터」, 『1992년 이상문학상 수상작품집』, 문학사상사, 1992.

송하춘, 「청량리역」, 『현대문학』, 1993년 3월호.

임헌택, 「소리의 벽」, 『현대문학』, 1993년 3월호.

이형덕, 「까마귀와 사과」, 『현대문학』, 1993년 5월호.

김현숙, 「삼베 팬티」, 『현대문학』, 1993년 8월호.

김문수, 「탑골공원 古今」, 『창작과 비평』, 1993년 여름호.

박완서, 「티 타임의 모녀」, 『창작과 비평』, 1993년 여름호.

안장환, 「향수」, 『문학사상』, 1993년 10월호.

김별아, 「끝나지 않은 노래」, 『창작과 비평』, 1993년 가을호.

최임순, 「호랑나비」, 『창작과 비평』, 1993년 겨울호.

이　선, 「동상이몽」, 『배꽃』, 민음사, 1993.

_____, 「사막에서 사는 법·1」, 『현대문학』, 1994년 1월호.

이승하, 「그리운 그 냄새」, 『문학사상』, 1994년 4월호.

이동하, 「짧은 황혼」, 『현대문학』, 1994년 5월호.

정연희, 「우리가 사람일세!」, 『현대문학』, 1994년 5월부터 6월호.

윤대녕, 「새무덤」, 『현대문학』, 1994년 8월호.

최예원, 「오시계」, 『문학사상』, 1994년 7월호.

서혜림, 「골 깊은 산」, 『문학사상』, 1994년 7월호.

송기원, 「사람의 향기」, 『창작과 비평』, 1994년 가을호.

박명희, 「아주 작은 소원 하나」, 『문학사상』, 1994년 10월호.

이　선, 「몰락」, 『문학사상』, 1994년 11월호.

김혜령, 「비」, 『현대문학』, 1995년 1월호.

이순원, 「수색, 어머니 가슴속으로 흐르는 무늬」, 『현대문학』, 1995월호.

홍상화, 「폭우」, 『현대문학』, 1995년 10월호.

박완서, 「환각과 나비」, 『너무도 쓸쓸한 당신』, 창작과비평사, 1998.(1995)

김지수, 「남한산성」, 『현대문학』, 1996년 1월호.

김준성, 「재혼」, 『문학사상』, 1996년 3월호.

이순원, 「시동(始東)에서」, 『현대문학』, 1997년 6월호.

김문수, 「미늘」, 『현대문학』, 1997년 7월호.

김희지, 「꿀방귀」, 『현대문학』, 1996년 9월호.

김제철, 「우리도 별까지」, 『현대문학』, 1997년 1월호.

이윤기, 「낯익은 데서 봄을 맞다」, 『현대문학』, 1997년 4월호.

김혜진, 「집의 소리」, 『현대문학』, 1997년 5월호.

이승우, 「샘섬」, 『현대문학』, 1997년 10월호.

박완서, 「너무도 쓸쓸한 당신」, 『너무도 쓸쓸한 당신』, 창작과비평사, 1998.
　　　　(1997)

김문수, 「살아나는 屍身들」, 『가출』, 답게, 1997.

박완서, 「그 여자의 집」, 『너무도 쓸쓸한 당신』, 창작과비평사, 1998.(1997)

전성태, 「유자 향기」, 『현대문학』, 1998년 12월호.

한동림, 「혹서의 계절」, 『현대문학』, 1998년 12월호.

백성우, 「앵속」, 『창작과 비평』, 1998년 겨울호.

박완서, 「길고 재미없는 영화가 끝나갈 때」, 『너무도 쓸쓸한 당신』, 창작과비
　　　　평사, 1998.

＿＿＿, 「공놀이하는 여자」, 『너무도 쓸쓸한 당신』, 창작과비평사, 1998.

박완서, 「마른 꽃」, 『너무도 쓸쓸한 당신』, 창작과비평사, 1998.

＿＿＿, 「꽃잎 속의 가시」, 『너무도 쓸쓸한 당신』, 창작과비평사, 1998.

최일남, 「사진」, 『현대문학』, 1999년 1월호.

＿＿＿, 「고도는 못 오신다네」, 『현대문학』, 2000년 5월호.

김영래, 「조수의 비밀」, 『현대문학』, 2000년 6월호.

박경철, 「유년의 자리」, 『문학사상』, 2000년 12월호.

김향숙, 「어느 여름날의 손님」, 『문학사상』, 2000년 12월호.

최일남, 「명필 한석봉」, 『현대문학』, 2001년 1월호.

박완서, 「그리움을 위하여」, 『현대문학』, 2001년 2월호.

박상륭, 「두 집 사이」, 『창작과 비평』, 2001년 봄호.

안정효, 「나비 채집」, 『현대문학』, 2001년 9월호.

권채운, 「겨울 선인장」, 『창작과 비평』, 2001년 겨울호.

윤　효, 「성가족」, 『현대문학』, 2002년 3월호.

권정현, 「덫」, 『현대문학』, 2000년 4월호.

김도언, 「고딕(gothic)가족」, 『문학사상』, 2002년 12월호.

은미희, 「갈대는 갈 데가 없다」, 『문학사상』, 2001년 12월호.

이어령, 「홍동백서(紅東白西)」, 『문학사상』, 2002년 3월호.

차현숙, 「메시지를 남겨주세요…」, 『현대문학』, 2002년 7월호.

박정애, 「술 마시는 집」, 『창작과 비평』, 2002년 겨울호.

김원일, 「나는 누구인가」, 『슬픈 시간의 기억』, 문학과지성사, 2003.

_____, 「나는 나를 안다」, 『슬픈 시간의 기억』, 문학과지성사, 2003.

_____, 「나는 두려워요」, 『슬픈 시간의 기억』, 문학과지성사, 2003.

_____, 「나는 존재하지 않았다」, 『슬픈 시간의 기억』, 문학과지성사, 2003.

문순태, 「늙은 어머니의 향기」, 『문학사상』, 2003년 1월호.

최일남, 「석류」, 『현대문학』, 2003년 1월호.

이동하, 「우렁각시는 알까?」, 『현대문학』, 2003년 3월호.

박완서, 「마흔 아홉 살」, 『문학동네』, 2003년 봄호.

천운영, 「명랑」, 『창작과 비평』, 2003년 봄호.

이정은, 「고구마 캐는 뽀끄레이」, 『현대문학』, 2003년 4월호.

박완서, 「후남아, 밥먹어라」, 『창작과 비평』, 2003년 여름호.

공선옥, 「영희는 언제 우는가」, 『창작과 비평』, 2003년 여름호.

이만교, 「약병을 잃다」, 『문학사상』, 2003년 10월호.

해이수, 「우리 전통 무용단」, 『현대문학』, 2003년 12월호.

안정효, 「옛장집 김노인의 마지막 하루」, 『현대문학』, 2004년 1월호.

이동하, 「사모곡」, 『현대문학』, 2004년 3월호.

강영숙, 「꽃욕조」, 『현대문학』, 2004년 8월호.

윤순례, 「눈의 침묵」, 『문학사상』, 2004년 8월호.

한승원, 「추석의 그림자」, 『문학수첩』, 2004년 여름호.

조갑상, 「윤사월 좋은 날에」, 『동서문학』, 2004년 여름호.

이봉순, 「당나귀 등짐」, 『문학과 창작』, 2004년 여름호.

이명랑, 「엄마의 무릎」, 김윤식 · 김미현 엮음, 『소설, 노년을 말하다』, 황금가
　　　지, 2004.

이청해, 「웬 아임 식스티포」, 김윤식 · 김미현 엮음, 『소설, 노년을 말하다』, 황
　　　금가지, 2004.

이순원, 「거미의 집」, 김윤식 · 김미현 엮음, 『소설, 노년을 말하다』, 황금가지,
　　　2004.

하성란, 「712호 환자」, 김윤식 · 김미현 엮음, 『소설, 노년을 말하다』, 황금가
　　　지, 2004.

한수영, 「벽」, 김윤식 · 김미현 엮음, 『소설, 노년을 말하다』, 황금가지, 2004.

한승원, 「태양의 집」, 김윤식 · 김미현 엮음, 『소설, 노년을 말하다』, 황금가지,
　　　2004.

한정희, 「산수유 열매」, 김윤식 · 김미현 엮음, 『소설, 노년을 말하다』, 황금가
　　　지, 2004.

홍상화, 「동백꽃」, 김윤식 · 김미현 엮음, 『소설, 노년을 말하다』, 황금가지,
　　　2004.